LE CHIOCCIOLE

Silena Santoni

Volver

GIUNTI

Giunti Editore si impegna per uno sviluppo sostenibile
con l'utilizzo di carta certificata FSC proveniente
da fonti gestite in maniera responsabile.

www.giunti.it

Via Bolognese 165 – 50139 Firenze – Italia
Via G. B. Pirelli 30 – 20124 Milano – Italia

Prima edizione: aprile 2022
Prima edizione collana "Le chiocciole": maggio 2024

Ai miei nipoti Irene e Francesco.
A David Speranzi e a Claudia Neuhoff.
Al futuro.

Errante en las sombras
Te busca y te nombra.

Errante nelle ombre
Ti cerca e ti chiama.

Martina

La notte fra il primo e il due gennaio, dopo oltre tre mesi di siccità assoluta, si abbatté su Buenos Aires un temporale violentissimo. La pioggia danzava sull'asfalto delle strade, fulmini improvvisi squarciavano le facciate dei palazzi, fiumi di acqua limacciosa grondavano dalle persiane chiuse. Ma la mattina dopo il sole si specchiava nelle pozze come un limone maturo e il cielo, di un colore azzurro compatto, pareva uno sterminato piatto di porcellana smaltata.

Quel giorno Martina Belgrano lasciò, dopo otto mesi di amore sconsiderato, Juan Fernando Insolito.

Non fu un colpo di testa. Per tutto il tratto di strada che la separava dal luogo dell'appuntamento ripassò diligentemente il castello di menzogne e pretesti che aveva elaborato durante notti insonni e agitate, ma quando alzò gli occhi e lo vide da lontano, si sentì morire. L'aspettava al solito posto, davanti ai Grandi Magazzini Pacifico in calle Florida. Capelli neri impomatati, camicia aperta sul petto, pantaloni aderenti: sapeva che quell'anacronistico sfoggio di machismo era solo un modo per nascondere l'insicurezza. Fu sopraffatta da un'ondata di tenerezza e fu tentata di scappare.

No, sarebbe troppo vile, si disse. Tirò un gran sospiro e percorse i pochi metri che li separavano, decisa ad affrontarlo, ma davanti a quegli occhi traboccanti di una gioia quasi infantile le bugie le morirono in bocca come noccioli di ciliegia inghiottiti. Rimase a fissarlo con aria smarrita, senza sapere più cosa dire.

«Martina, che hai?»

«Niente...» Mille parole le saltavano in testa senza che riuscisse a fermarne nessuna.

Lui si avvicinò nel tentativo di abbracciarla, ma lei si ritrasse.

«Insomma, che ti prende?»

«Senti, devo dirti una cosa...»

«Avanti.»

Ci mise un'eternità per trovare il coraggio. Deglutì più volte: «Non dobbiamo vederci mai più». Le uscì tutto d'un fiato, come un boccone di traverso, la voce già incrinata dal pianto.

Il ragazzo la guardò stupefatto, poi le si avvicinò ulteriormente, mentre un lieve sorriso gli increspava le labbra: «È uno scherzo, vero? Sei arrabbiata con me?».

«No, non è questo...»

«Se sei arrabbiata devi dirmelo. È perché sono andato alla milonga?» Si pose una mano sul petto: «Non ci vado più se ti disturba così tanto».

«Smettila, per favore.»

Perché doveva rendere tutto così difficile? Martina ci pensò un po' su, poi decise che ogni falsa lusinga della misericordia sarebbe stata inopportuna.

«Ci dobbiamo lasciare perché ho deciso così.»

«*Ho deciso così*. Che razza di spiegazione è?»

Non rispose. Stava a testa bassa cercando di evitare il suo sguardo.

Lui l'afferrò per le braccia. «Guardami. Che spiegazione è?»

«Lasciami!»

«Mi vuoi fare impazzire? Prima dici che sei pronta a scappare insieme a me e ora, tutto d'un tratto, non mi vuoi più vedere. Che senso ha?»

Silenzio.

Juan Fernando si sforzò di mantenere la calma: «Dimmi la verità, hai cambiato idea, non vuoi più venire in Patagonia».

Lei scosse la testa.

«Va bene, non importa. Restiamo qui.»

«Non hai capito: non voglio più stare con te.»

«Ma perché? Perché?»

Il ragazzo impallidì. Aveva l'espressione annichilita di uno che osserva un meteorite precipitargli addosso.

«Che ti ho fatto?»

Per un attimo fu tentata di dirgli la verità, c'era più di una cosa che avrebbe dovuto sapere, ma ricacciò subito indietro quel pensiero. Aveva giurato. A ogni parola il terreno diventava più scivoloso. Sollevò finalmente gli occhi su di lui: «Non c'è un perché, solo non ti amo più».

La fissò stralunato, girò lo sguardo a destra e a sinistra come a chiedere comprensione ai passanti: «Così, all'improvviso, ti accorgi di non amarmi più. Due giorni fa, mentre ti scopavo, non la pensavi così».

Ecco, ora era tutto più facile.

«Due giorni fa era due giorni fa e ora è ora» ribatté.

«Cosa può essere successo in due giorni? Fammi capire.»

«Non c'è nulla da capire, te l'ho già detto. Per favore, lasciami andare.»

Lui abbandonò le braccia lungo i fianchi, fece una specie di smorfia: «Sei solo una ragazzina viziata».

«Ecco, appunto. Adesso devo proprio andare.»

Juan Fernando si ritrasse di un passo, girò la testa verso la vetrina dei grandi magazzini. Il suo volto, riflesso dal vetro, era come deformato. Alla fine sibilò: «Vattene, vattene, che è meglio! Cosa perdo tempo con te?». Mosse il braccio come fanno i poliziotti agli incroci: «Circolareee!».

Malgrado i sensi di colpa Martina pensò che non avesse il diritto di trattarla così: «Certo che me ne vado,» gli gridò «cosa pensavi, che sarei rimasta tutta la vita con uno come te?». Le era scappato. L'insulto peggiore, il modo definitivo per umiliarlo.

Il ragazzo accusò il colpo. Le piantò addosso uno sguardo cattivo: «Troia» sibilò.

Gli occhi le si riempirono di lacrime. Mai avrebbe pensato che sarebbero arrivati a quel punto, non era così che voleva chiudere. Gli voltò le spalle e si allontanò in fretta, mentre lui le urlava dietro: «Non puoi andartene in questo modo, stronza!».

Lo mollò così, senza uno straccio di spiegazione, come si molla nel bidone della spazzatura un fazzoletto di carta usato.

Tornò sui suoi passi, verso casa. Pareva che a quell'ora tutta Buenos Aires si fosse riversata in calle Florida. La via brulicava come un formicaio, ma Martina procedeva con andatura da sonnambula lungo un suo personale percorso, scansando quasi senza accorgersene i passanti, incerte comparse di una commedia che ormai non la riguardava. Attraversò avenida Corrientes e proseguì in calle 25 de Mayo. I luoghi noti, percorsi infinite volte, si sfilacciavano e sfumavano, come fisionomie amate di cui si preannuncia il distacco.

Ecco in fondo alla strada il grande respiro di plaza de Mayo, due isolati e sarebbe stata a casa. La polpa sanguigna del sole tingeva le facciate dei palazzi, le aiuole erano viola dei fiori di yacaranda, solo il suo cuore traboccava di nuvole nere. Nel tumulto dei pensieri una sola certezza: aveva appena fatto a pezzi l'amore della sua vita.

Era il primo passo, il preludio ad abbandoni ancora più dolorosi, ancora più definitivi.

Rivedeva il volto del suo ragazzo deformato dalla rabbia e dal dolore, quell'espressione inedita riflessa nella vetrina e si chiedeva se quello che stava facendo fosse davvero la cosa giusta. Non sarebbe stato meglio tornare da lui, gettarsi tra le sue braccia, dirgli: *Perdonami, portami in Patagonia, subito*? E questa proposta, da lui tante volte formulata, da lei sempre liquidata con un sorriso di sufficienza, poi accolta e caldeggiata solo pochi giorni prima e infine definitivamente scartata, ora le sembrava di nuovo ragionevole e ci si aggrappava come all'unica àncora di salvezza.

Loro due soli, in una fattoria sperduta nella steppa gelata, tra spazi e silenzi infiniti. In una terra di frontiera, dove le azioni e le parole sono essenziali perché rispondono alla necessità e dove i loro mondi, tanto diversi, avrebbero potuto finalmente fondersi. Come la signora e il marinaio di quel film italiano che approdano, naufraghi, in un'isola deserta e si amano alla follia.

E camminando Martina non sapeva più se andare avanti o tornare indietro, mentre vagheggiava per sé una storia di passione e sopravvivenza, di sopravvivenza e passione e, siccome aveva solo ventun anni ed era disperata, non si rendeva conto che certe cose avvengono solo nei film.

Per questo, quando si sentì afferrare per un braccio e, girandosi, lo vide, gli sorrise, come se le parole di prima non fossero mai state pronunciate.

Otto mesi prima

Nemmeno i clacson strombazzanti in avenida Quintana riuscivano a coprire le note di *Persecuta* di Astor Piazzolla. Dalle porte spalancate del Café La Biela dilagavano sul marciapiede, insinuandosi tra i tavoli davanti al locale.

Felipe scolò l'ultimo sorso di birra, sbatté il bicchiere sul tavolo e sbottò: «Tango, sempre tango!».

«Che hai contro il tango?» gli chiese Oliverio in una nuvola di fumo di sigaretta.

«Nulla. È la melassa che mi cola dagli angoli della bocca a darmi fastidio. Il fatto è che da un anno a questa parte non si riesce più ad ascoltare musica seria.»

«Seria? Ragazzi, questa me la scrivo: a Felipe interessano le cose serie. La birra, le canne...» esclamò Pablo. «Me ne passi una?» aggiunse indicando il pacchetto di Gitanes davanti ad Alicia. Lei ne accese una e la passò all'amico.

«Magari la prossima volta me la dai un po' meno bagnata.»

Tutti risero all'allusione scurrile, tranne Alicia che avvampò e Felipe, che voleva terminare il suo discorso.

«Certo, buttatela sul cazzeggio.» Si protese sul tavolo, passando lo sguardo dall'uno all'altro: «Non vi siete accorti che da quando ci sono *loro* alla radio trasmettono solo tango? Joan Baez, Queen, John Lennon... puff! Spariti! *Musica pericolosa, offensiva e moralmente inadatta*» recitò con voce stentorea.

Martina fece un salto sulla sedia, distolse gli occhi dalla coppetta di gelato che stava mangiando e, istintivamente, si guardò attorno.

«Stai zitto. Non fa ridere» gli intimò Oliverio.

«E chi vuole ridere? Certo, stiamo zitti, stiamo tutti buoni e zitti... Ve li ricordate i Pink Floyd? Avanti, *Breathe* da *The dark side of the moon*, ci siamo cresciuti con quella canzone: corri coniglio, scava quel buco, dimentica il sole e quando il lavoro sarà finito non sederti, è tempo di scavarne un altro. Profetica, vero?»

«Ora basta, smettila con questi discorsi.»

«Perché?» lo incalzò Felipe. Si passò le mani tra i capelli arruffati, fissandoli con aria cupa. Erano in sette seduti a quel tavolo, tutti studenti universitari, tutti ventenni o poco più: Martina e Alejandro, i fratelli di latte, amici fin da prima che imparassero a camminare, Pablo, detto il "cazzeggiatore", Alicia, come nome vuole ancora "nel Paese delle Meraviglie", Anaclara, "Vorrei ma non posso", Oliverio, la "ciminiera vivente". Nipoti o bisnipoti di immigrati per lo più italiani che avevano fatto fortuna oltre oceano e conservavano un legame sentimentale con la terra d'origine. Abitavano in grandi appartamenti nel Microcentro o nelle villette tirate a lucido del quartiere elegante della Plata e partecipavano con cadenza annuale insieme alle famiglie ai pranzi delle associazioni, dove si mangiavano lasagne e pollo e si cantava l'inno di Mameli.

«Un anno fa» riprese «in questo Paese si parlava ancora di politica, di musica, di libri.» Gli altri tacevano, a testa bassa. «Vabbè, ho capito.» Anche lui afferrò una Gitane dal pacchetto, leccò la carta con la punta della lingua: «Ma prima o poi me ne vado da questo Paese di merda. Meglio che sparisca da solo prima che mi facciano sparire loro».

Nessuno aveva più voglia di scherzare. Ognuno in cuor suo pensava a quella notte di un anno prima e ricordava esattamente dove si trovasse e cosa stesse facendo. Impossibile non fermare l'attimo in cui la musica proruppe all'improvviso da ogni radio e, trasmessa incessantemente, raggiunse ogni abitante della nazione, ovunque fosse, per strada, a casa, nei locali, perfino nel cesso, dove Pablo era barricato in preda a terribili strizzoni di pancia. La musica del film *La stangata*. *El golpe*, come lo chiamavano in Argentina.

«Basta con queste malinconie!» tagliò corto Anaclara. «Sapete che facciamo? Per punizione portiamo Felipe in una sala di milonga.»

Lui fece un sorriso a bocca storta: «Stai scherzando?».

«Per nulla. Avanti, qui comincia a fare freddo.»

Tutti tranne Felipe balzarono in piedi. In quel momento avrebbero accolto con entusiasmo qualsiasi proposta.

«Dove andiamo?»

«Alla *Viruta*» suggerì qualcuno «è qui vicino.»

«Forza, Felipe, alzati, ti portiamo a ballare il tango.»

«Preferisco pulire il pavimento di plaza de Mayo con uno spazzolino da denti.»

«Non mentire, lo so che non aspetti altro.»

«Alzi la mano chi è stato in una sala di milonga.»

«Mio nonno, forse.»

«Chi si esibisce per primo?»

Alejandro afferrò Martina per la vita e iniziò a sgambettare in modo sgraziato.

Gli altri ridevano e applaudivano: «Bravi, ora vogliamo vedervi in pista».

«Nemmeno se mi ci portano i pompieri» chiarì Martina.

«Insomma, chi balla?»

«Balla Felipe e noi lo guardiamo.»

«Voi siete tutti scemi!»

«Ho capito, non balla nessuno» concluse Anaclara. «Siete una massa di debosciati! Vorrà dire che se non balliamo guarderemo gli argentini patriottici che si esibiscono nella danza nazionale» e lanciò un'occhiata loquace a Felipe.

«Che idea del cazzo!» brontolò lui scuotendo la testa, ma si alzò e raggiunse il gruppo che già s'incamminava lungo il viale.

La milonga si ballava al primo piano di un vecchio palazzo trasandato. All'ingresso una megera con una cofana stepposa in bilico sulla testa strappò i biglietti: «La consumazione è compresa» li avvertì «ma non c'è servizio al tavolo».

Scostarono la pesante tenda di velluto ed entrarono in sala.

L'aria era pesante, scura e fumosa, unica illuminazione un festone di lampadine colorate che correva da un lato all'altro del soffitto. Un grande spazio vuoto al centro e tutto intorno tavolini e sedie di plastica: lo spiazzo di un'*estancia* dopo la fine della festa.

«Prendo la consumazione e me ne vado» bisbigliò Felipe.

«E smettila!»

«Ma ci siamo solo noi?» ridacchiò Anaclara coprendosi la bocca con la mano.

In effetti, non fosse stato per il lamento di un *bandoncón* che piangeva in qualche angolo e per un odore persistente di borotalco, si sarebbe detto che il luogo fosse disabitato.

Procedendo nella penombra, incespicando nei piedi di quello davanti, tra bisbigli e risatine represse, guadagnarono finalmente uno dei tavoli in fondo.

Via via che gli occhi si abituavano all'oscurità, cominciavano a distinguere le figure: un paio di ragazzi in punta come cani da caccia vicino al bancone del bar sul lato opposto alla porta d'ingresso, rari avventori ai tavoli, una donna sola seduta in prima fila. Truccata pesantemente, indossava una gonna aderente con lo spacco e aveva scarpe col tacco alto. Fumava una sigaretta e si guardava attorno con apparente indifferenza.

«Una vera tanghèra!» commentò ironico Pablo.

Poco dopo una coppia di mezza età guadagnò il centro della pista: busti eretti, volti vicinissimi e concentrati. Quando iniziò la canzone rimasero per qualche secondo in posa, come sospesi nell'atto della partenza, poi cominciarono a ballare: un passo di lato, uno avanti, uno indietro, ora veloci, ora con lentezza estenuante, la parte superiore del corpo rigida, quella inferiore convulsa, come animata di vita propria. L'uomo guidava, la donna seguiva, ruotava sui tacchi e gli girava intorno, si esibiva in brevi calci repentini all'indietro tra una figura e l'altra, accavallava la coscia su quella del compagno e la faceva scivolare giù in un attrito lentissimo e carico di seduzione. Lui si fermava improvvisamente e lei aderiva al suo corpo come se cercasse di eccitare il suo desiderio, oscillava da una parte e dall'altra, fingeva di voler fuggire da lui per poi tornare, sconfitta. Gemito di femmina sottomessa e ammiccante, un rianimarsi di vecchi istinti, di provocazioni fugaci.

Martina e i suoi amici guardavano a bocca aperta. Non era certo uno spettacolo inedito il tango a Buenos Aires, lo si vedeva ballare in ogni angolo della città per pochi spiccioli gettati in un cappello. Ma i *tangueros* di strada erano giovanissimi, ragazzi poveri dei *barrios* o studenti delle scuole di milonga che si esibivano per la gioia dei turisti. Folklore a buon mercato, sfoggio di tecnica privo di qualsiasi carica erotica. Per quel gruppo di studenti di buona famiglia, avvezzi ai ritrovi soporiferi e compostissimi dei loro genitori, era un'esperienza assolutamente nuova vedere due persone di quell'età alludere in modo così esplicito all'atto sessuale. Erano ancora nella fase in cui si è convinti che la vita, almeno per certe cose, finisca a trent'anni e assistere a quell'esibizione matura equivaleva un po' a spiare la propria madre a letto col garzone del latte.

Pablo, infatti, si espresse subito in modo poco lusinghiero: «Vecchi ridicoli!».

«Perché?» protestò Martina. «Ballano bene.»

«Ti piacerebbe vedere i tuoi genitori strusciarsi in quel modo?»

«Chissà... forse...» e mentre cercava invano di immaginarsi sua madre, con i suoi chili di troppo e i bigodini in capo, far scivolare ammiccante la coscia su quella di suo padre, si sentì toccare il gomito da Anaclara.

«Guarda quel tipo là» le disse indicando con la testa uno dei ragazzi in piedi davanti al bar. «Non fa che puntarti.»

«Ma va'!»

«Giuro! È da quando siamo arrivati che non ti toglie gli occhi di dosso.»

Martina sbirciò in quella direzione e il suo sguardo incrociò subito quello di un ragazzo alto, dai tratti marcati. Teneva i gomiti appoggiati al bancone e si protendeva in avanti col bacino in una posa quasi sfacciata. Capelli impomatati, pettinati all'indietro, camicia scura e pantaloni a zampa d'elefante. Fissandola, fece un cenno con la testa e alzò le sopracciglia.

«Un vero *macho*!» commentò l'amica. «Sembra uscito da una cartolina della Boca.»

«Smettila di guardarlo» la implorò Martina.

«Perché? Tanto gli interessi tu.»

«Non è vero, guarda te.»

«Martina ha fatto colpo» annunciò Anaclara rivolta agli altri.

«Non è vero, sono solo le sue fantasie.»

«Altro che fantasie! Un giovane e aitante tanghèro si è perdutamente innamorato di lei. Guardate, è quello laggiù.»

Naturalmente si voltarono tutti verso il bar.

«Siete proprio cretini» protestò Martina e abbassò ostentatamente la testa perché fosse chiaro che lei si dissociava.

Fu mentre seguiva il perimetro di una macchia sul pavimento tra i suoi piedi che avvertì intorno a sé uno strano silenzio e poi una voce maschile sconosciuta chiedere: «Balla, signorina?».

Restò paralizzata nella stessa posizione.

«Signorina, mi concede il prossimo ballo?»

La buona creanza imponeva una risposta. Con lo sguardo risalì dal pavimento e notò, in progressione, un paio di scarpe lucide a punta, due cosce muscolose messe sapientemente in risalto dal tessuto aderente, una lieve peluria scura che spuntava dalla camicia aperta sullo sterno e infine una bocca carnosa che ripeteva: «Balla?». Il ragazzo del bar era davanti a lei, piazzato a gambe divaricate e con una mano sul fianco, perché i pantaloni erano troppo stretti per tenerla in tasca.

«Dice a me?»

«Proprio a lei. Allora, balla?»

Avvampò fino alla radice dei capelli: «No, grazie, non so ballare il tango».

«Non importa, le insegno io.»

«Forza, vai a ballare» si intromise Alejandro sghignazzando.

«Dài, Martina, buttati!»

«Attento ai piedi» aggiunse qualcuno rivolto al tanghèro. «Scalcia come una puledra.»

Ma il ragazzo non li considerava, guardava solo lei come a cancellare il mondo intorno: «Le insegno io» dichiarò di nuovo.

Gli altri ormai ridevano senza ritegno. Maleducati e inopportuni! Non sapendo più che fare, Martina si alzò e seguì titubante il suo cavaliere al centro della pista.

C'erano loro due soli e quella dannata musica non iniziava. Avrebbe voluto squagliarsela, ma lui con la mano sinistra le avvolgeva saldamente la destra, mentre con l'altra le premeva il centro della schiena, costringendola a sfiorargli il petto. Per evitare contatti più imbarazzanti, spinse il sedere in fuori, come se stesse per depositare un uovo. Anche da lì le arrivavano i bisbigli e le risatine degli amici rimasti al tavolo.

«Quanti anni hai?» le chiese lui.

«Venti.»

«Io ventisette.»

Mamma, com'è vecchio.

«Non ho mai ballato» chiarì di nuovo. «E sono sicura che non mi riesce.»

«Non ti preoccupare, devi solo lasciarti andare. Qui comanda l'uomo.»

A queste parole Martina restò a bocca aperta come un pesce boccheggiante portato dalla risacca. C'era qualcosa in lui di attraente e repulsivo insieme. Forse le labbra troppo turgide, forse gli occhi troppo accesi. Forse le esalazioni ormonali che covavano sotto l'odore di borotalco. Non che Martina fosse in grado di discernerle, sapeva solo che uno strano formicolio le risaliva lungo la schiena fino a fermarsi nel punto esatto in cui lui premeva con le dita.

E poi iniziò. Una voce di donna che da un angolo remoto sussurra il suo tormento, all'improvviso si inarca in ribellioni subitanee e di nuovo si abbandona alla malinconia. Il *bandoneón* invece della chitarra, il flamenco si fa tango, diventa canto struggente della nostalgia.

I corpi si studiano, si attraggono, si respingono. Mano nella mano, coscia contro coscia, un dialogo primordiale che non ha bisogno di parole. *Tuya es su vida, tuyo es su querer*, dice la canzone.

Un cerchio immaginario, tracciato intorno a loro sul pavimento, che li isola dal resto del mondo. Martina si abbandona, chiude gli occhi. Sente l'alito caldo del ragazzo sul collo, ne intuisce la tensione dei muscoli. *Errante en las sombras te busca y te nombra.* Basta un movimento appena accennato, una lieve pressione delle dita perché lei si sposti di lato o faccia un passo indietro come svuotata di volontà, come se il suo corpo non le appartenesse più. E questa condizione inedita la stupisce e insieme le procura un piacere intenso, mai provato prima di allora.

Da quella sera Martina e Juan Fernando, così si chiamava il ragazzo, cominciarono a frequentarsi.

Il pomeriggio usciva di casa furtiva, inseguita immancabilmente dalla voce della mamma: «Dove vai?», «A fare due passi con Anaclara». Correva, anzi, volava, carica di eccitazione, al luogo dell'appuntamento.

La prima volta si erano incontrati in calle Florida davanti ai Grandi Magazzini Pacifico e si erano avviati verso il parco Palermo senza sapere che dirsi.

«Vai a scuola?» le aveva chiesto lui mentre camminavano.

«Sono al secondo anno di Università. Giurisprudenza.»

Lui aveva fatto un fischio di ammirazione: «Allora diventerai un avvocato».

«Spero di sì. E tu?»

«Io non farò l'avvocato.»

«Ma lavori? Che fai?»

«Lavoretti qua e là» aveva risposto laconico.

Quando erano arrivati al parco faceva già buio. Si erano seduti su una panchina e lui l'aveva baciata sulla bocca. Un bacio lungo e umido. Si erano guardati sorridendo e si erano baciati di nuovo, ma questa volta lui le aveva insinuato una mano sotto la gonna e con le dita aveva scostato il lembo delle mutandine.

«No!» aveva protestato cercando di allontanarlo.

«Dài, sii buona.»

Juan Fernando aveva mille mani, come tentacoli di un polpo gigantesco si intrufolavano ovunque, attratti dalla pelle nuda, si appiccicavano con le ventose. Martina non faceva in tempo a staccarne una che se ne trovava addosso due. Dopo mezz'ora di assalti, proteste e affanni finalmente il ragazzo si era placato. Era tornato umano.

Adesso era interessato ai capelli di Martina.

«Come sei bionda!» aveva rimarcato mentre glieli accarezzava con aria sognante: «Da dove vieni?»

«Dalla luna» aveva scherzato lei. «Sono argentina, da dove vuoi che venga?»

«Nessuno è davvero argentino tranne gli indios della Patagonia.»

«Hai ragione. Dunque, io sono nata a Buenos Aires, mio padre e mia madre sono nati a Buenos Aires, il nonno, il padre di mio padre, invece è nato in Italia.»

«Roma? Milano?»

«Sacile.»

Era come dire l'Oceano delle Tempeste. Juan Fernando era rimasto interdetto.

«Un paese del Friuli.»

Avrebbe potuto rimanere un giorno intero col dito puntato su una carta geografica senza trovare quel luogo mai sentito prima, ma in fondo che importava?

«Sono tutti biondi come te da quelle parti?»

Martina aveva riso: «E che ne so, non ci sono mai stata».

Lui le aveva raccolto i capelli tra le mani a coppa e li aveva lasciati scivolare tra le dita: «Quando divento ricco ti ci porto io in Friuli».

Iniziò così una storia fatta di incontri clandestini, di pomeriggi rubati, di baci famelici.

S'incontravano davanti ai Grandi Magazzini Pacifico e raggiungevano il parco, carichi di eccitazione. Si spingevano sempre più in là, fino alla parte più buia e isolata dove, complice la precoce oscurità delle sere invernali, potevano baciarsi e toccarsi indisturbati. Appena possibile Juan Fernando la bloccava contro il tronco di un ficus o di un palissandro e senza tanti complimenti le infilava la lingua in bocca, le stringeva i seni, le sollevava la gonna. Un assalto famelico, senza mediazioni, che alzava il velo su sconcertanti zone d'ombra. Il bosco, il guardacaccia e Lady Chatterley.

Lì vicino, a ridosso del muro che segnava il confine dei giardini, c'era un capanno di legno. Assi scrostate, porta sbilenca, aveva l'aria sinistra dei luoghi abbandonati da un pezzo. Non ci avevano mai fatto caso. Almeno fino a quel pomeriggio in cui nuvole nere e vendicative erano all'arrembaggio del cielo e Juan Fernando, forse a causa dell'elettricità dell'aria, pareva più infoiato del solito. La pioggia li sorprese ansimanti e mezzi nudi: gocce grosse e fitte come calabroni, perché a Buenos Aires, quando piove, piove così. Il capanno era lì, a due passi da loro. In un attimo il ragazzo fece saltare il lucchetto con un coltellino e spinse con forza la porta. Buio assoluto, fetore di materia in decomposizione.

Martina fece un passo indietro: «Che razza di posto...».

Lui allora fece scattare l'accendino e al chiarore ondivago della fiammella apparvero in più punti sacchi squarciati di terriccio e fertilizzante accatastati sul pavimento, attrezzi arrugginiti da giardinaggio appoggiati alle pareti: pale, rastrelli, asce, seghe.

«Il capanno dei giardinieri del Municipio» constatò lui. «Di sicuro non ci vengono da un pezzo. Dài, entriamo.»

Martina era titubante: «C'è un gran puzzo!».

«È solo il concime, tutta roba naturale. Forza, entriamo, sono già tutto bagnato.»

In realtà Juan Fernando era solo ansioso di riprendere le manovre interrotte, per questo la spingeva verso l'interno, un passo avanti e un passo indietro, incespicando nei sacchi a terra.

Improvvisamente si sentì nel buio fitto un rumore, una specie di rosichìo.

«C'è qualcuno!» gridò lei.

«Ma no, ci siamo solo noi.»

Poi il rumore si fece più vicino e qualcosa guizzò tra le gambe di Martina, sfiorandole le caviglie.

«I topi! È pieno di topi!» gridò facendo un balzo indietro.

«Eh, che sarà! Non sono mica coccodrilli!»

Questi erano i luoghi che frequentava da quando era iniziata quell'avventura, lontanissimi dalle case accoglienti, dalle aule universitarie, dai caffè e dalle librerie in cui s'incontrava con gli amici di sempre. Gliel'avessero detto un mese prima si sarebbe scandalizzata: «Io? Farmi palpeggiare come una bambola in un parco pubblico? Mai e poi mai!». E invece…

Non sapeva Martina che non era Juan Fernando a produrre quella sua esaltazione costante, quell'eccitamento febbrile, ma la chimica che si sprigiona dentro ogni corpo di innamorato. Non sapeva che passata l'ubriacatura l'avrebbe guardato con occhi diversi. Per il momento era troppo impegnata ad ascoltare lo sfarfallio dentro il suo stomaco per porsi quesiti di questo genere.

Era uno stato, quello, che coltivava in segreto, anche se scoppiava dalla voglia di raccontarlo a qualcuno. La destinataria naturale delle sue confidenze sarebbe stata Anaclara, ma in quel momento aveva in testa solo l'esame di linguistica.

«Ci vediamo?»

«Devo studiare.»

«Possibile che devi sempre studiare?»

«Sono nei casini, ho l'esame tra una settimana.»

«Devo dirti una cosa» sussurrò nella cornetta al terzo tentativo, sapendo che l'amica era curiosa come una scimmia.

L'altra infatti drizzò subito le antenne. «Che cosa?»

«Una cosa importantissima, ma non posso dirtela per telefono.»

Quella volta Anaclara chiuse il manuale di linguistica e la raggiunse. Si chiusero in camera di Martina.

«Allora? Cos'è questa cosa importantissima?»

«Giura che non lo dici a nessuno.»

«Giuro.»

«Ma proprio a nessuno.»

«Vuoi farmi morire di curiosità? Avanti!»

«Mi vedo con uno.»

«Vuoi dire che ci stai insieme? Scommetto che è Alejandro.»

«Quando mai!»

«Allora chi è?»

«Non lo conosci.»

«È figo? Dove l'hai pescato?»

Martina tergiversava.

«Dài!»

«È quello con cui ho ballato il tango.»

Anaclara sgranò gli occhi. «Ti sei messa col *macho* della milonga?» Le scappò da ridere.

«Non è come credi, lui è... è...»

«Non ci posso credere: ti sei innamorata del tanghèro! Ci vai pure a letto?»

Arrossì violentemente. «No, non proprio, non ancora...»

«Sì, ti sei davvero innamorata.»

«Lui mi fa sentire come... non te lo so spiegare.»

Avrebbe desiderato che l'amica partecipasse al suo entusiasmo, invece quella scosse la testa: «Ma che ti è preso? Innamorarti di uno come lui?».

Martina s'impermalosì: «Cos'ha che non va?»

«Niente, però...» ruotò gli occhi intorno alla stanza. «Mi spieghi di che parli con uno così? Con uno vestito in quel modo. Non ti vergogni a uscirci insieme?»

Quella conversazione segnò un'incrinatura nella loro amicizia. Anche se non se lo dissero, entrambe si sentirono tradite.

Alla luce di quanto avvenne in seguito Anaclara si sarebbe pentita di essere stata così intransigente con Martina e, soprattutto, avrebbe rimpianto ogni singolo istante che per orgoglio non avevano passato insieme.

Andava spesso con Alejandro a casa di Felipe. In teoria a studiare, in pratica a parlare e ad ascoltare musica. Felipe abitava all'ultimo piano di uno di quei palazzoni che negli anni Sessanta erano spuntati come escrescenze lungo la trafficatissima avenida 9 de julio, preludio delle modifiche e degli sventramenti che ne avrebbero fatto più tardi la *strada più larga del mondo*. Aveva un fratello più grande che viveva a Rosario e che nessuno aveva mai visto, due genitori impegnati a risollevare la cuoieria dalla crisi economica del '75 e un enorme appartamento tutto per sé fino alle otto di sera.

Tra loro tre c'era una confidenza cameratesca, si muovevano liberamente per la casa, bevevano Quilmes ghiacciata passandosi la bottiglia, fumavano, si toglievano le scarpe e si gettavano sul letto del padrone di casa. Spesso sfogliavano insieme gli album dell'*Eternauta*, che lui conservava gelosamente.

All'inizio Martina aveva opposto resistenza: «Che palle! La solita storia dei cow boy dello spazio. Ma a voi ragazzi non interessa altro?».

«Non capisci nulla. Questo è un capolavoro.»

«Immagino! Studio diritto privato, piuttosto… c'è un Topolino da qualche parte?»

Ma in assenza del Topolino, sbirciando con ostentata indifferenza sopra le teste degli amici, aveva imparato piano piano ad apprezzare anche lei il tratto netto del disegno, il bianco abbacinante e il nero denso delle vignette. E si era appassionata alla storia di Buenos Aires, colpita all'improvviso da una nevicata mortifera che ne decima gli abitanti per preparare l'invasione degli alieni.

«Chi sono questi?» aveva chiesto a Felipe, indicando delle creature particolarmente inquietanti.

«Gli uomini dagli occhi di ghiaccio. Erano umani ma ora non lo sono più: gli extraterrestri gli hanno innestato una ghiandola che li uccide al primo manifestarsi della paura. Non temono nulla e non hanno pietà.»

«È una storia terribile. Come hai detto che si chiama l'autore?»

«Oesterheld.»

«Ecco, questo Oesterheld dal mio punto di vista è un visionario dalle tendenze sadiche.»

«E c'è di peggio!» insisteva Felipe ridacchiando. «Loro non sono il pericolo maggiore, il vero nemico rimane invisibile, manovra nell'ombra. C'è qualcosa di più terrorizzante?»

Negli ultimi tempi sfogliavano la serie più recente, quella del '75. Felipe la studiava con puntigliosa attenzione, pareva volesse impararla a memoria.

«Vuoi laurearti in Eternautologia?» gli disse un giorno per scherzo Alejandro, ma l'altro non rise, anzi, gli chiuse l'album sul muso: «Far vedere a voi queste cose è come dare perle ai porci».

«Il prossimo te lo regalo io» insistette Martina «così prendi anche il dottorato.»

«Non ci sarà un prossimo» rispose lui diventando improvvisamente serio. «Solo degli ignoranti come voi non lo sanno: Oesterheld è stato arrestato.»

«Quando?»

«Già da un po'. Sarà a ingrassare i pesci del Río de la Plata.»

«Perché l'hanno arrestato?» balbettò Martina.

Felipe scosse la testa: «Non aveva fatto nulla, nessuna azione sovversiva. Scriveva e basta, lui! Pare che le sue figlie collaborassero con i *montoneros*».

«Ma allora perché?» si piccava lei.

«Lo sai perché, lo sappiamo tutti anche se ci ostiniamo a far finta di niente» rispose cupo Alejandro. «Hai sentito il discorso di Ibérico Saint-Jean, no? *Primero mataremos…*»

Matar, uccidere per le altre lingue, qualcosa di più per la lingua spagnola: un verbo che in quel suono cupo, gutturale evoca spettacoli cruenti, carni lacerate, sangue. Così pensava Martina. *Prima uccideremo tutti i sovversivi, poi uccideremo i loro collaboratori, poi i loro simpatizzanti, quelli che sono indifferenti e alla fine i timidi.* Le parole del governatore di Buenos Aires le erano rimaste scolpite nella mente.

«Questo album non è una storia di fantasia, è un presentimento» concluse Felipe.

Aprirono di nuovo il volume, questa volta con maggiore rispetto: uomini armati, uniformi, spazi desolati. *Matar, matar, matar*. Gli alieni avevano trionfato, gli umani, abbandonata ogni speranza di resistenza, erano regrediti a uno stadio primitivo, annientati dalla paura, assuefatti alla barbarie.

19 luglio, pomeriggio. Uno di quei giorni infernali in cui tira vento di terra e i gas di scarico del traffico, anziché disperdersi verso la Plata, si attorcigliano a mulinello sotto la cappa delle nuvole. Avenida Corrientes era afflitta da un flusso continuo di automobili sgangherate e autobus variopinti con gli altarini di fiori di plastica sul cruscotto.

All'angolo con calle Florida, Martina si stringeva nel giaccone e si guardava attorno in attesa di Juan Fernando. Finalmente lui arrivò, la sorprese alle spalle, cingendola per la vita.

«Ho una sorpresa» la informò con un sorriso da orecchio a orecchio.

«Che sorpresa?»

Assunse un'espressione misteriosa: «Vedrai».

La prese per mano e, anziché dirigersi come al solito verso la stazione Retiro, imboccò la direzione opposta. Attraversarono di gran carriera plaza de Mayo, superarono il quartiere di San Telmo e arrivarono alla Boca. Qui Martina si aspettava di girare verso i moli della Plata, invece si addentrarono in un dedalo di viuzze interne. A ogni svolta i vicoli, imprigionati tra facciate fatiscenti, diventavano più scuri e più maleodoranti. Il contrafforte della scarpa destra a ogni passo le sfregava il calcagno, facendole vedere le stelle. Mentre arrancava dietro Juan Fernando, come pulci ammaestrate le saltavano in mente le sentenze di suo padre: *Mai alla Boca. Come ti allontani dal Caminito entri intero ed esce la lisca.* Istintivamente toccò l'orologio che aveva al polso.

Alla fine si piantò sull'asfalto, mani sui fianchi: «Basta! Io torno indietro».

«Che ti prende?»

«Cammini, cammini, senza dire nulla. E poi in questi posti io non ci voglio venire.»

Solo allora Juan Fernando fece caso ai panni stesi ad asciugare, ai resti di cibo sparsi per terra, all'odore di fritto e di piscio che si confondevano nell'aria.

«Mi spiace, speravo di farti una bella sorpresa. Lo so, duchessa, che non sei abituata a questa roba, ma io non posso offrirti di meglio. Io sono cresciuto in luoghi come questo, io sono figlio del *barrio.*»

La precedeva, scuro in viso. Lei lo raggiunse, gli prese la mano: «Ehi, figlio del *barrio,* mi fa male una scarpa, credo che mi sia venuta una galla». Gli sfiorò una guancia con le labbra: «Insomma, quando arriva questa sorpresa?».

Alla fine si fermarono in una piazzetta triangolare: su due lati le solite stamberghe a più piani, sul terzo un edificio un po' più alto con l'insegna OSTERIA, un tendone sgorato e qualche tavolino sotto.

Il ragazzo indicò una finestra sopra l'insegna: «Il nostro castello, duchessa».

Martina sollevò lo sguardo sulle persiane scrostate: «Come?» chiese con un filo di voce.

«È la sorpresa. Alfredo è un amico, ci lascia la camera ogni volta che vogliamo.»

Salirono una rampa stretta di scale fino a una stanzetta buia. Lui si precipitò ad aprire le imposte: i muri, che un tempo dovevano essere stati di un celeste pallido, ora erano di un colore indecifrabile. Larghe chiazze di umidità si aprivano sull'intonaco come disegni psichedelici. Un letto con la testata di ferro grigio che faceva tanto ospedale da campo, due sedie e una ventola sbilenca appesa al soffitto. Martina osservò dubbiosa il lenzuolo grigiastro steso sul materasso, consapevole che stava facendo strame di tutti i precetti che le avevano inculcato in famiglia. La mamma: «L'igiene. Per una donna l'igiene è fondamentale». *Perché solo per una donna?* «Non appoggiarti alle seggette dei bagni pubblici, anzi, nei bagni pubblici non entrarci proprio.» Fu una riflessione fugace, perché nel frattempo Juan Fernando la faceva sedere sul letto e le toglieva la calza dicendo: «Vediamo questa ferita». S'inginocchiò davanti a lei e cominciò a esaminarle il piede: sul calcagno la pelle si era staccata, rivelando una moneta rossa di carne viva.

«Avevi ragione, ha bisogno di cure.» Gli era uscita una voce strana, rauca e gorgogliante al tempo stesso. Le sollevò il piede e, guardandola intensamente negli occhi, iniziò a leccarle la galla.

Non ci fu più spazio per il dubbio. Martina si lasciò spogliare, permise che il suo corpo venisse esplorato, esplorò a sua volta un corpo sconosciuto.

«Non aver paura, è come il tango: devi solo lasciarti andare» le disse.

Gli occhi restano chiusi mentre un fremito la attraversa dalla testa ai piedi, si aprono e il volto di lui è sul suo volto, si abbassa, la bacia sulla bocca, le sue mani una carezza infinita. Gemiti e cigolio di molle, odori e umori che si confondono, lingue di camaleonte, pelle di rettile che si spoglia e rinasce.

Così Martina perse la verginità e non le dispiacque per nulla.

Da quel giorno non ci furono più passeggiate nei parchi, i loro incontri avvenivano sempre in quella stanza. Si gettavano nudi sul letto, incuranti degli spifferi gelidi che filtravano dagli infissi. Poi vennero la primavera e l'estate e i loro assalti amorosi continuarono con foga immutata, tra le lenzuola intrise di sudore, mentre gli effluvi di *empanadas* dell'osteria al piano di sotto si infiltravano tra i capelli e la ventola gracchiava sulle loro teste. E quando, ansimanti, si stendevano fianco a fianco, arrivava anche il tempo delle parole. Un po' alla volta si scambiarono pezzi delle loro vite. O meglio, era Martina a raccontare di sé, mentre Juan Fernando centellinava le informazioni e su alcuni argomenti era del tutto reticente.

«Dove hai imparato a ballare il tango?» gli chiese lei una volta.

«Il tango s'impara per strada.»

«Non a scuola di ballo?»

Lui emise un verso di disgusto: «Quello va bene per i turisti. Il tango vero è il tango *viejo* e s'impara solo per strada. Lo ballavano i marinai italiani nei bordelli».

«Anche tu sei di origini italiane?»

«Metà Argentina è di origini italiane. Io no, sono di qui.»

Martina seguì col dito la linea allungata degli occhi, il naso diritto: «Devi proprio essere di qui». Ma lui alzò le spalle: «Chi lo sa da dove vengo. Io vengo da questi vicoli schifosi. Ma andrò via da questa merda, ci puoi scommettere. Voglio fare soldi, tanti soldi. In

Patagonia cercano gente che abbia voglia di lavorare, pagano bene». Fece una pausa strategica, si girò verso di lei: «Vieni con me?».

Lei rise.

«Dico sul serio.»

Era un argomento, quello della Patagonia, su cui tornava spesso.

«In Patagonia, a El Calafate, cercano lavoratori.»

«Per fare che?»

«Allevatori. Pascoli sterminati, migliaia di capi di bestiame. Due, tre anni di vita dura e torno pieno di quattrini.»

«E mi lasci qui da sola?»

«Tu vieni con me. Poi, duchessa, ti compro un castello e ti porto a visitare il Friuli.» Le affondava le mani tra i capelli: «Andiamo a vedere questo popolo di biondi. Mi fanno impazzire, da chi li hai presi?».

Dal nonno li aveva presi, dal padre di suo padre.

Conservava ancora una fotografia color seppia. Lo ritraeva in piedi, su un lungomare non riconoscibile, alto, giovane, elegante, con un vestito chiaro, il panama in mano e un cesto di capelli che si intuivano color granturco: eredità di qualche ussaro del regio esercito asburgico, inviato nei domini dell'impero e bisognoso d'affetto. I geni del suo cromosoma, saltando una generazione, erano arrivati fino a lei.

«Com'eri bello, nonno» gli diceva Martina quando gliela mostrava.

«Sicuro che ero bello! Quando ero un giovanotto queste zingare» chiamava così le donne argentine «andavano pazze per me.»

«Ma tu sei ancora bellissimo. Il più bello di tutti. Anch'io vado pazza per te.»

Il nonno rideva, l'abbracciava: «Cucciolotta, tu non sei una zingara».

Quando i bisnonni erano emigrati in Argentina, lui aveva cinque anni. Da piccola si arrampicava sulle sue ginocchia e restava ore ad ascoltare incantata i suoi racconti. Le descriveva, sostenuto più dalla fantasia che dalla memoria, il viaggio per mare. Storie che profumavano di oceano, intrise di sacrificio e di speranza, la nausea costante, l'attesa, il momento magico in cui la macchia della terraferma era emersa lentamente dalla foschia, quel continente quasi mitologico in cui l'inverno era estate e l'estate era inverno.

«Nonno, tu lo parli l'italiano?»

«Come no!» mentiva.

Me la dici una parola in italiano?»

«Vediamo... ce ne sono parecchie» si lisciava la barba: «Mona!».

«Che significa?»

Ridacchiava. «È una parola magica, se ti dico cosa significa perde potere. E tu non devi dirla a nessuno. Promesso?»

C'erano fra lei e Juan Fernando anche motivi di screzio.

Uno riguardava gli amici di Martina.

«Perché non me li presenti?» chiedeva lui con sempre maggiore insistenza.

Lei si sentiva gelare il sangue.

«Sono compagni di Università, ci vediamo solo per studiare.»

«Non è vero, ci esci anche. Eri con loro alla milonga.»

«E allora?»

«Allora potremmo uscire tutti insieme.»

In tutti quei mesi Martina aveva mantenuto con gli amici un riserbo assoluto circa la sua storia d'amore. Non fossero bastate le sue perplessità, ci aveva pensato la reazione di Anaclara a spazzare ogni dubbio. S'immaginava la scena. Lei che arriva al Café La Biela con Juan Fernando vestito come si vestiva: «Vi presento il mio fidanzato». Prima il silenzio stupefatto, poi le occhiate d'intesa, le risatine nascoste dalla mano davanti alla bocca. Meglio non pensare a quello che sarebbe venuto dopo. *Martina ha sposato la causa dei descamisados. Non l'ha sposata, ci va solo a letto insieme.* Cose del genere.

«Ti annoieresti con loro.»

«Ti vergogni di me, non è così? Non mi ritieni all'altezza dei tuoi amici.»

«Ma che dici? Non stiamo bene qui, noi due soli?»

L'altra incomprensione era legata all'orologio del nonno.

Juan Fernando non ci avrebbe mai fatto caso se un giorno, disgraziatamente, non gli avesse graffiato la schiena con la fibbia del cinturino mentre facevano l'amore. Sul momento lui si era limitato a un guaito, ma dopo le aveva detto: «Levatelo quel cazzo di orologio almeno quando siamo a letto».

«Non si può.»

«Che significa *non si può*?»

«Questo è l'orologio di mio nonno, non lo tolgo mai, per nessuna ragione al mondo.»

«Le mutande sì e l'orologio no. Roba da pazzi!»

«Nessuno può aprirlo tranne me. C'è un meccanismo segreto.»

Era un Universal Geneve del 1938: cassa in oro, numeri romani, lunetta con la data del giorno. Anche il cinturino era di metallo. Il nonno aveva fatto realizzare da un amico orafo un congegno complicatissimo di apertura e chiusura. «Così diventano matti quando sarò nella bara» aveva detto ridacchiando. In realtà non aveva alcuna intenzione di portarselo dietro a miglior vita. «Quando muoio devi prenderlo tu» le diceva sempre e le mostrava in gran segreto il meccanismo. Lei osservava attenta, provava e riprovava, poi gli buttava le braccia al collo e diceva: «Nonno, tu non morirai mai».

Invece era morto. Martina aveva da poco compiuto quindici anni e davanti alla bara esposta in salotto aveva compreso con chiarezza che un pezzo di lei se n'era andato per sempre. Si era subito impadronita dell'Universal Geneve, ma sua madre gliel'aveva tolto di mano con delicatezza e l'aveva chiuso a chiave in un cassetto.

«È mio» aveva gridato. «Il nonno l'ha lasciato a me.»

«Nessuno te lo prende, stai tranquilla. Lo avrai quando sarai un po' più grande.»

Al compimento dei diciotto anni se l'era trovato davanti, insieme alla torta di compleanno.

«Vuoi che facciamo cambiare il cinturino?» Le aveva proposto suo padre, ma lei aveva scosso energicamente la testa: ricordava benissimo il sistema di apertura e chiusura.

«Nessuno tranne me lo sa aprire» aveva ripetuto a Juan Fernando.

«Vuoi vedere che ci riesco?»

Si era gettato sulla chiusura, ma per quanto avesse armeggiato non era riuscito ad aprirla.

Quell'orologio per lui era diventato un'ossessione, una specie di prova di virilità. Appagato il desiderio rivolgeva su di lui la sua attenzione; con un sospiro rassegnato Martina gli porgeva il braccio prima che glielo chiedesse, ma l'Universal Geneve restava ogni volta saldamente ancorato al suo polso.

7 ottobre, un inizio primavera che già sembra estate. Una ragazza bionda spunta da un vicolo, ha i capelli raccolti in una coda di cavallo, un abito leggero e sandali bassi; ha il passo sicuro di chi percorre sentieri già conosciuti. Marcia verso il giovane uomo che l'attende appoggiato al muro di fronte. Martina si alza sulle punte dei piedi per avvicinare le labbra a quelle di Juan Fernando, ma mentre si baciano lui allunga lo sguardo, di sbieco, verso l'osteria: sotto il tendone, seduti a un tavolino due ragazzi fumano e bevono birra. Lui in seguito avrebbe sostenuto a spada tratta che si era trattato di un caso, mentre tutto lasciava pensare a un incontro combinato.

Martina li vede, accelera il passo a occhi bassi verso la porta laterale, invece Juan Fernando si dirige verso di loro, tirandosela dietro per un braccio.

Non ha il tempo di capire: quei due si alzano e lui li bacia prima su una guancia, poi sull'altra come fanno i mafiosi nel film, si siede e ha l'aria di uno che muore dalla voglia di raccontare agli amici le sue conquiste. Chiacchiera, ride, alza il braccio e schiocca le dita per ordinare una birra. Anche se è rivolto agli altri, non la perde mai d'occhio.

Martina è immobile, seduta in punta di sedia, le mani appoggiate alle ginocchia come se stesse aspettando il via per saltare su e correre ad afferrare la bandierina, non sopporta quegli occhi puntati su di lei.

Eccoli i suoi amici: uno, quello che si era presentato come Carlos, le ricorda uno scimpanzé. Basso, tarchiato, la testa incassata tra le spalle. Ride, anche, come uno scimpanzé, arricciando il labbro superiore e mostrando i denti guasti dell'arcata superiore. Lo trova fisicamente disgustoso ma espansivo. L'altro invece è un bel ragazzo, ma è anche quello che la fa sentire più a disagio. Alto, fisico atletico, sfoggia abiti costosi; tiene una sigaretta tra le dita sottili, non apre bocca, ma la fissa senza ritegno dietro le lenti scure degli occhiali da sole. Mentre la guarda, la cenere della sigaretta si allunga, cade sul tavolo.

«Begli occhiali, Aureliano» gli dice Juan Fernando. «Nuovi?»

L'altro si riscuote dal torpore, annuisce: «Rayban». Se li toglie e glieli porge senza staccare lo sguardo da lei. Gli occhi sono due fessure, lunghi e stretti, quasi orientali.

«Belli davvero!» dice Juan Fernando. Gli restituisce gli occhiali attraverso il tavolo: «Ti dice bene, eh?».

«Non mi lamento.»

«Nemmeno io mi lamento.» Indica Martina con la testa: «Fa Giurisprudenza».

«Studi legge?» s'intromette Carlos. «Bene! Ci vuole proprio un avvocato per questo farabutto.» Solleva un braccio per dare una pacca all'amico, un afrore acido di sudore si spande nell'aria.

Finalmente Juan Fernando si alza, mette una banconota sul tavolo: «Bene, ragazzi, noi andiamo».

Martina salta su come una molla, tirando un sospiro di sollievo. Anche Carlos si alza, la bacia sulla guancia come se fossero vecchi amici, Aureliano invece resta seduto e si limita a un ossequioso cenno di saluto col capo.

«Chi sono quei due?» chiese a Juan Fernando appena furono in camera. Lui capì subito che tirava aria di burrasca.

«Miei amici. Perché, non ti piacciono?»

«Neanche un po'.»

«Cos'hanno che non va? Non ti piacciono perché non sono figli di papà come quei fighetti che frequenti di solito?»

«E smettila, sempre con questi discorsi! Quell'Aureliano poi...»

«Aureliano... visto gli occhiali? E le scarpe?»

«È viscido come un serpente. Che lavoro fa?»

Juan Fernando restò un attimo pensieroso: «Ha avuto culo, lui! Guadagna bene... ma che t'importa?».

«Non hai visto come mi guardava? Non ti sei accorto che mi spogliava con gli occhi?»

Lui ridacchiò, gonfio d'orgoglio: «Lascia che ti spogli con gli occhi. A spogliarti davvero ci penso io».

«Non sono una vacca da esibire al mercato!»

«Certo che no. Tu sei la mia donna.»

«La mia donna o la mia vacca non fa molta differenza. Non lo capisci?»

Non lo capiva. Alla fine fecero l'amore, ma non fu bello come sempre.

Malgrado i finestroni spalancati l'aria nell'aula era ferma e appiccicosa come marmellata. Era la stagione in cui le yacarande si esibivano con sfacciataggine nella fioritura e tutto lasciava presagire un'estate eccezionalmente calda.

Martina, seduta in ultima fila, scarabocchiava intrecci geometrici a margine delle dispense di Diritto penale. Fece uno sbadiglio e si guardò attorno: teste che ciondolavano e sguardi assenti. Nel banco davanti Alejandro arrotolava una sigaretta. Con la penna cominciò a stuzzicargli il lobo di un orecchio. Lui la scacciò con la mano come si fa con le mosche, senza nemmeno voltarsi: «Sta' ferma».

«Quando arriva il professore?»

«Che ne so. Lasciami liquefare in silenzio.»

Antipatico, pensò lei. Si sventolò un paio di volte con le dispense scarabocchiate e cercò qualcun altro con cui scambiare due parole. Il posto alla sua sinistra era vuoto, quello a destra era occupato da un ragazzo dai capelli ricci che sonnecchiava. Si piegò di nuovo sopra Alejandro: «Mi spieghi perché ritarda tanto? È sempre puntuale». Ricominciò a tormentarlo con la punta della penna. Questa volta lui si girò di scatto: «La finisci?».

«Come sei noioso…»

Non terminò la frase. Un subitaneo brusio e lo stropiccio di corpi che si ricompongono tutti insieme fecero voltare entrambi verso la porta. Finalmente era arrivato qualcuno, ma non si trattava del professor Lopez. Era il preside di facoltà, seguito da uno sconosciuto.

Non era frequente che il preside lasciasse i quartieri alti per scendere nei corridoi dell'Università. Avvezzo ad atmosfere rarefatte, pareva non essere afflitto dai mali dei comuni mortali e in effetti, malgrado la giacca, la cravatta e perfino il gilet, dal suo viso non scendeva una stilla di sudore. Guadagnato il centro del semicerchio, si schiarì la voce e annunciò: «Vi presento il professor Castillo. Terminerete con lui l'anno accademico».

Sessanta paia di occhi si appuntarono sull'uomo corpulento e brizzolato che dietro la cattedra estraeva dei libri da una cartella di cuoio. All'inizio ci fu un silenzio stupito, infine qualcuno si azzardò a chiedere: «E il professor Lopez?».

«Si è dovuto ritirare per gravi motivi di salute. Non sono autorizzato a fornire ulteriori informazioni.»

Un mormorio attraversò l'aula, come un'onda sciabordò dalle gradinate in alto a quelle in basso e arrivato in fondo tornò in su.

«Siamo tutti molto addolorati per il professore» aggiunse il preside «ma le lezioni devono continuare. Col nuovo docente vi troverete benissimo.»

Non aggiunse altro, girò i tacchi e sparì dietro la porta.

Fu subito chiaro che il professor Castillo non era interessato ad alcuna conversazione che non fosse pertinente alla sua disciplina. Quando uno studente provò a chiedere ulteriori ragguagli sulla salute del suo predecessore, sollevò la mano per bloccarlo: «Oggi parleremo delle sanzioni predisposte per la violazione di un precetto penale».

Iniziò a disquisire di norme, procedure, cavilli legali, ma Martina, per quanti sforzi facesse, non riusciva a seguirlo. A quella presenza debordante si sovrapponeva di continuo la figura minuta del vecchio professore col suo consueto risolino ironico e gli occhiali tondi che gli scivolavano continuamente sul naso.

Qualche ora più tardi si ritrovarono, al solito, tutti e tre a casa di Felipe. Fecero diverse incursioni al frigorifero e stapparono parecchie bottiglie di birra, cercando di risollevare l'umore col tasso alcolico. Parlarono di cose di nessuna importanza, fino a quando Alejandro dette voce alla domanda che frullava nella testa di ognuno.

«Voi ci credete che il professor Lopez sia malato?»

«Due giorni fa era vispo come un grillo. Era a correre nel parco» rispose pronto Felipe.

«Neanch'io ci credo.»

«L'hanno fatto sparire, chiaro.»

«Magari è malato davvero. Perché dite così?» protestò Martina.

Dalla strada saliva, sgangherato, il trambusto del traffico. Felipe andò a chiudere la finestra e si sedette di fronte agli amici: «Il professor Lopez aveva assunto la difesa di due *montoneros*. Lo sapeva che rischiava grosso».

«E tu come lo sai?»

«Son cose che si sanno… a meno che non si scelga di vivere a Paperopoli» aggiunse lanciando una rapida occhiata a Martina.

«Io non vivo a Paperopoli!».

«Ah no?»

Felipe si tirò su, mise il disco dei Pink Floyd sul giradischi e alzò il volume. *Corri, coniglio, corri*, cantava a squarciagola mentre si esibiva in una specie di balletto, *scava il buco, dimentica il sole.*

Scalzo, in canottiera e calzoncini, contorceva il busto scarno, si piegava sulle ginocchia e abbassava la testa in una matassa di capelli arruffati, poi si sollevava, protendendo le braccia verso l'alto e gettando il capo all'indietro.

«Avanti, venite a ballare anche voi.»

«E smettila!» disse secca Martina, togliendo il braccio dal disco.

Il ballerino si bloccò e le lanciò un'occhiata furente.

«*Io* non vivo a Paperopoli» ribadì. «Cosa possiamo fare noi?»

Felipe restò per un attimo in silenzio. Gocce di sudore gli colavano dalle tempie, gli imperlavano i baffi, mentre valutava se rispondere o meno.

«Si possono fare tante cose» rispose alla fine. «Piccole cose.»

«Per esempio?» chiesero all'unisono gli altri due.

Scosse la testa: «Non lo so se siete pronti».

Erano pronti, affermarono entrambi di getto, pronti e risoluti a dare il loro contributo. Li conosceva bene, no? Come poteva dubitare di loro? Certo che si rendevano conto che potevano esserci dei rischi, certo che avrebbero tenuto la bocca cucita.

Fu così che quella sera Martina tornò a casa con un pacco di volantini nascosto in borsa. Li doveva consegnare l'indomani a un indirizzo nel *barrio* Barracas.

E fu così che quella stessa sera, davanti alla teglia fumante di *puchero*, si sentì per la prima volta estranea alla sua famiglia. Quando sua madre le prese il piatto per riempirlo, fece cenno di no.

«Non lo vuoi?» chiese la mamma, risentita. Era il suo piatto forte, lo proponeva anche quando il caldo faceva struggere le pale dei ventilatori.

«Oggi il professor Lopez non ha fatto lezione, non verrà più, finiremo il seminario con un altro docente.»

«Com'è? Ti sembra bravo?»

«Mamma, ti ho detto che il vecchio professore non verrà più.»

«Ho capito, ho capito.» Ci ripensò: «Perché?».

«Dicono che sia malato.»

L'argomento malattie era sempre di grande interesse per la mamma.

«Poveretto, mi spiace. Cos'ha?»

«Non l'hanno detto... però è strano, non pareva malato. Secondo me sta benissimo.»

«Sei giovane, ancora non sai cosa può riservarti la vita. Oggi stai bene e domani...»

Suo padre non partecipava alla conversazione, era impegnato a disossare un pezzetto di agnello. Martina si rivolse a lui: «Papà, tu lo conosci, vero?».

«Chi?»

«Il professor Lopez, stiamo parlando di lui.»

«L'ho incrociato un paio di volte in tribunale» rispose senza alzare gli occhi dal piatto.

«Si dice che l'abbiano arrestato. Perché difendeva i rivoluzionari.»

Nessuno rispose.

«Papà, perché tu non difendi nessuno?»

Questa volta suo padre alzò la testa dal piatto, si pulì la bocca col tovagliolo e rispose: «Io sono un civilista. A questo punto dovresti conoscere la differenza».

«Se fossi un penalista assumeresti la difesa dei sovversivi?»

«Ma che domande fai! I sovversivi hanno fatto grossi danni in passato.»

«Ecco, lo sapevo!» sbottò Martina. «A te va bene così.»

«Piantala.»

«Me lo ricordo, hai detto che tutto sommato era la soluzione migliore.»

«Dissi che era un male necessario, non la cosa migliore.» Teneva le mani appoggiate sul tavolo e i gomiti alti, come fosse in procinto di alzarsi dalla sedia. «Che ne sai tu! Non si viveva più in questo Paese... Ma poi, da quando in qua ti interessi di politica?»

«Da quando sparisce la gente.»

«Smettila, Martina, dove vuoi arrivare?» si intromise la mamma.

«Papà, la pensi ancora così? L'avevi previsto questo, che sparisse la gente, senza una ragione, senza un processo regolare?» Spostò lo sguardo dall'uno all'altro: «Non ditemi che non ve ne siete accorti».

Suo padre si alzò di scatto, gettò il tovagliolo sul tavolo e sparì nello studio. La mamma invece si sedette, le prese una mano: «Martina, che ti succede? Lo so che non è un buon momento, ma non possiamo farci nulla».

«Mamma, e se arrestassero anche me?»

Sua madre si alzò, le prese il volto con entrambe le mani e la baciò sugli occhi: «Non parlare così neanche per scherzo! Tu sei qui, cosa c'entri tu?». Si scostò e la guardò fisso: «Giurami che non farai più discorsi del genere. Noi siamo gente per bene, quello che succede là fuori non ci deve interessare».

Quale oscura perversione o quale ingenuità aveva spinto Juan Fernando a invitarla alla partita di calcio? Martina se lo chiese ripetutamente, dopo. Fatto sta che un martedì di inizio novembre le arrivò una proposta inattesa: «Sabato giochiamo il *Superclásico*. Ci vieni con me?».

Lei ignorava perfino cosa fosse il *Superclásico*. Fece un'espressione ebete.

«Come, non sai cos'è il *Superclásico*? Noi, Boca Junior, contro i maledetti del River Plate. Allora, ci vieni?»

Era entusiasta come se le avesse proposto una seduta dal dentista. Si limitò a serrare le labbra.

«Non dirmi che tifi per il River!»

«Io non tifo per nessuno.»

Juan Fernando tirò un sospirone di sollievo: «Non l'avrei potuto sopportare».

«Sarebbe stato così grave?»

«Gravissimo: la mia donna che tifa per i *milos de mierda*!»

A questo punto le era venuto voglia di tifare per il River. «Perché li chiami così?»

«Questo sono, arricchiti schifosi, miserabili come noi che hanno fatto due soldi e hanno tradito il quartiere… ma questa volta vinciamo, te lo garantisco, gli facciamo il culo.»

Martina era allibita, non aveva immaginato quell'aspetto del suo amato.

«Lo sai come ci chiamano? *Bosteros*, ci chiamano. Noi per loro siamo quelli che vivono nel letame.»

«Ma dopo la partita voi e quelli del River tornate amici?»

Juan Fernando la squadrò come un entomologo osserva un insetto mai visto prima: «Stai scherzando?».

Lei non capiva, quella logica era al di là delle sue possibilità. Alcuni dei suoi amici giocavano a rugby, in campo si azzuffavano come tori in calore, ma subito dopo andavano a pranzo insieme tra grandi pacche sulle spalle.

«In fondo è solo un gioco» provò a controbattere.

«Non è solo un gioco» rispose lui. Si pose una mano sul petto, muovendola avanti e indietro: «È il cuore autentico di Buenos Aires che pulsa».

A tanta passione Martina non ebbe coraggio di opporre un rifiuto. Fu così che in un incandescente sabato di novembre, spinta dall'onda di una moltitudine eccitata, finì ai piedi di quel pachiderma incastrato tra i vicoli chiamato *Bombonera*. Davanti all'ingresso la folla si accalcava spingendo senza ritegno. Juan Fernando cercava di farle scudo col suo corpo, ma più volte temette di venire travolta, calpestata e risucchiata nel gorgo della moltitudine. L'onda nasconde, ma poi restituisce e anche lei, dopo una dura battaglia, si ritrovò sugli spalti col fidanzato e l'amico Carlos che si era aggregato.

Striscioni lunghi come stelle filanti cadevano dai gradoni più in alto, scalmanati in maniche di camicia agitavano stendardi e *chorizo* avvolto nella carta unta. Un'ora prima della partita tutto lo stadio ruggiva, percorso da un fremito di eccitazione: un anfiteatro romano che aspetta l'arrivo dei gladiatori. Mezz'ora prima si alzarono da più parti cori tribali.

Juan Fernando, seduto tra lei e Carlos, faceva gli onori di casa nel tentativo di metterla a suo agio: «Hai caldo?», «Vuoi che ti prenda qualcosa da bere?». Intanto si sforzava di fornirle le nozioni di base, un po' nel tentativo di coinvolgerla, soprattutto perché a causa della sua abissale ignoranza non facesse il tifo per la squadra sbagliata: «Il Boca è in giallo blu, il River in rosso e bianco».

Ma quando entrarono in campo i giocatori, non ci fu attenzione che per loro. Prima ancora che l'arbitro fischiasse l'inizio della partita, si sporgeva, come tutti, dalle gradinate sbracciandosi e urlando.

E poi iniziò: un'esibizione di spinte, sgambetti, rincorse, inseguimenti, strani balletti in cui Martina non riusciva a trovare un senso. Per quanto si sforzasse, non capiva perché entusiasmo e delusione rimbalzassero con tanta velocità da una tifoseria all'altra.

A un certo punto dal settore di fronte si alzò un grido unanime: «Fallo! Fallo!». Seguirono insulti e minacce nei confronti dell'arbitro. Un giocatore in bianco rosso si parò davanti alla porta avversaria, tutti gli altri schierati dietro. Il portiere del Boca, faccia da indio, capelli lunghi, fascia gialla intorno alla fronte, attendeva piegato in avanti, le braccia allargate. Un silenzio tombale, carico di fremiti, si impadronì dei *Bosteros*. Un solo occhio incollato al piede che doveva tirare il rigore. Poi, un boato liberatorio. Juan Fernando e Carlos si abbracciarono e si baciarono: Dagli spalti salì un coro cadenzato, una specie di mantra: «Hugo! Loco!».

Il primo tempo si concluse con uno zero a zero, ma gli animi non si placarono nemmeno nell'intervallo. Le due fazioni continuarono a scambiarsi da un settore all'altro gestacci e insulti, qualche lattina vuota rotolò in campo. Juan Fernando scuoteva la testa, le rivolse uno sguardo sconsolato e si girò verso Carlos per abbandonarsi con lui a un'accorata riflessione sulle scelte tattiche dell'allenatore.

All'inizio del secondo tempo la *Bombonera* era così satura di energia compressa che pareva potesse scoppiare da un momento all'altro. Cinquantamila paia di occhi, meno uno, incollate a un pallone avrebbero dovuto farlo levitare anche da solo, quello invece restava ben saldo sul manto erboso e non ne voleva sapere di volare in porta. La partita si trascinava lenta e inconcludente. Al quarantesimo minuto la delusione era tale che perfino i tifosi più scalmanati si limitavano a un borbottio colmo di disperazione. Juan Fernando si teneva la testa fra le mani.

Fu allora, mentre Martina si preparava ad andarsene e riponeva in borsa gli occhiali da sole, che un'esplosione squarciò lo stadio e scosse i corpi fino al midollo. GOAL! Gridavano i tifosi del Boca Junior, GOAL! Gridava Carlos a bocca spalancata, GOAL! Gridava Juan Fernando gonfiando il collo come un tacchino. Metà *Bombonera* gridava GOAL! GOAL! GOAL!

GOAL! Gridavano i vicoli fatiscenti, le casupole malsane. GOAL! Gridava una rabbia atavica che si prendeva la sua rivincita.

Il pubblico cominciò a saltare in modo ritmato e tutto lo stadio vibrava come durante un terremoto: «Toto! Toto!» urlavano i tifosi a squarciagola. Si alzò uno striscione giallo e blu con su scritto a caratteri cubitali: *La Bombonera no tiembla. Late!* I *Millonaros* lanciavano insulti, i *Bosteros* esultavano. Juan Fernando e Carlos, l'uno con le braccia sulle spalle dell'altro, improvvisarono una specie di balletto cantando: *milos de mierda*!

Per motivi opposti tutto lo stadio era in fibrillazione. Unico punto immobile Martina, per nulla coinvolta dalla frenesia generale, fredda e rigida come un ghiacciolo. Come un alieno paracadutato sulla Terra, osservava, allibita, quelle manifestazioni sfrenate. Soprattutto osservava il suo ragazzo con la camicia fuori dai pantaloni, il volto paonazzo, il sudore che gli colava dalla fronte e concordava con la mamma: la vita non finisce mai di sorprenderci.

La partita segnò un cambiamento in Juan Fernando. Era come se, dopo che l'aveva iniziata ai riti del proprio mondo, avanzasse su di lei un diritto di proprietà. E più lei cercava di sottrarsi, più le stava addosso. Malgrado l'avesse pregato mille volte di non farsi vedere nei paraggi di casa sua, invece di aspettarla in plaza Dorrego, come stabilito, si appostava all'angolo della sua strada, visibilissimo per chi volesse spiare (leggi: sua madre) attraverso le stecche delle persiane.

Una mattina addirittura si spinse fino all'Università.

Erano seduti sulla scalinata antistante, nel ritaglio d'ombra del colonnato neoclassico, lei, Felipe e Alejandro e si passavano fraternamente una sigaretta, quando lo vide sbucare da avenida Alcorta. *È una coincidenza*, si disse, sperando che tirasse dritto e che i suoi compagni non lo notassero. *Non è una coincidenza*, rettificò un attimo dopo: Juan Fernando puntava inequivocabilmente verso di lei e per giunta indossava la montura da tanghèro.

Non sapendo più che fare decise di precederlo e andargli incontro.

«Che ci fai qui?»

«Passavo.»

Bugiardo, scommetto che sei appostato da stamani.

«Non mi presenti ai tuoi amici?»

Signore pietà! Che gli invento ora?

«Sta per cominciare la lezione, non c'è tempo. Un'altra volta.»

Lui lanciò un'occhiata in direzione di Felipe e Alejandro e scosse la testa: «Già, un'altra volta».

Martina si sentiva sulla brace ardente: «Ora devo andare».

«Alle tre al solito posto?»

«Sì sì, alle tre. Adesso vai, per favore.»

Stava per voltargli le spalle, quando lui l'afferrò per la vita e la costrinse a un bacio lungo e vorace sulla bocca. Uno di quei baci che non davano adito a equivoci.

Quando riuscì a staccarsi, rossa come un semaforo, gli altri stavano già entrando nell'edificio. Salì di corsa le scale e sgattaiolò in aula senza guardarli e loro non la degnarono di un'occhiata.

Ma il giorno dopo Alejandro la prese da parte.

«Così ti sei messa con quel tizio.»

Non sapeva dove posare gli occhi.

«Mi sono messa... diciamo che lo vedo, qualche volta.»

«Te la fai con il tanghèro!» Lo disse con un tono così sprezzante da spremerle un rigurgito di orgoglio.

«Se così fosse? Non devo mica rendere conto a te.»

«Calma, calma! Per carità, tu scopi con chi ti pare.»

«Bene, ci siamo capiti.»

«Se ti va di stare con quello là, padrona. *De gustibus*...»

«Ora vado...»

Alejandro la trattenne per un braccio: «L'importante è che non gli dica certe cose».

«Quali cose?»

«Andiamo, non far finta di non capire.» Abbassò la voce: «Mi riferisco alla faccenda dei volantini».

Le sollecitazioni del presente spesso si confondono, le gerarchie si ribaltano. Martina, impelagata in affari di cuore, non aveva più pensato a quella *faccenda*.

«Io non parlo di certe cose» rispose decisa.

Ma l'amico non sembrava del tutto convinto: «Non è uno scherzo, rischiamo grosso. Non ci possiamo fidare di nessuno».

Lei annuiva concitata: «Lo so, lo so».

«Allora se lo sai, tieni la bocca cucita. Specialmente con lui.»

Martina si mise le mani sui fianchi. Le veniva spontaneo quando doveva ribattere a un'offesa: «Perché *specialmente con lui*?».

«Che so... nell'intimità è più facile lasciarsi sfuggire qualche confidenza.» Alejandro aveva increspato le labbra in un sorriso, ma le parole gli uscirono affilate come la lama di un coltello.

Recita il terzo principio della dinamica: se un corpo A esercita una forza F su un corpo B, questo reagisce esercitando una forza uguale e contraria sul corpo A. Il corpo B, cioè Martina, ubbidì alle leggi della fisica: «Quello che faccio nell'intimità sono fatti miei, non ti permettere!» gridò rossa in viso. «Di che hai paura? Che ci denunci? Lui non lo farebbe mai!»

«Gliel'hai già detto!»

«No!»

«Giura!» La scuoteva per le spalle.

«Giuro. E levami le mani di dosso!»

Alejandro si scostò: «Scusami, non so che mi ha preso».

Martina si stirò la gonna con la mano. «Mi spieghi perché ce l'hai tanto con lui?»

«Vuoi che te lo dica? Perché non mi piace.»

«Non ti piace perché non è come noi, perché non va all'Università, non gioca a tennis? Non vogliamo libertà e uguaglianza per tutti? Non è per questo che lottiamo?»

«I compagni dei *barrios* poveri rischiano la vita nelle fabbriche, nei sindacati, hanno altro da fare che bighellonare intorno all'Università. Dammi retta, al tuo amico della libertà e dell'uguaglianza non gliene fotte nulla. Per trenta denari venderebbe sua madre a un nano.»

«Non è vero. Tu non lo conosci.»

«Tu lo conosci? Allora dimmi, che lavoro fa?»

Silenzio.

«Chi frequenta? Chi sono i suoi amici?»

Un flash: Carlos con i denti guasti che grida a bocca spalancata *milos de mierda*, Aureliano, silenzioso e subdolo come un serpente.

«Allora, cosa sai davvero di lui?»

E qui Martina dovette arrendersi: di Juan Fernando sapeva che aveva una cicatrice sotto l'ombelico, mani sapienti nell'accarezzarla, lombi forti e instancabili, informazioni poco interessanti per Alejandro e comunque non riferibili. Sapeva anche che era un tifoso sfegatato del Boca Junior, ma su quello preferiva sorvolare. Per il resto, di come vivesse, di cosa pensasse, dopo tanto tempo non sapeva nulla. Mai e poi mai l'avrebbe ammesso con Alejandro.

«So che è una brava persona, è buono e mi vuole bene. Ti basta? E comunque devi smetterla di ficcare il naso nei miei affari.»

Decise di colmare la lacuna il giorno successivo nella solita camera. Quando lui, appena entrati, le insinuò una mano sotto la camicetta, lo respinse con decisione.

«Cosa fai?» gli chiese senza tanti preamboli.

Juan Fernando restò interdetto: «Credevo che avessi voglia anche tu...».

«Non volevo dire questo. Che lavoro fai? Cosa fai per vivere?»

«Oddio!» Alzò gli occhi al cielo e si sedette di schianto sul letto: «Faccio quello che capita, te l'ho già detto. Certe volte do una mano in officina, se c'è da scaricare vado al molo».

«E quando non c'è da scaricare?»

Lui non rispose.

«Quando non c'è lavoro dove li trovi i soldi?»

«Credi che vada a rubare?»

«Io non credo nulla. Me lo devi dire!»

Il ragazzo a testa bassa tormentava i bottoni della camicia.

«Allora?»

Silenzio.

«Allora?»

«Vado alla milonga, sei contenta? Invito a ballare le vecchie signore, gli faccio anche un po' di corte. Le americane e le tedesche vanno pazze per queste cose. Poi mi faccio offrire da bere e il padrone mi dà la percentuale.»

Faceva il prostituto della milonga! Immaginarlo avvinghiato a una tardona corpulenta non riempì Martina di gioia. Saperlo su una pista da ballo anziché nei sinistri corridoi della polizia le fece tirare un sospiro di sollievo. Probabilmente sarebbe finita lì se lui, nel tentativo di giustificarsi, non avesse aggiunto: «Avessi la fortuna di Aureliano…».

Altra spina nel fianco. Più ancora di Aureliano la irritava il tono di ammirazione con cui Juan Fernando ne parlava.

«Bel tipo quello! E lui, che lavoro fa?» lo incalzò.

«Ma cos'è, un terzo grado? Dài, vieni qui, abbiamo già perso mezz'ora con queste stupidaggini.»

«Prima voglio sapere che lavoro fa.»

Il ragazzo sospirò: «Fa l'autista per un pezzo grosso. Beato lui! Guida una bella macchina e lo pagano pure».

«Per chi fa l'autista?»

«Martina, che hai oggi? Non lo so per chi lavora. Non siamo poi così amici.»

Martina si sentì momentaneamente soddisfatta e passò senz'altro a occupazioni più piacevoli. Ma dopo l'amore il tarlo tornò a roderla. Mentre, distesi sul letto, mescolavano i loro sudori, le tornarono in mente le parole di Alejandro: *Quello venderebbe sua madre a un nano per trenta denari.*

«Che ne pensi di Videla?» chiese a Juan Fernando tutto d'un tratto.

«In che squadra gioca?» scherzò lui.

«Parlo sul serio. Il Processo di Riorganizzazione Nazionale, come lo chiamano loro. Ti piace?»

Lui si grattò la testa: «Boh! Mi pare che ci sia meno casino».

Per Martina fu un secchio d'acqua gelata sulla testa.

«Vuoi dire che ti piace?»

«Ma che razza di domande mi fai? Mi piace, non mi piace, chi se ne frega! Miserabile ero e miserabile sono. Per me sono tutti uguali.»

Alejandro ha ragione, pensò lei, *Juan Fernando è una persona di onestà negoziabile.*

Poi lui si girò su un fianco e le pose una mano sul seno nudo: «Sai che mi piacerebbe davvero? Andare in Patagonia, mi piacerebbe, con te. Mi fai un fischio e partiamo».

Lei non rispose, si limitò a togliere la mano.

«Sei strana oggi, a che pensi?»

E siccome scardinare i meccanismi della sua mente non era cosa alla sua portata, anche per spostare l'attenzione si concentrò, ancora una volta, sul meccanismo di apertura del cinturino dell'orologio del nonno.

Martina sbuffò: «E piantala! Tanto non ci riesci».

«Aprilo tu.»

«Perché dovrei?»

«Me lo presti, solo per qualche giorno.»

Era il momento meno adatto per una richiesta di quel genere.

«Vuoi scherzare?»

«Ci faccio un giro, poi te lo rendo.»

«Basta con questa storia. Ti ho già detto quanto conta questo orologio per me.»

«È per questo che devi darmelo.»

Lei ritrasse la mano, si sollevò dal letto come una furia. Si infilò le mutande, si agganciò il reggiseno, in un attimo era quasi vestita.

«Perché te ne vai?» Era ancora disteso, nudo e lucido come un lombrico. «È per via dell'orologio che te ne vuoi andare? Non te lo rubo mica, volevo solo un pegno d'amore da te.»

Gli si avvicinò, la camicetta abbottonata a metà, gli occhi che lampeggiavano: «Non pensi ad altro? Non ti interessa nient'altro? Proprio no? Tu lo sai che succede là fuori mentre mi chiedi il *pegno d'amore*?».

Fu una reazione così inattesa e violenta da lasciarlo senza parole. Il ballerino di tango riuscì solo, per difesa, a grattarsi i peli del pube e a opporre un risolino ebete.

Si avvicinava Natale, il Natale argentino. Gli abeti di plastica già troneggiavano nei salotti con i rami innevati a dispetto dei quaranta gradi esterni e tutti fingevano di volersi più bene. Come ogni anno i *porteños* avrebbero mangiato il *matambre arrollado* e il *pan dulce* e allestito in spiaggia grandi barbecue.

Dopo una riappacificazione strappalacrime Martina e Juan Fernando erano tornati agli amplessi sfrenati nella stanza sopra l'osteria, stando bene attenti a non sfiorare argomenti scivolosi.

«Allora, ci vieni con me in Patagonia?» le ripeteva ogni tanto, ormai quasi per scherzo.

«Prima fammi vedere se te lo meriti.»

Ricominciavano ad amarsi, fino allo sfinimento, fino a perdere coscienza del dove e del quando.

Alle sette di sera Martina si rivestiva in fretta e correva a casa, ancora sotto l'effetto inebriante delle pianure esplorate poco prima.

Una di quelle sere procedeva lungo calle Florida nello stato d'animo che abbiamo detto, quando s'imbatté in Alejandro. O meglio, Alejandro la investì come un siluro. Era così agitato che nemmeno si accorse del suo turbamento.

«Dov'eri finita? Ti ho cercato dappertutto.»

Non le lasciò il tempo di rispondergli: «Ti devo parlare».

Si guardò intorno: la strada era affollata di gente che entrava e usciva dai negozi, un duplice serpentone su entrambi i lati di vetrine commerciali, camerieri ad adescare clienti sulla porta dei ristoranti, lustrascarpe e mendicanti seduti sul marciapiede. All'angolo con avenida 9 de julio era parcheggiata un'auto della polizia.

«Non qui» aggiunse. La prese per un braccio e la trascinò fino ai giardini del Paseo del Bajo, incurante delle sue proteste.

«Insomma, che succede?» gli gridò Martina quando finalmente si furono fermati.

Alejandro era irriconoscibile, si contorceva le mani, gli occhi enormi e luccicanti dietro le lenti degli occhiali: «Una sciagura!» farfugliò. «Una sciagura.» Era così affannato da non riuscire ad aggiungere altro. Finalmente riprese fiato: «Hanno arrestato Felipe» disse.

«Cooosa?»

«Questa notte.»

«Non è vero, non è vero, lo dici per farmi paura. Lasciami andare.»

«Non fare la scema. È così.» Si passò una mano sulla fronte. «Sono andato a casa sua, volevo sapere perché non era venuto a lezione. Era tutto a soqquadro, cassetti rovesciati, libri, vestiti sparsi sul pavimento. Sua madre era sul letto, non sembrava nemmeno viva, suo padre si aggirava per casa come un fantasma, aveva lividi sul viso. L'avevano picchiato, quei miserabili, hanno picchiato un uomo di cinquant'anni perché ha cercato di fermarli.»

Martina ascoltava a bocca aperta.

«Sono arrivati nel cuore della notte» continuò Alejandro «erano in cinque, in borghese. Hanno parcheggiato le Falcon, sono saliti. Suonavano il campanello e bussavano come forsennati. Hanno fatto irruzione, frugato ovunque, sono entrati in camera di Felipe, l'hanno trascinato fuori dal letto a pugni e a calci e l'hanno portato via.» E la voce gli si spezzò in gola per il pianto.

«Non è vero, non è vero!» continuava a ripetere istericamente lei.

«Gli uomini dagli occhi di ghiaccio, Martina. Ricordi?»

Si abbracciarono tra i singhiozzi.

«Ascoltami» riprese Alejandro quando si furono un po' calmati. «Siamo in pericolo anche noi, dobbiamo scappare.»

«Noi in pericolo? Scappare?»

«Dobbiamo andare in Italia, là saremo al sicuro.»

«Ma come ti vengono certe idee?»

«Sono andato alla casa in calle Tacuarí, mi hanno fatto parlare col Greco, ha detto che siamo in grave pericolo perché Felipe conosce i nostri nomi. Ha detto che l'Italia è il posto più sicuro.»

In Italia. Come dire su Marte.

«Felipe non parlerà, sono sicura.»

«Parlano tutti quando sono là dentro, è solo questione di tempo. Dobbiamo sbrigarci, dobbiamo andarcene prima che arrivino a noi.»

«Alejandro, ragiona. Come ci andiamo in Italia? Non abbiamo nemmeno il passaporto.»

«Il Greco mi ha detto anche questo. Al consolato italiano c'è una persona... una persona che può aiutarci. In poco tempo procura i passaporti, organizza il viaggio. Ha già fatto scappare un mare di gente.»

Martina scuoteva la testa, era come venire catapultata in un film di fantascienza.

«Dobbiamo andarci subito, non c'è tempo da perdere.»

«E quando siamo in Italia che facciamo?»

«Ho dei parenti a Bologna, ci aiuteranno loro.»

«Mi sembra tutto così assurdo. Cosa dico ai miei genitori?»

«Non glielo devi dire. Non devi dirlo a nessuno, guardami, a nessuno. I nostri genitori non devono saperlo, loro non immaginano, renderebbero tutto più difficile.»

Si lasciarono come due affiliati alla Carboneria.

Martina non seppe come avesse trovato il sangue freddo, tornata a casa, di sedersi a tavola, mettere compostamente il tovagliolo sulle ginocchia e ingoiare la cena, mentre ogni boccone era una palla infuocata che rotolava tra la bocca e lo stomaco.

Fu quando si trovò sola, al buio, nella sua camera, che tutte le emozioni della giornata la assalirono come uno sciame di vespe infuriate. Le immagini si accavallavano e tornavano in ordine sparso, rapide come il lampo di una macchina fotografica: lei e Alejandro in Italia, soli lungo i binari di una stazione ferroviaria, chiedono informazioni ma nessuno li capisce. Felipe in calzoncini e canottiera, i lunghi capelli arruffati, che balla sulla musica dei Pink Floyd, l'espressione assorta mentre canta *Corri coniglio*.

Era avvenuto tutto in fretta. Molto più in fretta di quanto avesse immaginato. Una mattina Alejandro la raggiunse in biblioteca, le si sedette accanto e bisbigliò: «Ci siamo. Tra pochi giorni arrivano i passaporti e i biglietti aerei. Partiamo il tre gennaio.»

Gli alti scaffali gremiti di libri si staccarono dalle pareti e cominciarono a fluttuare nella sala, Martina si aggrappò al tavolo con le mani sudate. «Il tre?» balbettò.

Le settimane precedenti erano trascorse in un'altalena di propositi opposti. Vado, non vado. Insieme ad Alejandro aveva ascoltato il discorso del console italiano, strizzando il fazzoletto tra le mani e annuendo a ogni parola: «Passerete per l'Uruguay, al momento è la via più sicura, è sufficiente la carta d'identità, quella per fortuna ce l'avete. Alla dogana sangue freddo, mi raccomando. Vi interrogheranno, frugheranno nei vostri bagagli. Direte che siete fidanzati, che volete passare una giornata al mare e tornerete in serata. Niente valigie, solo uno zainetto con asciugamano e costume da bagno. A Montevideo troverete una persona che vi consegnerà i passaporti falsi e vi accompagnerà all'aeroporto».

Si erano chiusi in camera sua fingendo di preparare un esame, in realtà studiando e ristudiando il piano di fuga e interrogandosi l'un l'altro. A Montevideo non sarebbero più stati Martina e Alejandro, sarebbero partiti per l'Italia con identità diverse. Sarebbero arrivati in un Paese sconosciuto senza un nome, senza soldi, senza genitori.

«Dimmi che è solo un brutto sogno, Alejandro; dimmi che mi sveglio ed è tutto finito.»

Era come trovarsi in cima a una montagna, sull'orlo di un baratro e guardare il vuoto di sotto che si avvolgeva in spirali.

E mentre giorno dopo giorno si dibatteva nella vertigine dell'ignoto, un'altra preoccupazione, non meno terrificante, sopraggiunse a farle tremare le gambe.

Seduta sul water Martina scruta le mutandine calate, ma per quanto aguzzi la vista il cotone rimane bianco immacolato. Neanche una lieve sfumatura rosata. È da una settimana che ripete questo rito: al minimo dolore di pancia, alla minima contrazione pelvica si precipita in bagno, piena di speranza, a controllare. A dire il vero il mestruo era saltato anche il mese precedente, ma lei, avvezza ai capricci di un ciclo inaffidabile, non aveva dato peso alla cosa. Ora, malgrado la sua inveterata inclinazione all'ottimismo, comincia a preoccuparsi.

Da una settimana ogni volta che esce dal bagno si trova davanti sua madre con gli occhi trasformati in due punti interrogativi. Si apposta dietro la porta, ormai non finge più nemmeno di passare per caso.

«Ancora nulla?» la incalza.

Lei scuote il capo e si avvia lungo il corridoio, la mamma la tallona fino a incastrarla contro la parete: «Non sarai incinta!».

Martina appunta lo sguardo sopra la sua testa sulla foto dei bisnonni appesa al muro.

«Allora?»

Lei sospira: «No, mamma, il solito ritardo».

«Se è così devi tornare dal dottor Luma.»

Il dottor Alonso Luma, ginecologo, l'aveva presa in cura dopo lo sviluppo, quando le mestruazioni arrivavano due volte nello stesso mese e poi saltavano tre turni. Le aveva prescritto delle pillole che non avevano avuto alcun effetto e dopo sei mesi, davanti alle rimostranze preoccupate della mamma, aveva allargato le braccia e aveva detto: «Bisogna lasciar fare alla natura, signora». Lei, che non ne poteva più di visite e medicine, aveva molto apprezzato quella risposta.

Martina annuisce: «Va bene, ci vado».

«Ci andiamo insieme lunedì pomeriggio?»

«No, mamma, lunedì ho lezione tutto il giorno.»

«Allora martedì?»

«Sono sotto esami, lo sai. L'unico momento libero è giovedì pomeriggio.»

«Ma giovedì non posso, sono all'associazione!»

La mamma ogni giovedì fa volontariato all'associazione italiana "Unione e Benevolenza". Prepara i pacchi per i bisognosi, organizza i mercatini di beneficenza, cose di questo genere. Martina lo sa benissimo, per questo ha scelto il giovedì.

«Che problema c'è? Ci vado da sola, non sono più una bambina.»

Il giovedì pomeriggio, in ottemperanza alla promessa fatta e anche per mettersi finalmente l'animo in pace, Martina si recò dal dottor Luma. L'ambulatorio era lo stesso dei suoi ricordi, umido e maleodorante, il medico invece era ulteriormente ingrassato, gonfio e rubizzo, con il camice che tirava sulla pancia.

«I tuoi genitori lo sanno?» le chiese mentre la visitava.

«Cosa?» rispose lei. Le pareva di avere un topo morto in gola.

«Che sei incinta.»

Le brutte notizie non si capiscono mai in prima battuta. All'inizio furono parole prive di significato, un po' come se il dottore le avesse detto che le stavano spuntando le antenne. Le occorse un potente sforzo di concentrazione per dare un senso a quello che aveva sentito.

«Incinta?» balbettò.

«Garantito. Più o meno di due mesi.»

«Ma… com'è possibile?»

Il dottore non riuscì a reprimere la sua vena goliardica. Fece una risata: «Questo puoi saperlo solo tu».

Fu allora che le parve che il volto largo del ginecologo chino sopra di lei si allungasse e si contorcesse, la bocca da una parte, la fronte da un'altra come negli specchi deformanti del Luna Park. Poi avvertì una grancassa nel petto e il soffitto le precipitò addosso.

Fu riportata alla realtà da una serie di buffetti sulla guancia.

«Coraggio, non è poi la fine del mondo» la consolava il dottor Luma. «Alla tua età una gravidanza è poco più di una passeggiata. Ma devi dirlo subito ai tuoi genitori. Intesi?»

Uscì barcollando, come se si fosse scolata a digiuno una bottiglia di whisky. Mentre le gambe la riportavano a casa, i pensieri vorticavano, illuminando a tratti scenari apocalittici: lei in Italia. Incinta. Lei senza sua madre, senza il padre del suo bambino, con Alejandro che non le sarebbe stato di alcun sostegno. Lei cammina per strade sconosciute a gambe larghe, caracollando come una papera, mentre nel suo addome un minuscolo Juan Fernando, già vestito da tanghèro, sguazza beato nel liquido amniotico. Lei che partorisce come una cagna randagia una creatura senza padre e senza nonni.

Questo pensava Martina e aveva l'impressione che al suo passaggio i cornicioni dei palazzi si sbriciolassero e le precipitassero addosso.

Fu in questo clima da fine del mondo che Martina passò le vacanze natalizie. Con la scusa di un esame importante si trincerò in camera sua ad arrovellarsi sulla decisione da prendere e a piangere. All'improvviso tutto scricchiolava, si aprivano voragini che ingoiavano ogni progetto di vita futura e i riti delle feste, col loro scoppiettio di luci colorate e palloncini liberati sulla spiaggia, le apparivano ora come il triste commiato del suo universo. Più rifletteva, più si faceva largo nella sua mente un'altra possibilità, quella di seguire Juan Fernando in Patagonia. Non che la prospettiva la allettasse, ma le sembrava meno definitiva. Era una terra lontana, chi sarebbe andato a cercarla fin laggiù? Ma non così lontana come l'Italia.

S'immaginava in un'*estancia* sperduta tra steppe ghiacciate, l'orizzonte piatto, il vento che mulinella con un urlo esasperante, Juan Fernando entra e il puzzo di pecora si espande in tutte le stanze. L'alternativa: l'Italia. Cosa sapeva lei dell'Italia? Frammenti ricavati dai ricordi d'infanzia del nonno: geloni alle mani, polenta a pranzo e a cena; l'immagine cristallizzata e retorica, scollata da quella attuale, che conservavano i membri dell'associazione nell'illusione di mantenere un legame con le origini. L'inno di Mameli, mano sul petto, *Giovinezza*. Cosa sapeva lei di quella terra oscura, dall'altra parte dell'oceano, dove, nel cuore dell'inverno, sarebbe dovuta approdare armata soltanto di un asciugamano e di un costume da bagno?

No, quella prospettiva nella sua condizione era impraticabile.

Si fece coraggio e tastò il terreno con Juan Fernando.

«Se ci andassimo davvero in Patagonia?» gli domandò mentre giacevano abbracciati sul letto.

Lui aprì gli occhi: «Dici davvero?».

«Sì.»

«Quando?» lo chiese ridendo, come fosse uno scherzo.

«Prima possibile. Ce ne andiamo, noi due soli.»

Per il momento ritenne più prudente non informarlo sulle ragioni di quella decisione improvvisa; l'avrebbe messo davanti al fatto compiuto una volta arrivati a destinazione.

Il ragazzo le prese il viso tra le mani per accertarsi che fosse seria. Era seria.

«Sei sicura?»

«Sicurissima.»

«E come mai hai cambiato idea?»

Gli inventò una storia di genitori carcerieri che mai avrebbero acconsentito al loro fidanzamento, solleticò la sua vanità giurandogli che aveva capito di voler stare con lui, mangiare al suo tavolo, dormire nel suo letto e che tutto il resto non le importava. Versò fiumi di parole false come acqua in una brocca sfondata.

Juan Fernando abboccò immediatamente: «Quando? Domani? Tra una settimana? Tutte le sere a mezzanotte e mezzo parte un pullman per El Calafate».

Il dado era tratto, ma non per questo Martina si sentiva più tranquilla. Il giorno era assalita dai dubbi, la notte faceva sogni terrificanti. Si sognava in vestaglia e pantofole, un bebè attaccato al capezzolo. Il bambino succhia con una voracità tale da farle male, si aggrappa alla mammella come una sanguisuga. Ma che creatura è? Si chiede, allontanandolo un poco per guardarlo. Il bambino comincia a strillare, stringe rabbiosamente i piccoli pugni, ha i capelli lunghi, la barba e i baffi di Felipe.

Alla fine decise che non poteva più rimandare, che doveva trovare il coraggio di dire ad Alejandro di aver cambiato idea.

Gli dette appuntamento in plaza San Martín e l'attese sotto la statua equestre col cuore a brandelli. Fu doloroso. Doloroso e imbarazzante. Si vergognava troppo a dirgli la verità, così cercò di arrabattarsi in giustificazioni che facevano acqua da tutti i buchi. Alle sue parole l'amico aveva assunto l'immobilità di una mummia, poi l'aveva pregata, aveva cercato di spaventarla: *Hanno arrestato una ragazza qualche giorno fa, l'ho visto con i miei occhi, l'hanno gettata in macchina e spinta contro il pavimento. Sai cosa ti fanno quando arrivi in quei posti?* Quando gli aveva detto che intendeva partire per la Patagonia con Juan Fernando, era andato su tutte le furie: *Di chi vuoi fidarti? Di uno che conosci appena o di me che ti sono vicino da tutta la vita?*

Quelle parole l'avevano fatta riflettere; per un attimo valutò la possibilità di cambiare di nuovo idea, poi le tornò alla mente il minuscolo Juan Fernando dentro di lei. A quel punto i pantaloncini da tanghèro dovevano essersi già formati. Aveva scosso la testa: «Tu non puoi capire. Sarai sempre mio amico, ma con lui è un'altra cosa». Ed era rimasta ferma nella decisione malgrado gli ultimi disperati tentativi di Alejandro di dissuaderla. Alla fine lui si era alzato, aveva fatto una smorfia – dolore o disprezzo? – e se n'era andato.

Passarono così altri due giorni.

Era di nuovo caldo, un caldo umido da serra. Alle due del pomeriggio Buenos Aires sonnecchiava dietro le persiane chiuse. Martina tornava a casa, il vestito incollato alla pelle sudata, i libri sottobraccio. Nella strada deserta si sentiva solo il ticchettio strascicato dei suoi passi. Stava al solito ruminando le sue tribolazioni, quando, alzando lo sguardo, vide qualcosa che mai avrebbe voluto vedere e che la lasciò senza fiato: dall'angolo della sua strada spuntava il muso di un'automobile. La forma allungata, il paraurti cromato non lasciavano dubbi. Si trattava di una Ford Falcon.

Il primo impulso è quello di scappare a gambe levate. *Calma, Martina, forse dentro non c'è nessuno.* Raduna tutte le sue forze e fa altri due passi. *E se invece ci sono?* Si ferma e, malgrado il suo cuore balli la samba, cerca di riflettere con calma. *Se dentro c'è qualcuno, perché dovrebbe essere qui per te? Ma se ti vede scappare potrebbe insospettirsi e inseguirti.* Ancora due passi, il cuore è migrato in gola, le gambe tremano. Ora Martina vede anche l'abitacolo della macchina. Non è vuota come aveva sperato: sono in due. Uno è seduto al posto di guida, fuma una sigaretta e fissa un punto imprecisato al di là del parabrezza. L'altro è in piedi, appoggiato allo sportello. Porta occhiali da sole scuri, la tesa del cappello lascia in ombra metà del viso. È certa che la stia guardando. Troppo tardi per tornare indietro. Un piede avanti l'altro, a ogni passo la paura cresce, si gonfia e s'addensa, il cuore si è spostato, è una grancassa nelle orecchie. *L'hanno trascinata dentro la macchina, l'hanno gettata sul pavimento.* Un piede avanti l'altro, il corpo rigido, il respiro fermo. *Sai cosa ti fanno quando arrivi nei luoghi di detenzione?* Nessuno lo sa, ma è facile immaginare. Un piede avanti l'altro verso l'ineluttabile, due metri, un metro e sarà davanti alla Falcon, il tempo si dilata, il passo affonda nelle sabbie mobili. Se Dio esiste non può che trovarsi dietro quell'angolo, sul marciapiede.

Ora la distanza tra Martina e l'automobile è minima, se allunga un braccio può toccarla. Sta per imboccare la strada di casa. Si aspetta che si precipitino contro di lei, ma nessuno si muove. Finge di non guardare, in realtà con la coda dell'occhio registra ogni particolare: l'uomo al posto di guida getta la cicca dal finestrino e accende la radio, l'altro stacca il bacino dallo sportello, si raddrizza. Anche il cuore ora è fermo, una corazza invisibile la tiene prigioniera e impedisce qualsiasi movimento, solo un urlo silenzioso, un urlo tremendo e impotente che squarcia il petto. È un attimo. Martina e l'uomo in piedi si guardano. Lui scosta con due dita il cappello dalla fronte e si toglie gli occhiali da sole. Ha zigomi alti, occhi lunghi e stretti da orientale, una fisionomia sconosciuta eppure vagamente familiare. Atteggia la bocca a un mezzo sorriso e le fa un cenno di saluto. Lo sguardo, quello sguardo ambiguo, lascivo... Martina lo rivede, seduto a un tavolino davanti all'osteria della Boca mentre si toglie i Rayban per mostrarli a Juan Fernando.

Resta senza fiato. Tenta di ricambiare il saluto e passa oltre. È certa che la seguiranno, già sente il fiato caldo sul collo, le mani che le stringono le spalle, invece non succede nulla.

Superfluo raccontare il tumulto dell'animo nelle ore successive. Di come, nella casa deserta, accovacciata sul pavimento di camera sua, la testa fra le ginocchia, avesse atteso che bussassero alla porta. Di come avesse contato i minuti, le ore e di come a poco a poco il sangue avesse ripreso a scorrerle nelle vene, le gambe avessero smesso di tremare, il respiro fosse tornato regolare.

La paura rimase. Ciò che aveva vissuto era stato solo un assaggio, prima o poi gli uomini dagli occhi di ghiaccio l'avrebbero raggiunta anche in Patagonia. Bisognava partire, mettere un oceano nel mezzo tra lei e loro. Si precipitò a casa di Alejandro, gli disse che era pronta a partire per l'Italia.

Nei pochi giorni che restavano si sforzò di programmare la partenza. Come chi si prepara a un lungo viaggio copre i mobili di casa con le lenzuola e si assicura di non aver scordato nulla, così Martina cercò di mettere ordine tra i brandelli del suo presente. Preparò lo zaino, fece una lunga telefonata ad Anaclara, mise in ordine i libri e le dispense di studio, si procurò i gettoni per chiamare i suoi genitori dall'aeroporto di Montevideo.

Il 30 dicembre raggiunse, come se niente fosse cambiato, Juan Fernando nella stanza alla Boca. Fu un amore disperato e insieme carico di passione, intenso e languido, come si addice a ogni addio. Il ragazzo, ignaro, le confidò che in otto mesi era stata la scopata migliore.

«Questa decisione di partire insieme ci fa proprio bene. Quando andiamo?»

«Prestissimo» gli aveva risposto eludendo il suo sguardo. «Giusto il tempo di prepararmi.»

Volle tornare a casa da sola. Ogni angolo, ogni pietra assumeva ai suoi occhi una rilevanza particolare. I vicoli maleodoranti, le casupole di legno e lamiera dai colori sgargianti, odore di cavolo ed *empanadas*, uomini oziosi in maniche di camicia ai tavolini dei bar, donne vestite di nero sedute a presidiare la porta di casa, umanità miseranda ed enigmatica, miscuglio di rabbia e rassegnazione sulle note di un tango. E poi le case signorili e i magazzini di calle Defensa, le dimore patrizie di San Telmo, ora invase da migranti prolifici. Le strade eleganti di Microcentro, le vetrine luccicanti, i grattacieli che spuntano dietro i campanili barocchi. Le chiese bianche di calce che parlano di *conquistadores* e gesuiti e si affacciano su arterie costantemente intasate di traffico. Eccola, per l'ultima volta, la sua città, cocciutamente ancorata al passato e incoscientemente irretita dal futuro, contraddittoria e indecifrabile perfino per chi ci è nato e cresciuto.

Quella notte Martina non dormì.

Nemmeno quella successiva. Era la notte tra il primo e il due gennaio. Un temporale violentissimo flagellava Buenos Aires. Martina ascoltava la pioggia abbattersi contro i vetri della finestra e guardava gli squarci di luce che improvvisamente i lampi stampavano sui muri della sua camera. Si girava e rigirava nel letto, preda di mille pensieri e di mille paure. Ancora un giorno e sarebbe volata lontano. Lontano dalla sua famiglia, dalla sua casa, dai suoi amici; lontano da Juan Fernando, quella macchia sul vestito che non voleva cancellare. Più ci pensava, più si convinceva che non era giusto lasciarlo così, senza un commiato, senza una spiegazione qualsiasi. Aveva diritto almeno a una pietosa menzogna.

La mattina dopo il sole si specchiava nelle pozze come un limone maturo e il cielo, di un colore azzurro compatto, pareva uno sterminato piatto di porcellana smaltata.

Quel giorno Martina telefonò a Juan Fernando e gli dette appuntamento in calle Florida davanti ai Grandi Magazzini Pacifico per le sette della sera.

Volver
Con la frente marchita
Las nieves del tiempo
Platearon mi sien.

Tornare
Con la fronte avvizzita
Le nevi del tempo
Mi hanno imbiancato le tempie.

Il console

Il clima capriccioso è sempre un buon pretesto per restare a casa. Per andare dove, poi? Qualcuno ha detto che la vecchiaia è una bella stagione della vita. *Se lo trovo lo ammazzo a morsi*, pensa, mentre una fitta lo azzanna alla schiena. Un vantaggio però ce l'ha: affranca dagli impegni di lavoro. Non da tutti gli impegni, però.

Disteso sul divano Filippo Campolmi, console in pensione, riflette sul da farsi. La giornata grigia e l'artrite che bussa alle ossa lo invogliano a restare dove si trova, Merlino, seduto davanti alla porta d'ingresso che lo fissa con intenzione, lo richiama ai suoi doveri di proprietario di cane.

Guarda attraverso i vetri della finestra rigati di pioggia: un sole pallido, pronto alla ritirata, fa capolino da una crepa nel muro di nuvole. Dal basso arrivano i rumori della strada, lo scoppiettio di un motorino che non vuole saperne di partire, lo sciacquio di pneumatici che attraversano le pozzanghere. Con un sospiro si alza, si avvicina al cane: «Vediamo se indovino. Vuoi uscire».

Quello accelera il movimento della coda sul pavimento, destra sinistra, la lingua penzola dalla bocca atteggiata al sorriso. Il console si piega, gli fa una carezza: *Merlino, dicono che i cani non sorridono, lo dice chi non ce l'ha, io ti conosco, so con certezza che stai sorridendo.*

Gli aggancia il guinzaglio, s'infila l'impermeabile ed esce.

Basta fare due passi e attraversare via Tagliamento per trovarsi davanti all'arco scenografico che introduce nel quartiere Coppedè. Ci va quasi ogni giorno, passeggia senza fretta lungo le vie che portano nomi di fiumi. Una passeggiata breve, a dire il vero, perché il Coppedè più che un quartiere è un rione, quattro strade, una piazza, una quarantina di palazzine, il tutto impacchettato e spedito direttamente dal mondo delle fiabe. Un luogo bizzarro, ma signorile e tranquillo, tanto che molti Paesi ci hanno piazzato le loro ambasciate. Filippo è intrigato da quella del Marocco, ogni volta ci si sofferma davanti, osserva l'elaborato cancello di ferro battuto, la loggetta con le colonne corinzie, le bifore neogotiche del primo piano. Perché questo è il quartiere Coppedè, un miscuglio di stili che richiamano a epoche disparate, mascheroni assiro-babilonesi su portali Liberty, bassorilievi ellenistici su facciate barocche, un tripudio di archi, putti, festoni, ricami marmorei. Esplosione di fantasia, libertà assoluta.

Ormai ogni angolo gli è familiare. Anche Merlino si muove con competenza, sa esattamente dove annusare, in quale angolo alzare la zampa.

Un uomo e un cane.

L'uomo è alto, ha i capelli bianchi ma ancora folti, veste con sobria eleganza, non si è lasciato irretire dalla trascuratezza in cui spesso scivolano le persone anziane che vivono da sole. Non dimostra i suoi settantacinque anni malgrado lo scricchiolio delle ossa, lascito di lunghe permanenze in luoghi dal clima malsano.

Il cane è il suo esatto contrario. Il suo DNA conserva memoria di innumerevoli razze accoppiatesi arbitrariamente. Pelo raso marrone chiaro, orecchie dritte, all'insù, occhi tondi e distanti. Ha un busto lungo e cilindrico da würstel, zampe corte che rompono il passo in trotto per adeguarsi all'andatura del padrone. Filippo lo trova bellissimo.

La passeggiata è terminata. L'uomo e il cane si fermano in piazza Mincio. Filippo libera Merlino e si siede su una panchina a contemplare la Fontana delle Rane. Le ombre della sera scivolano lungo le facciate. Il Palazzo del Ragno e il Villino delle Fate quasi si nascondono alla vista, non fosse per la luce dei lampioni che ne illumina l'ingresso. La piazza è quasi deserta, solo qualche medico o avvocato che lascia lo studio per tornare a casa, qualche residente che porta fuori il cane.

È il momento migliore per i ricordi. Questo luogo evoca a Filippo un periodo lontano della sua giovinezza, i tre anni trascorsi in Argentina. Non sa perché, forse per l'anarchia stilistica delle architetture che incoraggia il libero flusso dei pensieri. Del resto, torna spesso a quel tempo; non si può togliere il segnalibro da certe pagine di storia. Volti, paesaggi, parole tornano in un presente immutabile, torna quella breve fase della sua esistenza che fu scandita dall'ansia, dalla paura, dall'orrore. L'unica, forse, in cui si è sentito veramente vivo.

Merlino siede, in attesa, davanti a lui. Ha espletato i bisogni fisiologici, ha galoppato intorno alla fontana, ha perfino trovato due suoi simili cui annusare il sedere. È sufficiente. Con un guaito richiama l'attenzione del padrone.

«Hai ragione» gli dice. Gli mette il guinzaglio e con una smorfia di dolore si alza dalla panchina.

La memoria è ingannevole. Sposta i ricordi nello spazio e nel tempo, mescola le situazioni.

La memoria è compassionevole. Edulcora e rimuove ciò che ci ha fatto troppo soffrire.

Se poi i testimoni del nostro passato si riducono o addirittura scompaiono, viene a mancare l'unico confronto in grado di aggiustare i ricordi.

Filippo Campolmi lo sa bene; per questo, tornato a casa, cerca di fare ordine nei pensieri e li ferma sulla carta. Scrive di notte, quando l'assenza di distrazioni è totale e anche perché l'età non garantisce più sonni lunghi e ininterrotti.

Scrive con la penna sul foglio, riempie la pagina di caratteri minuti e ordinati, ogni tanto traccia un rigo nero su una frase, corregge una parola.

Potrebbe scrivere al computer come ormai fanno tutti, ma preferisce così. La carta è viva, respira, ha un odore, una consistenza, la carta lo aiuta ad andare avanti. Ogni tanto si interrompe e guarda fuori dalla finestra la luna ancora bassa, così bianca che sembra fatta di una sostanza congelata.

La sirena di un'ambulanza squarcia il silenzio. Il console dà un'occhiata a Merlino, disteso ai suoi piedi. Dorme profondamente, a pancia in su, le cosce posteriori impudicamente divaricate. «Beato te!» sussurra. A un tratto la bestiola manda un mugolio, agita le zampe in un movimento rotatorio, come se pedalasse.

«Cosa sogni, Merlino? Dove stai correndo?»

L'uomo sorride e torna al suo compito.

Ricordo come fosse ora il giorno in cui seppi che la mia nuova destinazione sarebbe stata Buenos Aires.

Ero in vacanza con Dora in Puglia, a Porto Cesareo per l'esattezza. Eravamo in spiaggia dalla mattina, a rosolarci al sole di fine agosto, con l'unico supporto di due teli da bagno. Alla mia età sarebbe impensabile fare una cosa del genere, ma all'epoca, non avevo ancora trent'anni, mi pareva la cosa più naturale del mondo tenere la melanina sul chi vive.

Rammento una sensazione di pace assoluta, quasi di estasi. La risacca debole del mare, la sabbia bianca e sottile come borotalco tra le dita, il profilo di Dora, sdraiata accanto a me. Aveva i capelli bagnati, teneva gli occhi chiusi, le lunghe ciglia a ombreggiarle le palpebre inferiori. Per la prima volta nella vita nutrivo desiderio di stabilità affettiva.

«E se ci sposassimo?» proposi.

Lei girò lentamente la testa verso di me, aprì gli occhi. L'iride, abbagliata dal sole, luccicava come un gioiello. Poi si sollevò su un fianco appoggiandosi col braccio all'asciugamano e inforcò un paio di occhialoni dalle lenti scure: «Ci conosciamo solo da sei mesi».

«Che importa?»

«E dove andremmo a vivere?»

Alzai le spalle: «Un po' qua un po' là».

«Già. E io che ci faccio *un po' qua un po' là*?»

Dora era una donna molto indipendente, mi piaceva per questo. Era architetto, lavorava dieci ore al giorno in uno studio milanese molto affermato per una paga da fame, ma faceva la gavetta, come diceva sempre e in futuro sperava di potersi mettere in proprio.

«Lo sai, sono destinato a spostarmi. Un console non resta sempre nello stesso luogo.»

«Così mi proponi di fare il principe consorte.»

«La principessa consorte, semmai. No, sul serio, credo che potresti fare la libera professione anche all'estero.»

«Come no, sarei l'architetto volante!»

Ridemmo insieme. Le stampai un bacetto sulla punta del naso: «Pensiamoci. Magari mi mandano a Londra o a Parigi». Ero fresco di concorso, nutrivo ancora grandi illusioni circa il mio futuro.

Tornammo in albergo bruciati come abbacchi al forno, trascinando i piedi infarinati di sabbia dentro le ciabatte. Una doccia fredda era l'unica cosa che agognavo, invece alla reception mi dissero che dovevo chiamare urgentemente il Ministero degli Affari esteri.

Quando Dora uscì dal bagno con un asciugamano drappeggiato intorno al corpo e un altro avvolto a turbante sulla testa, comprese immediatamente che era successo qualcosa di importante. Ero semisdraiato sul letto, ancora in costume da bagno, e tenevo in mano la cornetta muta del telefono. Si limitò a guardarmi con aria interrogativa.

«Devo partire per l'Argentina.»

«Quando?»

«Fra tre giorni.»

Si sedette accanto a me: «Dio, Filippo...».

«Non posso rifiutare, è il mio primo incarico. È un'occasione, Dora, si è ammalato il console a Buenos Aires, mi hanno chiesto di sostituirlo.» Ci pensai un attimo: «Perché non vieni con me?».

Scosse la testa: «Mi rimane solo una settimana di ferie, non se ne parla proprio».

Le presi una mano, le accarezzai una guancia. «È solo una sostituzione, torno presto. Festeggiamo il Natale insieme. Tu però mi prometti di pensare alla mia proposta?»

Per lavoro ho viaggiato in aereo infinite volte. Ho sorvolato la catena dell'Himalaya, ho visto fiumi interminabili snodarsi come cobra in mezzo alla selva, ho osservato isole allontanarsi e definirsi in mezzo al mare come in una cartina geografica, ma l'alba sopra le nuvole è uno spettacolo che ancora mi commuove.

Quando arrivammo in vista di Buenos Aires albeggiava. Dall'oblò vidi accendersi il cielo di strisce rosse, rosa, arancioni, poi spuntare il sole, basso sull'orizzonte d'ovatta. È un po' come nascere una seconda volta.

Poi l'aereo si tuffò nelle nubi. Quando ne uscì, scorsi Buenos Aires affacciata sul mare. Un po' per la lontananza, un po' per la nebbia che l'avvolgeva non riuscivo a distinguerla con chiarezza, mi apparve a prima vista come un'entità vaga che si estendeva a perdita d'occhio. L'aereo virò sul mare e tornò sull'abitato, scendendo di quota. Via via riuscivo a distinguere le arterie, le zone verdi, i tetti addirittura. La sensazione di limitatezza provata poco prima davanti alla maestosità della natura si trasformava nel senso di onnipotenza di chi guarda le cose dall'alto e gli sembra di toccarle e di poterle spostare come i mattoncini del Lego. Sorvolammo, ormai molto bassi, una baraccopoli sterminata, casupole di lamiera, vicoli fangosi, cumuli di rifiuti, e finalmente atterrammo.

Ero partito in maglietta. Naturalmente sapevo di andare incontro all'inverno e mi ero portato dietro un pullover e un giubbotto. Dicono che gli inverni a Buenos Aires sono miti; quell'anno fece eccezione. Il cielo era plumbeo, la temperatura prossima allo zero.

Quando mi affacciai alla scaletta dell'aereo fui schiaffeggiato da un vento gelido.

Dopo un'ora di attesa per recuperare il bagaglio, mi ritrovai nella sala degli arrivi dell'aeroporto di Ezeiza, tremante, intontito per la stanchezza e il jet-lag, smarrito all'idea delle incombenze che mi attendevano: cambiare un po' di denaro, fare il biglietto del bus per la città, trovare la fermata. Fu allora che vidi un ometto basso, piuttosto scuro di pelle, con anacronistiche basette che gli incorniciavano il viso. Teneva sollevato un cartello con scritto il mio nome. Avrei voluto baciarlo.

Scoprii che per gli spostamenti di lavoro avevo diritto a una macchina e a un autista, cioè lui, Alonso.

Alonso non fu solo colui che all'arrivo mi salvò dal crollo ipotermico, mi portò le valigie, mi accompagnò fino alla porta del residence. Alonso fu per tutta la mia permanenza in Argentina un angelo custode, un collaboratore prezioso e discreto, al cui aiuto sono ricorso più volte. Sono certo che sapesse quello che facevo e i pericoli che comportava, ma mai una volta si tirò indietro.

Quel pomeriggio stesso mi accompagnò all'ambasciata italiana. Si trovava in un quartiere elegante, ai margini del centro città. Strade silenziose fiancheggiate da alberi, villini a due piani con aiuole erbose ben pettinate dietro a recinzioni di ferro battuto: uno scampolo d'Europa ricavato nel cuore di una metropoli sudamericana.

Alonso parcheggiò l'automobile davanti a una palazzina più alta delle altre sulla quale sventolavano una bandiera italiana e una argentina.

Fui introdotto in un ufficio ampio largamente illuminato da un bovindo a vetri che affacciava sulla via. Come entrai fui investito dall'odore di legno e di cuoio. La "stanza del mogano", la battezzai in seguito: di mogano erano le librerie incassate nel muro, di listelle di mogano erano rivestite le pareti, di mogano era la scrivania monumentale. Ogni oggetto parlava di solidità e di potere.

Nell'attesa mi fermai a osservare la collezione di miniature giapponesi appese al muro. A un tratto sentii aprire la porta, l'ambasciatore mi venne incontro porgendomi la mano: «Campolmi caro, che piacere averla con noi! Ha fatto buon viaggio?»

Risposi di sì, anche se parevo uscito dalla centrifuga di una lavatrice.

«Vedrà, si troverà bene qui, l'Argentina è un Paese ospitale.»

Mi invitò a sedermi su una delle poltrone di cuoio davanti alla scrivania, lui prese posto davanti a me sul soglio pontificio.

Era una di quelle persone con cui puoi passare una giornata intera e non essere poi in grado di descriverla. Né basso né alto, né bello né brutto, né biondo né moro, nessun tratto distintivo. Tamburellava sul sottomano in pelle e spostava continuamente lo sguardo da me alla strada fuori.

«Purtroppo il console in carica è dovuto tornare in patria,» abbassò la voce «problemi di salute. Mah, speriamo si rimetta presto.»

Annuivo mentre scivolavo col busto sempre più giù nella poltrona e combattevo una dura battaglia contro le palpebre che si stavano chiudendo.

«Nel frattempo abbiamo lei e sono certo che saprà assolvere egregiamente al suo compito.»

Alzò la voce: «Non è così?».

Mi raddrizzai d'un balzo sulla poltrona: «Farò del mio meglio».

«Ma certo, ma certo! Inutile che le dica che ogni iniziativa importante dovrà essere concordata col sottoscritto. Lei è molto giovane, non esiti a rivolgersi a chi ha più esperienza.»

Seguì un momento di silenzio in cui ci fissammo imbarazzati senza sapere che dire. Poi lui si girò di nuovo verso il bovindo: «Il suo autista la sta aspettando».

Anch'io guardai. Vidi uno sconosciuto curiosare dalla strada, ma nessuna traccia di Alonso. Capii in seguito che l'ambasciatore era cieco come una talpa ma si ostinava a non portare gli occhiali. Più di una volta lo vidi strizzare gli occhi disperatamente per leggere un cartello o scambiare una persona per un'altra. Ad ogni modo, sul momento presi quell'affermazione come un invito mascherato a levarmi di torno, per cui mi alzai dalla poltrona.

«Se non c'è altro...»

«Vada, vada pure, immagino sia stanco. Ci rivedremo presto, caro Campolmi.»

Era una minaccia?

Stavo abbassando la maniglia della porta, quando, in modo del tutto inaspettato, aggiunse: «Lei sa giocare a poker?».

Mi voltai stupefatto: «Prego?».

«Poker» scandì lui «sa giocare?»

«Sì, un poco.»

Mi raggiunse sfregandosi le mani: «Bene, bene, bene. Vede, il suo predecessore ha lasciato un gran vuoto. Al consolato, s'intende, ma non solo. Ogni giovedì giochiamo a poker, io e un paio di amici. Lui era il quarto. Un passatempo innocente, mi creda, tanto per ricaricare le batterie. Ecco... pensavo che lei potrebbe prendere il suo posto».

«Volentieri» risposi con una piaggeria che disgustò me per primo. Del resto, come può l'ultimo ufficiale della trincea rifiutare l'invito del quartier generale?

La mia trincea era il consolato, ci passavo gran parte della giornata. Un palazzone con pretese di grandezza, ma sporco e trasandato. Luci al neon, pareti bisognose di imbiancatura, arredi arrugginiti e traballanti. Il mio ufficio si trovava al primo piano, era una stanza angusta con una scrivania e due sedie di fòrmica.

Per raggiungerlo dovevo salire una rampa di scale buie e attraversare un salone strapieno di gente assiepata agli sportelli disposti ai lati. Quando arrivavo, trovavo già la fila davanti alla mia porta. E iniziava la dolorosa processione di tutti coloro che si appellavano a me perché allo sportello erano rimasti inascoltati. C'era chi chiedeva un sussidio all'ufficio di assistenza, chi cercava un lavoro, chi aspettava una pensione, chi aveva bisogno di medicine o di un intervento chirurgico. Alcuni tornavano più o meno quotidianamente.

L'Argentina era in piena crisi economica. L'inflazione galoppante si era mangiata i risparmi della classe media, chi viveva di uno stipendio fisso non riusciva a mettere insieme il pranzo con la cena, ogni giorno aumentava il numero dei disoccupati e dei miserabili. Quelle persone disperate si rivolgevano a una patria lontana e mai conosciuta che in base allo *ius sanguinis* le riconosceva come suoi cittadini, ma che nella sostanza si era completamente dimenticata di loro.

Il mio compito era quello di mediare con rassicurazioni e promesse che difficilmente sarebbero state mantenute.

C'erano poi, *corvées* non meno pesanti, le serate mondane, i ricevimenti ai quali un diplomatico non può sottrarsi. Così acquistai un completo nero che faceva tanto impiegato delle pompe funebri per recarmi in ville sfarzose affacciate sulla piscina o negli attici di qualche grattacielo con vetrate immense dalle quali si poteva ammirare l'intera città. Lì si riuniva tutta la Buenos Aires che conta, capitani d'industria, alti gradi dell'esercito, politici. Mi aggiravo per i saloni spaesato con un bicchiere di champagne in mano, osservando i quadri d'arte moderna e le specchiere con grandi cornici barocche appese al muro, sfiorando con lo sguardo le signore eleganti intente a chiacchierare fitto fitto sui divani bianchi di pelle. Qualche parola, qualche cenno di saluto, per il resto passavo la serata a presidiare il buffet, lunghe tavolate con la tovaglia ricamata, i candelabri d'argento e un tripudio di vivande nei vassoi rialzati.

Devo riconoscere, però, che queste noiosissime serate costituivano un'ottima riserva di pesca. Ero giovane, Dora era lontana e c'era sempre qualche signora che rispondeva ai miei sguardi. Si trattava in genere di mogli annoiate di grandi industriali o di ufficiali dell'esercito che transitavano nel mio letto una o due volte al massimo e poi scomparivano senza lasciare traccia, ma pettinavano il mio ego a dovere.

Poi c'erano le serate di poker del giovedì.

Giocavamo a casa dell'ambasciatore, un villino in stile neoclassico a due passi dall'ambasciata italiana. La prima volta che varcai quella soglia ero parecchio a disagio. Venne ad aprire il padrone di casa. Restai sulla porta tenendo in mano un'incongrua scatola di cioccolatini.

«Prego, Campolmi, si accomodi.» Strizzò gli occhi per mettere a fuoco il cadeau: «Per carità, non era proprio il caso di disturbarsi».

Fui fatto entrare in un vestibolo enorme da cui partiva un'elegante scala di legno che conduceva al piano superiore avvitandosi in un'ampia curva, che mi ricordò certi film di Hitchcock degli anni Sessanta.

C'era un silenzio innaturale, come se la casa fosse disabitata. Mentre lo seguivo da una delle porte fece capolino un visetto tondo, occhi ravvicinati a mandorla, un caschetto di capelli neri e lisci. Mi fissava ridendo e agitando un pupazzetto. Fece due passi verso di me con andatura barcollante sulle gambe tozze e arcuate. L'ambasciatore si precipitò incontro alla bambina, la prese in braccio e, baciandola, le sussurrò: «Qui non si può stare, amore. Su, andiamo dalla mamma». Le sorrideva e le parlava con una tenerezza di cui non l'avrei creduto capace e che non mostrò mai più, con nessuno e in nessuna circostanza. Riapparve poco dopo e, quasi con tono di scusa, mi disse: «Paloma, la mia figlia minore». Tutte le volte che tornai sperai di rivedere Paloma, l'unico respiro vitale di quella casa, ma purtroppo non mi capitò.

Giocavamo in un salottino con le pareti rivestite di legno, per la delizia del padrone di casa. Un tavolo verde, un divano, una consolle stracolma di bottiglie di liquore. Io, l'ambasciatore, Mister Broock e don Ignacio Merino.

Non si trattava di un innocente passatempo tra amici, come mi aveva detto il mio superiore, ma di partite serrate all'ultimo sangue. Puntavano forte, molto più forte di quanto potessi permettermi e aspettavano un pollo da spennare. Lo capii subito, per questo giocavo con prudenza: se non avevo le carte giuste passavo anche per tre o quattro mani di seguito e quando mi capitava un buon punto alzavo la posta. In questo modo riuscivo a non perdere, anzi spesso vincevo.

L'ambasciatore e Mister Broock non mi preoccupavano. Il primo perché non sapeva rischiare, troppo prudente, troppo prevedibile. Inoltre, se giocavamo a Telesina, malgrado strizzasse disperatamente gli occhi, spesso non riusciva a mettere a fuoco le carte scoperte. Il secondo perché era alle soglie dell'etilismo. Mister Broock era un alto dirigente di una multinazionale statunitense. Nel corso della partita era capace di alzarsi cinque o sei volte per andare al tavolo dei liquori e servirsi generosi bicchieri di superalcolici, whisky, Bourbon, quello che capitava. Al quinto giro era già alticcio, puntava cifre dissennate o rilanciava con punti ridicoli in mano. *Oh, God!*, diceva ciondolando la testa mentre vedeva le sue fiches trasmigrare da un'altra parte del tavolo. Nei momenti più emozionanti ci stupiva con osservazioni criptiche riguardo la quotazione del litio sul mercato.

Il mio vero avversario era don Ignacio. Il colonnello Merino, pappa e ciccia col generale Agosti, veniva vestito in borghese, ma trasudava caserma da tutti i pori. Postura rigida, capelli corti, baffetti alla Clark Gable. Parlava a bassa voce, anzi, parlava pochissimo e che vincesse o perdesse non lasciava mai trapelare la minima emozione. Era un uomo di ghiaccio. Quando un giocatore lanciava, prima di parlare, lo trafiggeva con occhiate di taglio, da sotto in su, che si appiccicavano alla pelle come sanguisughe. Anche lui però aveva il suo punto debole, un tic impercettibile che tradiva il suo stato emotivo e che imparai presto a utilizzare a mio vantaggio: quando era nervoso o contrariato sbatteva le palpebre, una o due volte. Lo detestavo. Nutrivo in cuor mio la speranza di prosciugarlo, prima o poi come l'Agro Pontino. Di più, di incrociare durante un ricevimento lo sguardo con quello di sua moglie e di portarmela a letto.

Nel frattempo cercavo di adattarmi alla mia nuova vita.

Era una domenica di inizio novembre carica di promesse. Mi ero svegliato di buonumore, già pregustando una passeggiata per Buenos Aires. A due mesi dal mio arrivo non avevo ancora visitato il giardino giapponese, né il cimitero monumentale della Recoleta dove si trova la tomba di Evita. Per l'occasione mi ero procurato una guida speciale, gambe lunghe, sguardo di velluto: Paula, la segretaria del governatore della città. Avevo un po' gigioneggiato mentre aspettavo di essere ricevuto, ho visto troppi film di James Bond, e la mia Miss Moneypenny era stata al gioco.

Mentre mi facevo la barba canticchiavo *Un corpo e un'anima* di Wess e Dori Ghezzi, che non mi faceva impazzire ma mi pareva adeguata alla circostanza.

Squillò il telefono. Era l'ambasciatore.

«Caro Campolmi, ho una bella sorpresa per lei!» esordì con voce troppo squillante. Fiutai subito la fregatura. Infatti un attimo dopo aggiunse: «Andrà al mio posto al pranzo dell'Associazione Unione e Benevolenza».

«Quando?»

«Come quando! Oggi, a mezzogiorno. Non lo sa che i pranzi sociali si tengono solo di domenica?»

Ingoiai un bioccolo di schiuma da barba.

«Ma... io mi ero organizzato in altro modo.»

«Allora si disorganizzi. È l'associazione italiana più antica e più prestigiosa, la nostra presenza non può mancare.»

La *nostra* presenza!

«Ma, ambasciatore, così su due piedi. Non ho preparato alcun intervento.»

«Non importa, improvvisi, devo dirglielo io? Faccia un bel discorsetto sui valori della famiglia. Ah, dica anche che la patria non dimentica i suoi figli lontani.»

Farfugliai qualche altra obiezione. Senza risultato.

«Avanti, Campolmi, le servo su un piatto d'argento una grande opportunità. I membri delle associazioni italiane ancora non la conoscono, quale occasione migliore?»

Un corpo e un'anima mi morì in gola. Chiamai Paula, che la prese così male da non volermi più rivedere. Feci un salto in consolato per prendere la fascia tricolore e, paludato da monumento ai caduti, mi presentai al pranzo di Unione e Benevolenza.

C'erano già tutti, almeno duecento persone sedute a tre tavoloni disposti a ferro di cavallo dentro un capannone imbandierato. Mi fecero sedere nella parte centrale, accanto al presidente e ai membri del comitato direttivo. Ai due lati centinaia di teste si sporgevano a guardarmi incuriosite. Mentre un'orchestrina suonava successi di Nilla Pizzi e Armando Trovajoli, cominciarono a servire le pietanze. All'inizio furono le lasagne, stracotte, unte, insipide. Le ingurgitai fino all'ultimo boccone, fingendo di gradirle molto e guadagnandomi così una seconda porzione. I guai veri tuttavia cominciarono dopo.

Premetto di essere quasi onnivoro, c'è solo una cosa che proprio non riesco a mandare giù e questa cosa è il pollo. Ricordo ancora i miei pianti disperati di bambino quando mia madre si ostinava a farmelo mangiare; ora ce l'avevo nel piatto, petto, ala, coscia, pallido, gonfio di ormoni, con la pelle raggrinzita nei punti più cotti. Girai la testa a destra e a sinistra, i miei vicini di tavolo mi fissavano con espressione compiaciuta.

«Il piatto della nostra buona tradizione culinaria» commentò il presidente in tono trionfalistico.

Non so come feci ad arrivare in fondo. Lo ingoiai, boccone dopo boccone, come si ingoia una medicina, aiutandomi a buttarlo giù con generose sorsate di vino. Alla fine non mi fu risparmiato nemmeno il gelato. Stremato, mi appoggiai allo schienale della sedia, mentre il capannone con il suo contenuto cominciava stranamente a fluttuare davanti ai miei occhi.

Fu allora che il presidente si alzò in piedi.

«Signore e signori, prego, un attimo di silenzio. Ho l'onore di presentarvi il console italiano, il dottor Filippo Campolmi, arrivato qui da poco.»

Scroscio di applausi.

«Tutti noi sappiamo quanto siano frequenti e proficue le relazioni tra noi e la madrepatria.»

«Il diritto di voto!» gridò qualcuno dal fondo.

Il presidente ignorò l'interferenza.

«Anche se la maggior parte dei presenti è nata e vive in Argentina, sappiamo che è fondamentale mantenere saldo il filo che ci lega all'Italia, perché noi» dette enfasi alla voce «siamo e saremo sempre italiani!»

Altro scroscio di applausi.

«Ora però voglio lasciare la parola al nostro illustre ospite, che meglio di me saprà riscaldare i vostri cuori.»

Il mio stomaco mandava sinistri gorgoglii. Mi alzai in piedi sostenendomi al tavolo con le mani e cercando di mettere a fuoco la platea. Intorno si era fatto un silenzio preoccupante. Forse fu la scioltezza della sbornia a farmi mancare di una spanna la catastrofe. In qualche modo riuscii a mettere insieme un discorso farcito di luoghi comuni e di retorica, parlai del lavoro e della famiglia, valori su cui si fonda ogni società civile, della patria lontana che, come aveva suggerito l'ambasciatore, non dimentica i propri figli.

«Voi» conclusi «voi che in questa generosa terra di Argentina avete saputo conquistarvi dignità e benessere, siete un esempio per tutti. Ecco...» Mi accorsi di avere la voce impastata. «Un esempio!» Fui colto dall'*horror vacui*. Non una parola, una sola parola, mi affiorava alla mente. «Ecco. Un esempio!»

Caddi sulla sedia. Per fortuna l'orchestrina attaccò l'inno di Mameli e tutti scattarono in piedi con la mano destra sul petto.

Era finita. Il presidente, dandomi la mano, commentò: «Bel discorso», poi fu la volta di tutti gli altri.

A poco a poco il capannone si svuotò, restai solo a contemplare i bicchieri di plastica rovesciati e le tovaglie macchiate di vino e di gelato. Feci uno sbuffo.

Mi ero già tolto la fascia tricolore e la stavo arrotolando, quando vidi venirmi incontro di corsa un ragazzo con la barba e i capelli lunghi. Indossava un eskimo verde militare e portava una borsa di tela a tracolla.

«Signor console» mi gridò tutto affannato «mi concede un minuto?»

Lo scambiai per uno studente, invece aveva due anni più di me ed era un cronista della *Nación*.

«Ho sentito il suo discorso, vorrei chiederle qualcosa in proposito.»

Non aspettò che rispondessi, tirò fuori una penna e un taccuino e mi investì con un fuoco di fila di domande:

«Lei ha parlato di stretti legami tra le associazioni italiane e la madrepatria, ma come la mettiamo con la mancata concessione del diritto al voto e alla pensione?

«Mi risulta che molti italiani di Argentina versino in condizioni economiche assai critiche. Qual è in concreto il contributo del governo?».

Mi barcamenavo nelle sabbie mobili di risposte vaghe ed evasive, lui replicava con occhiate scettiche.

«Lei si è posto come il paladino della famiglia tradizionale. Devo dedurre che è contrario al divorzio, che pure dal 1970 nel suo Paese è leg...»

Non ressi a tanto. Lo guardai e mi scappò da ridere.

Di risate insieme ce ne siamo fatte parecchie, a cominciare da quella sera stessa, che terminammo in una birreria del centro.

Così conobbi Segundo Sánchez e ancora oggi benedico quel pranzo che me lo fece incontrare. Per tutta la mia permanenza a Buenos Aires, Segundo è stato il mio unico, vero amico, interlocutore informato e stimolante, punto di riferimento e sostegno nei momenti amari che sarebbero venuti.

Il Paese sprofondava nel caos, non passava settimana che non venisse indetto uno sciopero generale, i *Montoneros*, l'ala peronista rivoluzionaria ormai in clandestinità, seminavano il terrore con azioni di guerriglia cittadina, sequestri di capi politici, assalti alle banche e alle caserme. Il governo non rimaneva a guardare. Col suo tacito assenso si formarono gli squadroni della morte, che operavano al di fuori della legge e di ogni controllo.

La mia principale fonte di informazione, inutile dirlo, era Segundo. Ci rifugiavamo in una *parrilla* dalle parti di calle Sarmiento e mentre la carne sfrigolava sulla piastra mi aggiornava sulle ultime notizie.

«Sono preoccupato, Filippo,» mi diceva sempre più spesso «la situazione sta degenerando. Qui non si tratta più di lotta alla sovversione armata, ma di vere e proprie azioni criminali nei confronti dei dissidenti.»

E mi raccontava di cadaveri abbandonati nelle campagne o in qualche discarica di periferia. «Tutti sindacalisti e militanti di sinistra, non terroristi. Tutti hanno subìto torture prima di essere ammazzati.»

«Questo governo è screditato» replicavo, «se volete salvare la democrazia occorrono nuove elezioni.»

Segundo scuoteva la testa: «Se andassimo al voto vincerebbe la sinistra, lo sanno tutti. E sono in tanti a non volerlo, non lo vuole l'esercito, non lo vuole la Chiesa, non lo vuole l'oligarchia, non lo vogliono le multinazionali straniere. Faremmo la fine del Cile».

Dopo tre mesi di mandato non ne potevo più. Mi sentivo inutile, ero stanco. Stanco della fila di disperati che ogni giorno si ingrossava davanti alla porta del mio ufficio, stanco delle mie promesse vane, stanco del contrasto stridente tra una moltitudine miseranda e la ricchezza sfacciata di pochi, stanco di sentir parlare di morti ammazzati e torturati. Contavo i giorni che mi separavano dal mio ritorno in Italia.

Invece, una brutta mattina di inizio dicembre, l'ambasciatore mi convocò nella stanza del mogano.

«Allora, caro Campolmi, un bilancio di questa esperienza?»

«Positivo» mentii.

«Ne sono contento perché ho una bella notizia per lei.» Afferrò dalla scrivania un temperamatite a forma di palla.

Cominciai a sudare.

«Una notizia che, immagino, le farà piacere.» La palla era nel palmo destro.

«Lei, malgrado la giovane età, ha svolto un lavoro egregio.» La palla era nel palmo sinistro.

«La ringrazio.»

«E dal momento che il console in carica non è attualmente nelle condizioni di riprendere servizio, toccherà a lei sostituirlo ancora per un po'.»

Palla ferma al centro.

Deglutii qualcosa che assomigliava a un rospo. «Per quanto tempo?» chiesi con voce strozzata.

L'ambasciatore allargò le braccia: «Chi può saperlo? Un anno? Forse due».

Quella sera telefonai a Dora.

«Allora prepariamo insieme l'albero di Natale?» mi chiese prima che avessi aperto bocca. «Quando torni? Vengo a prenderti all'aeroporto.»

«Dora, senti... ho paura che dovremo rimandare.»

«Che significa?»

«Devo restare qui.»

«Per quanto tempo?»

Non ebbi il coraggio di dirle la verità. «Non lo so, forse sei mesi.»

Seguì un silenzio lunghissimo, come se l'oceano si fosse inghiottito la sua voce.

«Mi senti? Hai capito quello che ti ho detto?»

«Ho capito» rispose gelida.

«Perché non vieni tu qua? Prendo qualche giorno di ferie, andiamo al mare.»

«Mi ero organizzata diversamente, devo lavorare.»

Alla fine ci accordammo che mi avrebbe raggiunto ad aprile. Per invogliarla le promisi che dopo saremmo tornati in Italia insieme, ma sapevo che era poco probabile.

Dal momento che il mio soggiorno in Argentina era destinato a prolungarsi, lasciai il residence e presi un appartamento in affitto per mitigare il senso di precarietà. Era molto piccolo, ingresso, cucina, soggiorno, tutto in un'unica stanza, e una camera da letto. Anche l'arredamento lasciava molto a desiderare, ma si trovava in una zona tranquilla e aveva un terrazzino che affacciava su una piazza alberata. Quasi riuscivo a toccare i rami delle yacarande in fiore. Comprai anche una Fiat 1100 del 1963 con la quale, se avesse retto, pensavo di scarrozzare Dora per Buenos Aires quando sarebbe venuta a trovarmi.

Il 24 dicembre a Tucumán il capo di Stato Maggiore, generale Videla, dopo un combattimento cruento contro l'esercito rivoluzionario dei *Montoneros*, dichiarò pubblicamente che se entro tre mesi il governo non avesse posto fine ai disordini, se ne sarebbero fatte carico le Forze Armate. Ma gli argentini stavano preparando il cenone e non gli dettero troppo peso.

Salutai il 1975 da solo, sul balcone di casa, meravigliandomi del tepore dell'aria e guardando i fuochi di artificio che accendevano la notte. Buenos Aires era in festa, la gente si accalcava, euforica, lungo le vie e chi era rimasto a casa apriva la porta per far entrare l'anno nuovo e strappava fogli di carta e gettava i pezzettini dalla finestra per liberarsi delle cose inutili.

Bevvi il mio spumante pensando a Dora, che probabilmente festeggiava in qualche surriscaldato locale, mentre il freddo inverno milanese avvolgeva le strade di nebbia.

Poi riprese tutto come prima. I giorni volavano, mentre in Italia stava per arrivare la primavera, qui l'estate era agli sgoccioli. La fila davanti al mio ufficio era sempre più lunga, i ricevimenti più noiosi, le partite a poker più accanite.

Fu in una sera di metà marzo, seduto al tavolo verde, che appresi la notizia.

La fortuna non mi sosteneva, solo coppie e scale bucate, cercavo di mantenere la perdita su livelli accettabili mentre, reprimendo gli sbadigli, aspettavo la fine della serata. A metà partita l'ambasciatore, mentre versava il whisky nei bicchieri, ci informò di un carico di carne argentina destinata all'esportazione in Italia che marciva nei magazzini per uno sciopero dei portuali.

«È una situazione intollerabile» commentò il colonnello. «Sono i soliti delinquenti che vogliono distruggere questo Paese. Saprei io come farli tornare a lavorare.»

Mi passò davanti agli occhi la teoria dei disperati davanti al mio ufficio. Quelli che per sopravvivere si erano venduti perfino i mobili, quelli che non avevano i soldi per comprare le medicine.

«Forse è solo gente che non ce la fa più ad andare avanti» replicai, «gente che con l'inflazione si ritrova un salario da fame.»

Don Ignacio fece un sorrisetto sprezzante: «Lei non conosce questo popolo, una massa ignorante che segue ciecamente chi fa più promesse. Questo è un popolo che ha bisogno di essere guidato, mi creda, col polso di ferro all'occorrenza. Solo così potremo ripristinare l'ordine.»

«Non sempre l'ordine coincide con la giustizia.»

«Lei è un uomo di governo, non mi dirà che si è lasciato irretire da romanticherie rivoluzionarie» replicò beffardo. «Perché una società funzioni ognuno deve stare al proprio posto e rispettare le regole. L'ordine non deve essere ribaltato, altrimenti è l'anarchia, il caos.»

«La sua idea di ordine non coincide con la mia» risposi secco.

Ci guardammo come due galletti da combattimento nell'arena.

In un silenzio glaciale arrivammo alla penultima partita.

Già contavo mentalmente le mie fiches, quando Mister Broock, sobrio di ritorno, ebbe l'idea di regalarci un ultimo colpo di vita facendo la Telesina. Era un gioco spietato: a ciascun giocatore veniva distribuita una carta coperta e poi, di volta in volta, una scoperta fino ad arrivare a cinque. A ogni distribuzione chi aveva il punto visibile più alto puntava una cifra. Gli altri potevano adeguarsi, rilanciare o uscire dal gioco. Per gli amanti del brivido c'era la variante delle *vele*, cioè una o più carte comuni che venivano scoperte solo alla fine e che ciascun giocatore poteva usare in aggiunta alle proprie per comporre il miglior punteggio. Mister Broock ne mise tre sul tavolo.

Al colonnello toccarono un dieci di quadri e un dieci di fiori, uno dopo l'altro. Era lui a dirigere il gioco; puntò una cifra ragionevole, mi adeguai anche se avevo solo un Re e un dieci di cuori in tavola e una donna di fiori coperta. Poi arrivarono a lui un nove di picche e a me un asso di quadri. Lanciò di nuovo e rispondemmo tutti. L'ultima carta scoperta fu per lui un asso di fiori, per me un nove di cuori. Don Ignacio puntò una cifra sconsiderata. I dieci erano tutti in tavola, era chiaro che aveva un asso come carta nascosta: doppia all'asso.

L'ambasciatore e Mister Broock si ritirarono. Feci un rapido calcolo: lui mirava al full, ma per completarlo aveva bisogno di un altro asso, l'ultimo del mazzo. Improbabile che si trovasse sotto una delle vele. Io avevo una scala quasi formata, mi mancava solo il Jack e ne era passato uno solo. Risposi alla sua puntata.

Restavamo noi due. Mancavano le colt appese al cinturone, ma era comunque un duello all'ultimo sangue.

L'americano scoprì la prima vela: Jack di cuori. Fui segretamente inondato da una vampa di soddisfazione, con la Donna nascosta avevo un punto chiuso, scala all'asso.

«Cento dollari» puntò il colonnello imperscrutabile come un geroglifico, spingendo le fiches in mezzo al tavolo.

Ci pensai un po', rifeci i calcoli. Quella carta non poteva servirgli, stava cercando di mandarmi via. «Vedo» risposi separandomi dall'ultima pila di gettoni.

Seconda vela: Re di picche. Anche se non mi serviva avevo in tavola il punto più alto, due Re contro due dieci.

«Dieci dollari» puntai.

«Duecento» rilanciò lui.

Che cazzo di gioco fa? Non ha niente, niente, solo quello stupido asso coperto.

Gli altri due assistevano col fiato sospeso, la tensione nell'aria si sarebbe potuta tagliare col coltello. Mi sudavano le mani, lanciai un'occhiata a quel monolite incrostato che attendeva in silenzio. Gli vidi sbattere le palpebre.

«Vedo» dissi, scarabocchiai la cifra su un foglietto di carta e lo misi sul piatto.

Restava l'ultima vela. Mister Broock afferrò la carta e la strisciò sul tavolo con una lentezza esasperante. Il cuore mi pompava a mille.

Finalmente la scoprì: Asso di cuori.

Dentro di me la morte nera. Vidi balenare un sorriso di trionfo sul volto del mio avversario. Si appoggiò allo schienale della sedia per esibire il piacere tipico del vincitore. *Maramaldo, tu uccidi un uomo morto.* Poi contò le fiches che gli rimanevano e le spinse tutte nel mezzo: «Trecento dollari».

Era una cifra enorme che, sommata alle puntate precedenti, rappresentava più o meno il mio stipendio di un mese. Lui aveva un full d'assi, io solo una scala.

Tutti i soldi sacrificati al demone del gioco mi tintinnavano in testa come in una slot machine. Don Ignacio mi guardava con un'espressione sazia di vittoria annunciata. Forse fu proprio quella a indurmi a tentare un'ultima, disperata mossa. Avevo quattro cuori scoperti, decisi di bluffare.

«Tre volte» rilanciai deciso.

Il colonnello ebbe una specie di soprassalto. Guardò le vele, guardò le mie carte e solo in quel momento realizzò che avrei potuto avere un colore di cuori.

Non so per quanto tempo rimase a riflettere. *Colore*, lo sentii bisbigliare tra i denti. Tamburellava sul tavolo con le dita e spostava lo sguardo dalle vele alle mie carte. Mi sforzavo di apparire calmo, ma dentro di me si stava scatenando un uragano. *Dio, se ci sei, fai che ci creda.*

L'attesa era diventata insopportabile. L'ambasciatore e l'americano assistevano muti, nella stanza si avvertiva solo il leggero tamburellare delle dita del colonnello e il tumulto del mio cuore impazzito. Ma quello, per fortuna, lo sentivo solo io. D'improvviso, sbatté di nuovo gli occhi, un movimento repentino, come una saracinesca abbassata che sfugge di mano e torna su.

«Lascio» disse e richiuse le sue carte come un generale che riunisce le truppe sconfitte.

Tutta la tensione accumulata si sciolse in un attimo. Cercai di mantenere un contegno; avevo una voglia pazza di intonare un coro da stadio e salire sul tavolo a ballare un tip-tap, invece mi limitai a spostare il mucchio di fiches verso di me.

La serata era terminata. Mister Broock bevve il bicchiere della staffa ripetendo *oh God!*, e si alzò, imitato dall'ambasciatore e da me. Eravamo tutti in piedi tranne don Ignacio, che sedeva impettito, a testa bassa, la mascella appena vibrante per una contrazione di nervosismo.

Fu allora, probabilmente per prendersi una rivincita, che dichiarò: «A breve l'esercito prenderà il potere». Lo disse con tono asettico, come se fosse stata un'ovvietà, e senza rivolgersi a nessuno in particolare. Ma fui certo che il messaggio era destinato a me.

Mi voltai, allarmato, verso l'ambasciatore; non mi degnò di uno sguardo e continuò tranquillamente a riporre i gettoni nella scatola.

Il giorno dopo però mi convocò nel suo ufficio.

«Ero già stato informato» mi comunicò. «Ma non c'è da preoccuparsi, si tratterà solo di una sospensione provvisoria delle libertà democratiche. Giusto il tempo di liberare una volta per tutte il Paese dall'anarchia e la situazione tornerà come prima.»

Ascoltavo, poco convinto: «Ma noi...»

Alzò la mano per bloccarmi. «Noi non faremo nulla. Qui non deve ripetersi quello che è accaduto in Cile, qui si tratta di terroristi, di spietati assassini che non hanno diritto all'asilo politico.» Mi guardò dritto negli occhi: «Ci siamo intesi? Non tollererò la presenza di rifugiati».

Difatti nei giorni successivi l'ambasciata italiana venne munita a tempo di record di un sistema di doppie porte apribili solo dall'interno.

Nella notte tra il 23 e il 24 marzo i militari presero il potere. Non si videro sfilare carrarmati, niente arresti e fucilazioni di massa, niente coprifuoco. La mattina dopo tutto pareva normale. Malgrado i giornali riferissero che Isabelita Peron era stata destituita e che il potere era passato alla *Junta*, malgrado la televisione trasmettesse incessantemente sfilate militari, i *porteños* si riversarono come sempre per le strade, i negozi aprirono, le arterie si intasarono di traffico.

La prima cosa che feci fu telefonare a Dora.

Mi rispose piena di entusiasmo: «È quasi tutto pronto, ho trovato un volo delle Aerolíneas Argentinas, scalo Madrid, a un prezzo strac...».

«Dora, Dora, ascoltami.»

Si bloccò all'istante.

«È meglio rimandare, non voglio che tu venga qui in questo momento.»

«Perché?»

«Un colpo di Stato.»

«Cosa? Qua non si sa nulla.»

«È successo stanotte, vedrai che al notiziario delle dodici lo dicono.»

«Ma... come in Cile?»

«No, è diverso. Non so realmente cosa accadrà.»

«Mio Dio! E tu?»

«Non devi preoccuparti per me, sono un diplomatico italiano, non corro alcun pericolo.»

«Filippo, dimmi cosa sta succedendo davvero. Arrestano le persone? Le fucilano?»

«No, che io sappia. Per ora è tutto molto strano.»

In effetti non capivo. Avevo negli occhi le immagini che tre anni prima avevano fatto il giro del mondo e indignato l'opinione pubblica internazionale: il presidente Allende asserragliato dentro la Moneda sotto i bombardamenti dell'aeronautica, le migliaia di prigionieri giustiziati nello stadio di Santiago; ma qui non assistevo a niente di simile, tutto appariva tranquillo. Eppure leggevo il terrore negli occhi della gente.

Il 30 marzo era il mio compleanno. Decisi di festeggiare invitando Segundo al solito ristorante. Per l'occasione ordinai un vino d'annata. Facemmo tintinnare i bicchieri.

«Quanti sono?» chiese lui.

«Trenta. Ti rendi conto? Di solito in questi casi si organizza una festa e io sono qui, da solo.»

«Non doveva raggiungerti la tua ragazza?»

«Le ho detto di non venire, non mi sembra il momento adatto.»

«Hai fatto bene.»

«Che poi… boh, sembra sia tutto come prima.» Con un cenno degli occhi indicai il locale: ai tavoli donne e uomini mangiavano e ridevano di gusto. «Non mi capacito, sembra non importi a nessuno.»

Il mio amico bevve un sorso di vino. Aveva un modo singolare di tenere il bicchiere, con entrambe le mani chiuse a coppa, quasi volesse proteggerlo.

«Questo è un Paese che di colpi di Stato ne ha visti parecchi, è un popolo che conosce bene il potere di persuasione della violenza. La *Junta* non ha bisogno di ostentare forza, ha occupato il Palazzo come chi ritorna a casa dopo una vacanza.»

«E se invece fosse davvero come dicono?» Era quello che volevo credere.

Segundo scosse la testa.

La sala era satura di fumo e di odore di bistecca. Da un tavolo in angolo si alzarono delle voci, due uomini discutevano animatamente di una squadra di calcio.

«Lo vedi? Parlano di calcio o del tempo. Perché hanno paura. Dammi retta, Filippo, i militari resteranno al potere finché potranno e nel frattempo ci toglieranno l'anima. Hanno già soppresso i partiti politici e i sindacati, hanno imbavagliato la stampa. Non hai idea che pressioni riceviamo al giornale. E chi non ci sta…» Unì i polsi in croce come se avesse le manette.

«L'ambasciatore mi ha detto che non saranno accolti rifugiati politici.»

«Naturale, la *Junta* ha buoni amici in Italia.»

Ero disgustato. «Che posso fare?»

«E che vuoi fare?»

La prima persona a chiedermi aiuto fu una giovane donna, si chiamava Camilla Interlenghi, insegnava lingue all'Università e parlava italiano perfettamente.

Si unì alla fila dei questuanti alla mia porta e, quando fu il suo turno, si sedette in silenzio davanti alla mia scrivania.

«Sì?» dissi a testa bassa, mentre sfogliavo un fascicolo.

«Chiedo asilo politico.»

Sollevai, stupito, lo sguardo. Era molto bella, naso diritto, capelli neri, lisci, fino alle spalle. Una vestale dell'antica Grecia.

«Non possiamo dare asilo politico.»

«Non ho altro posto dove andare, sono ricercata dalla polizia, come metto piede fuori di qui mi arrestano.»

«Avrà comunque diritto a un regolare processo» replicai stupidamente.

Lei scostò con la mano una ciocca di capelli dalla fronte e mi guardò fisso negli occhi: «Quelli non fanno processi, se ti arrestano, sparisci».

Scossi la testa: «Sono desolato, non posso fare nulla per lei».

«Ma sono cittadina italiana!»

Non sapevo più che dire, a ogni sua parola cresceva il mio imbarazzo. Mi appellai a inutili cavilli burocratici: «Cittadina italiana e cittadina argentina. Secondo gli accordi tra i due Paesi prevale il diritto di quello ospitante».

Per convincermi della gravità della situazione mi raccontò di appartenere a un gruppo rivoluzionario antigovernativo.

«Non ricorriamo alle armi, non siamo terroristi. Facciamo propaganda informativa, stampiamo anche un giornale, tutto in clandestinità, naturalmente. C'era riunione a casa di un compagno, la polizia ha fatto irruzione. Avevano la lista dei nomi di tutti noi. Sono l'unica a non essere stata arrestata, per un puro caso, l'autobus su cui ero salita ha fatto un incidente e sono arrivata in ritardo.»

Parlava, a tratti decisa a tratti con la voce spezzata, sottolineando le parole con brevi movimenti della mano. E a un certo punto accadde una cosa strana: mi parve che davanti a me ci fosse Dora. Forse per il modo in cui si scostava i capelli, forse per le ciglia che, quando abbassava gli occhi, le ombreggiavano il viso.

Mi assalì un pensiero: *se si trovasse Dora in una situazione simile? Se accadesse a lei di essere arrestata, stuprata, torturata?* Improvvisamente compresi che non potevo stare semplicemente a guardare.

«Un sistema ci sarebbe» dissi abbassando la voce. «Lei sarebbe disposta a espatriare?»

Notai un'espressione di sollievo dipingersi sul suo volto. «Qualunque cosa.»

«Comporta dei rischi.»

«Va bene.»

«Cercherò di procurarle un passaporto falso, ma ci vorrà qualche giorno.»

«Non so dove andare» ripeté. «Se tornassi a casa o andassi da amici mi troverebbero subito.»

Di nuovo quel gesto di allontanarsi i capelli dalla fronte. Era davvero bella, di quella bellezza che esce alla distanza. Solo ora notavo la forma perfetta del viso, le dita affusolate, il seno compatto sotto la maglia abbondante.

Ci pensai su qualche secondo: «Verrà a casa mia, là sarà al sicuro. Ci andiamo subito con la macchina del consolato».

Ci accompagnò Alonso, sbirciava continuamente dallo specchietto retrovisore, ma non disse una parola.

Le mostrai il mio minuscolo appartamento e le cedetti la mia camera da letto. Malgrado le sue proteste, allestii per me un giaciglio di fortuna sul divano in cucina.

«C'è una terrazza!» rimarcò avvicinandosi alla portafinestra.

La bloccai. Camilla non doveva aprire la porta, rispondere al telefono, affacciarsi alla finestra. In mia assenza camminava scalza per non fare rumore e non accendeva la luce.

La sera la raggiungevo con le borse della spesa, cucinavamo insieme e parlavamo, non era la prima voce di donna che i vicini sentivano a casa mia.

«Perché hai scelto la carriera diplomatica?»

«Pensavo fosse un lavoro interessante... lo è in effetti. E poi mi piaceva l'idea di vivere in luoghi diversi.»

«Aspetti negativi?»

Alzavo le spalle: «Raccontare bugie, fare promesse che non potrò mantenere. Dove hai imparato a parlare italiano così bene?».

«Parlo anche inglese e tedesco se è per questo. Sono bilingue, in realtà, i miei genitori sono immigrati nel '38, in casa parlavamo solo italiano.»

«Nel '38... sono ebrei?»

«Mia madre. Sono fuggiti subito dopo le leggi razziali. Buffo, no? Io ora faccio il percorso inverso.»

«Come sei entrata nella lotta clandestina?»

«Sono in tanti all'Università a pensarla come me. I miei hanno attraversato l'oceano per essere liberi e rispettati; non voglio vivere in un Paese dove i diritti civili vengono calpestati sistematicamente.»

Aspettavo con ansia il momento di tornare a casa, c'era qualcosa di confortante nel pensiero di essere atteso. La solitudine esalta aspetti della vita che normalmente trascuriamo, come condividere i piccoli riti di tutti i giorni.

Camilla non apparteneva alla categoria di coloro che vedono solo quello che credono. Era intelligente, coltissima, dotata di uno spiccato spirito critico che le permetteva di osservare al di là delle apparenze e di sfuggire ai pregiudizi. Era spiritosa, anche, a tratti addirittura irriverente. In quelle sere parlammo di tutto, di libri, di film, dell'infanzia, dell'amore. Di tutto tranne di quello che accadeva fuori dal nostro fortino.

Le dissi che andavo pazzo per i film francesi, lei si mise a ridere: «Un lui e una lei che si fissano intensamente sul marciapiede di una stazione e un treno in partenza alle loro spalle. Sei proprio un romanticone!».

Mi raccontò di aver convissuto per cinque anni con un uomo, poi era finita. «Sono stata io, ci volevamo molto bene, ma ormai eravamo diventati come fratelli. A questa età non va bene, ti pare?»

Immaginavo il profumo della sua pelle, il tocco della sua lingua. *Tutto tranne che fratelli, Camilla.*

«E tu? Ti aspetta qualcuno in Italia?»

«Sì, c'è una persona. Sai, quando ti ho visto la prima volta me l'hai ricordata.»

«È una storia importante?»

«Credo di sì. Lo spero, ma ora sembra tutto così lontano.»

Scherzavamo anche. Mi piaceva vederle affondare la bocca nel tovagliolo per soffocare le risate. Quei cinque giorni furono per me una specie di vacanza e credo anche per lei.

La mattina, quando mi alzavo, guardavo le sue calze e le sue mutandine ad asciugare in bagno, le sfioravo con le dita.

La sera del quarto giorno tornai a casa con un biglietto aereo per l'Italia e con un passaporto nuovo di zecca. Camilla lo aprì: sotto la sua fotografia c'era scritto Stefania Rosi, nata a Roma il 3 giugno 1947, residente a Roma, professione impiegata.

«Di vero c'è solo la data di nascita» cercò di scherzare.

«Parti domani mattina a mezzogiorno. Alla polizia doganale dirai di essere una turista italiana e che il passaporto è nuovo perché quello che avevi ti è stato rubato a Buenos Aires.

Spostò lo sguardo dal documento a me. Nei suoi occhi lessi speranza, paura, rimpianto. Quella sera la cena si prolungò fino alle due di notte. Ci parlammo con l'urgenza e l'assenza di remore di chi sapeva che non ci sarebbero state altre occasioni.

A un certo punto le afferrai la mano: «Che farai in Italia?».

«Non lo so, ho qualche amico laggiù, qualche parente che non ho mai conosciuto. Mi arrangerò.»

Alla fine ci alzammo. Lei andò in bagno. Mentre toglievo i piatti dal tavolo sentivo scorrere l'acqua della doccia e immaginavo il suo corpo nudo dietro la porta di vetro, i movimenti lenti della mano che indugia col sapone sul ventre e sulle cosce.

Mi sistemai sul divano troppo corto, le gambe piegate, un braccio a sfiorare il pavimento, poi mi giravo, allungavo i piedi sul bracciolo. Sentivo dai lievi rumori dietro la porta che anche Camilla era sveglia. *Vado da lei?* Mi giravo dalla parte dello schienale, il viso premuto contro la tappezzeria, tutti i sensi all'erta nel tentativo di captare ogni suo minimo movimento. *Ci vado?*

Non ne ebbi il coraggio, sperai che fosse lei a fare il primo passo ma non accadde. Alla fine mi addormentai.

Avremmo potuto, forse. Più di una volta l'ho immaginato: io in piedi davanti al letto, lei apre gli occhi e si sposta per farmi posto. In silenzio, al buio, ci abbracciamo, le nostre bocche si cercano, i corpi suggellano l'intimità costruita con le parole. Una fantasia che giace nella zona grigia del non detto e del non fatto, congelata fra i tanti rimpianti che costellano la vita di ciascuno.

La mattina dopo facemmo colazione quasi senza parlare, i visi stropicciati di chi ha dormito poco e male, e raggiungemmo Alonso che ci aspettava sotto casa.

Quella mattina il traffico era bestiale. Procedevamo a scatti, venti metri e di nuovo fermi. Mi agitavo sul sedile, mi giravo continuamente indietro nel timore che fossimo seguiti, a ogni sosta mi immaginavo un poliziotto in piedi accanto alla macchina che ci intimava di scendere. Camilla mi sedeva accanto, immobile come una statua di sale, e stringeva convulsamente il manico della borsa che teneva sulle ginocchia.

Finalmente arrivammo. Scesi con lei, l'accompagnai lungo i corridoi dell'aeroporto, superammo militari armati ostentando indifferenza e abbracciandoci, come fossimo una coppia di sposi, fino alla dogana. Quello era il momento più pericoloso.

«Devi mantenere la calma» le sussurrai. Io tremavo.

Lei mi sorrise, mi sfiorò le labbra con le sue: «Non ti dimenticherò, Filippo».

Fu più facile di quanto immaginassi, non era ancora iniziato l'esodo di dissidenti che si verificò nei mesi successivi e i controlli non furono particolarmente accurati, ma in quei dieci minuti persi dieci anni di vita. Il funzionario guardava il passaporto e poi guardava lei, due, tre volte. A ogni movimento della sua testa il cuore mi balzava in gola.

«Questo passaporto è stato rilasciato ieri» sentii che le diceva. «Perché?»

«Mi hanno derubato a Buenos Aires.»

«Come mai in Argentina?»

«Sono venuta a trovare il mio fidanzato, lavora qui.»

Entrambi si girarono a guardarmi.

«Sono arrivata quindici giorni fa, mi hanno preso tutto alla stazione dei pullman, valigia, borsa, documenti. Un disastro!»

Lui scosse la testa: «Vedrà che d'ora in avanti queste cose non succederanno più». Appose il timbro di visto, io ripresi a respirare. Ci fissammo intensamente, come nei film francesi anche se alle nostre spalle non c'era alcun treno, poi scomparve alla mia vista.

La mano del console trema, un'oppressione al petto nel ricordare la telefonata di nove anni prima.

Anche l'attività lavorativa di un console termina, non più mandati all'estero. Dopo una vita intera spesa in luoghi remoti, tra accenti stranieri e cibi esotici, il nomade era diventato sedentario, aveva piantato la tenda a Roma una volta per tutte. I primi giorni non sapeva che farsene di tutto quel tempo libero, si era aggirato, inconcludente, per l'appartamento che aveva comprato molti anni prima, troppo grande e troppo vuoto. Aveva anche scritto a Camilla, una mail, poi due, tre, quattro, senza mai ricevere risposta. Alla fine si era deciso a chiamarla al cellulare.

Aveva risposto una voce maschile.

«Scusi, forse ho sbagliato, credevo fosse il numero di Camilla Interlenghi.»

«Sono il figlio. Chi parla?»

«Filippo Campolmi, un vecchio amico.»

«Sì, certo...»

«Camilla non sta bene?»

Era seguita una pausa imbarazzata. «La mamma è mancata due mesi fa.»

La vista si era annebbiata, aveva dovuto appoggiarsi al muro per non cadere.

«Un'emorragia cerebrale. È successo tutto all'improvviso, se n'è andata in pochi giorni.»

Dobbiamo vederci, assolutamente, quante volte se l'erano detto? Quante promesse mancate nell'intervallo tra un mandato e l'altro, quando i giorni non bastavano nemmeno a prepararsi per una nuova partenza? In quei trent'anni era volato nei luoghi più sperduti del globo terrestre, ma non era riuscito a percorrere il breve tratto tra Roma e Torino, dove lei viveva. *C'è tempo*, si era detto ogni volta e il tempo era scaduto. La loro era stata la storia delle occasioni mancate.

Era rimasto in silenzio, mentre le lacrime rigavano lo schermo del cellulare.

«La mamma parlava sempre di lei» aveva ripreso il ragazzo, «le ha salvato la vita.»

«È stato tanto tempo fa.»

Non ti dimenticherò, Filippo, gli aveva detto all'aeroporto. Camilla era rimasta in Italia, aveva trovato un buon lavoro all'Istituto di studi storici Salvemini, si era sposata e aveva avuto due figli. Prima per lettera, poi per mail si erano scambiati attraverso migliaia di chilometri esperienze, riflessioni, fotografie. Gli aveva mandato le foto dei figli, del marito, del gatto, della baita in montagna. Nemmeno una che la ritraesse.

Il console solleva lo sguardo dalla pagina, fissa un punto imprecisato sulla parete di fronte. Dal muro sembra staccarsi una figura di donna, Camilla, ferma ai suoi trent'anni. Con le dita bianche e affusolate si tira indietro dalla fronte una ciocca di capelli.

Dopo Camilla vennero molti altri, sindacalisti, intellettuali, studenti, simpatizzanti della sinistra. Si mescolavano alla calca che attendeva davanti agli sportelli, sperando di non essere riconosciuti dagli agenti in borghese che presidiavano il consolato. Erano terrorizzati. La storia era sempre la stessa: qualcuno che conoscevano era stato arrestato e presto o tardi avrebbe fatto il loro nome.

Come potevo assicurarmi che fra i tanti non ci fosse qualche informatore della polizia? Di norma aggiravo l'argomento, facevo molte domande e promettevo il mio aiuto solo quando mi pareva che la persona che avevo davanti fosse sincera. Ma il rischio restava.

Andò avanti così per mesi, per anni. Ogni giorno mi inventavo nuove vie di fuga. Quando i controlli all'aeroporto diventarono capillari, accompagnavo i miei protetti in automobile fino al confine col Brasile, oppure li facevo andare in Uruguay, al di là del Mar della Plata, e da lì partivano per l'Italia.

Venivano da me anche i familiari di chi era stato arrestato, persone che da mesi chiedevano notizie di figli, fratelli scomparsi nelle Falcon senza targa. I loro racconti erano terrificanti: militari in borghese facevano irruzione in casa nel cuore della notte, perquisizioni, pestaggi. Mentre alcuni di loro se ne andavano trascinando via il sospettato, gli altri frugavano ovunque in cerca di denaro e oggetti di valore.

«Pazienza per i soldi» dicevano tutti. «Vogliamo sapere solo dove si trova nostro figlio, come sta.»

Quando nei giorni seguenti erano andati al commissariato di zona a informarsi, si erano sentiti rispondere che il nominativo non compariva nella lista dei fermati, non compariva da nessuna parte, scomparso, volatilizzato. Si illudevano che fosse ancora vivo e per questo ricorrevano a me per chiedere un avvocato che facesse valere i loro diritti, cioè l'obbligo per la magistratura di informare sulla causa dell'arresto e sul luogo di detenzione.

Ma in Argentina non esistevano più diritti e i pochi avvocati che avevano cercato di difenderli erano stati a loro volta arrestati o trucidati nei modi più barbari.

Davanti all'escalation delle violenze ero solo. Non potevo contare sull'aiuto di nessuno al consolato, gli altri funzionari, quando li incontravo nei corridoi, mi guardavano con sospetto, cercavano di evitarmi. L'ambasciatore mi convocava sempre più raramente e, quando non poteva farne a meno, mi liquidava con disposizioni secche, senza mai alzare gli occhi su di me.

Ero isolato e sempre più prostrato. Tornavo nel mio appartamento la sera tardi, sfinito dalla stanchezza e dalle preoccupazioni e non avevo voglia nemmeno di telefonare a Dora. Quando lo facevo non ne ricavavo un gran conforto.

«Quando torni?» Esordiva sempre così, ormai per provocazione perché conosceva in anticipo la risposta.

«Non lo so, Dora, non decido io.»

«Non è vero, puoi chiedere di essere trasferito, inventarti una scusa.»

«Ora non è il caso.»

«Perché?»

Mi indisponeva questa sua ostinazione a non capire: «Lo sai perché, ho cercato mille volte di spiegarti».

«Sai che ti dico? Sei diventato paranoico. Guarda che mi tengo informata, la situazione non è quella che cerchi di farmi credere, l'Argentina non è il Cile, nessuno parla di violenze, né alla televisione, né sul *Corriere* né sull'*Unità*. Lo sai, vero, che ci terranno i Mondiali di calcio? Non ho notizia di contestazioni.»

Dora non aveva tutti i torti. La politica di oscuramento e negazione attuata dalla *Junta* stava dando i suoi frutti. Mentre l'opinione pubblica internazionale si mobilitava contro le atrocità del regime di Pinochet e i vari governi ne prendevano le distanze, quasi nessuno si mosse, almeno nei primi anni, per l'Argentina. Quando uscivo la sera vedevo la gente fare la fila davanti ai cinema, i ristoranti e i caffè erano pieni, le strade affollate fino a tarda notte. Questa era la facciata che Videla proponeva al mondo; pochi, anche in Italia, avevano voglia di scoprire cosa ci fosse dietro.

Continuavo, anche se più raramente, a partecipare ai ricevimenti eleganti. Ne ero sempre più infastidito, ma temevo, rifiutando, di peggiorare ulteriormente la mia posizione.

Era la fine del 1977, più di due anni da quando ero arrivato in questo Paese, il terzo Natale a Buenos Aires. Non so più nemmeno chi fossero i padroni di casa. Ricordo un attico enorme, stanze grandi come sale cinematografiche, la solita, indisponente ostentazione di ricchezza. Argenteria luccicante, cristalli, signore in lungo con la schiena scoperta fino al sedere, capelli freschi di parrucchiere e artigli laccati di rosso, uomini sudati dentro gli smoking di buon taglio. Come sempre, mi ero ingozzato di caviale e di champagne per dare un senso alla mia presenza in quel luogo.

Della magione ricordo poco, ricordo invece bene la grande terrazza alla quale si accedeva dal salone principale e che ne costituiva la continuazione, perché arredata come un salotto e abbellita da piante tropicali.

Forse fu l'aria viziata, forse l'insofferenza che montava a spingermi oltre le portefinestre fino al parapetto più lontano, dove non c'erano lampioni e non arrivava nemmeno il riverbero dell'illuminazione interna. Appoggiai i gomiti alla balaustra e nella penombra profumata di gelsomino contemplai Buenos Aires dall'alto. Un'altra città rispetto a quella caotica e incontenibile che ero abituato a vedere di giorno dal mio modesto punto di osservazione. Sotto la luce della luna si mostrava in una solennità stanca, misteriosa. Si adagiava, indolente e maestosa, nei palazzi decrepiti, nelle piazze monumentali, nei vicoli sporchi, lasciando immaginare, come una nobildonna discinta, ineffabili peccati.

Dentro, un invitato si era seduto al pianoforte, stava accennando qualche nota sui tasti.

«Bella serata, vero?» mi giunse una voce alle spalle. Poi un'ombra mi si affiancò, come me si affacciò a scrutare la notte.

Nell'oscurità distinsi una giacca bianca.

«Città strana, non trova? Affascinante, senza dubbio, ma incomprensibile» aggiunse in italiano.

Mi voltai stupito, ma lui sembrò non farci caso, continuò a parlare guardando il panorama.

«La gente poi... pensare che per metà sono italiani.»

Estrasse di tasca un pacchetto di sigarette: «Vuole?» e senza aspettare la mia risposta ne accese una. Nella luce dell'accendino si stagliò un volto quadrato, occhiali con una sottile montatura metallica, due cespugli al posto delle sopracciglia. Lo riconobbi immediatamente, era uno dei camerieri che per tutta la sera avevano frullato per le sale tenendo in equilibrio vassoi ricolmi di bicchieri e di tartine.

«Sbaglio, o lei non è affezionato a questo genere di ritrovi?»

Non capivo dove volesse andare a parare, mi scostai leggermente e non risposi.

«Sa, io le ho viste tutte queste specie di regge, la conosco la gente che le frequenta. Come cameriere, s'intende.» Aspirò una lunga boccata. «Di dov'è lei esattamente?»

«Sono di origini emiliane, ma vivo a Roma» dissi di malavoglia.

«Un destino comune! Entrambi irretiti dal canto della capitale! Io sono di Molfetta, s'immagini, ma ho vissuto a lungo a Roma. Studiavo i codici vaticani.»

Mi prendeva in giro?

«Incunaboli, palinsesti, ha presente? L'archivio vaticano è una miniera inesauribile. Eh, bei tempi!»

Spense la sigaretta contro la ringhiera e la gettò nel vaso del gelsomino.

«Lei ora mi vede con questa livrea, con questi guanti bianchi, ma la mia strada era un'altra. La mia strada era la paleografia. Ho passato otto anni, otto anni della mia vita a studiare un copista bizantino, Musuro si chiama. Le dice niente?»

Scossi la testa.

«Dovevo immaginarlo, è roba da iniziati. Un intellettuale di prim'ordine, mi creda, ingiustamente negletto. Si trasferì a Venezia dall'Oriente, ci ha lasciato testimonianze interessantissime. Avevo fiutato una pista, sa, il nostro lavoro è simile a quello dell'investigatore, che avrebbe potuto ribaltare alcune posizioni ufficiali sui nostri umanisti.» Sospirò. «Sarebbe stata una grande scoperta se avessi potuto portarla a termine.»

Trasse di tasca un fazzoletto, si tolse gli occhiali e li pulì accuratamente.

«Lei ora si domanderà che ci faccio qui. Un colpo di testa.» Allargò le braccia. «È una lunga storia, non le interesserebbe.»

In sala si era formato un gruppetto di uomini intorno al pianoforte. Allungando il collo riuscivo a vederli, senza giacca e col farfallino allentato, che improvvisavano qualche coretto.

«Lei ora si chiederà perché proprio il cameriere» riprese il mio vicino. «Perché è un lavoro faticoso ma ben retribuito. Lo facevo già da studente, avanza tempo, poi ho lavorato un paio d'anni sulle navi da crociera e… eccomi qua!» Nuovo sospiro.

«Qui pagano bene, non si trovano facilmente camerieri con la mia esperienza. Poi parlo le lingue, italiano,» a questo punto sghignazzò «latino, greco antico. Ma non ho rinunciato, non creda! Capita a tutti di prendere decisioni avventate. Volevo dialogare coi vivi anziché con i morti.» Scosse il capo. «Non avevo capito che i morti non tradiscono mai. Appena avrò risolto alcune questioni torno dal mio copista. Ah, lei non immagina la quiete di una sala di consultazione, il piacere di accarezzare una pergamena, di riconoscere un carattere!»

Ora al piano era rimasta una persona sola, cantava un tango di Piazzolla, mentre gli altri invitati ascoltavano, un po' discosti, in religioso silenzio. Non l'avevo notato prima, forse era arrivato da poco. Aveva un viso vagamente familiare, ma non riuscivo a ricordare chi fosse.

«Mi scusi, l'annoio» disse il cameriere vedendo che guardavo in quella direzione.

Per educazione feci cenno di no.

«Scommetto che si sta chiedendo chi è quel signore che canta.»

«In effetti…»

«Non lo riconosce?»

Aguzzai la vista, era in piedi, abbronzato come un'urna cineraria, impettito dentro lo smoking nero. Cantava con grande trasporto, accompagnando la voce con ampi gesti delle braccia. Scossi di nuovo la testa.

«Quello è Leopoldo Galtieri» mi disse a voce bassa.

Come avevo fatto a non riconoscerlo! Lo ricordavo nelle apparizioni ufficiali in alta uniforme, la fascia bianca e celeste di traverso, la giacca della divisa addobbata di mostrine e medaglie. Leopoldo Galtieri, tenente generale, stretto collaboratore di Videla, anima della repressione più spietata.

Lo guardai di nuovo: aveva terminato la sua esibizione e chinava, compiaciuto, la testa allo scroscio di applausi dei presenti. Non riuscii a trattenere una smorfia di disgusto.

Adesso la maggior parte degli invitati si era trasferita in una sala interna a omaggiare l'ospite illustre.

Il paleografo si fece più vicino. «Lei è molto conosciuto in certi ambienti.»

Mi irrigidii. «Quali ambienti?»

«Quelli che lei sa.»

«Non capisco.»

«Io credo che abbia capito benissimo.»

Chi era quell'uomo? Cosa voleva da me?

«Le ripeto: non so di che stia parlando.»

Fece un cenno con la mano, come dire *Non ha importanza.*

«Ci sono due ragazzi che hanno bisogno di aiuto, devono espatriare con urgenza, altrimenti finiscono male.»

Ero rigido come un palo della luce: «Non capisco perché viene a raccontarlo proprio a me».

«Un ragazzo e una ragazza, hanno poco più di vent'anni.»

Non aprii bocca.

«Russo e Belgrano; sono nostri connazionali.»

«La prego, mi lasci in pace.»

Fece un mezzo sorriso. «Ha ragione… comunque li conoscerà presto, spero voglia prendere a cuore il loro caso.»

Non risposi, avevo ragioni a bizzeffe per non fidarmi. Si trattenne ancora qualche istante, poi guardò l'orologio: «Mi scusi, devo riprendere servizio. Russo e Belgrano» sussurrò di nuovo mentre si allontanava.

Lo rividi poco dopo dietro il banco del buffet servire, impassibile, dolci e pasticcini.

Pochi giorni dopo arrivarono nel mio ufficio due giovani. Erano studenti universitari, avevano dato un contributo marginale alla lotta clandestina, ma un loro compagno era stato arrestato e si trovava chissà in quale centro segreto di detenzione.

«Sa come ci chiamiamo, sa dove abitiamo» disse il ragazzo.

Sapevo che era più che sufficiente per essere gettati da un aereo nel Mar della Plata.

«Il nostro amico» mi informò con voce spezzata «è stato portato via di notte, non ne sappiamo più nulla. Dicono che nei sotterranei del club Atletico e dell'Olimpo torturano i prigionieri fino alla morte.»

Parlava, parlava, si soffiava il naso, si aggiustava gli occhiali, ogni parola, ogni gesto trasudava smarrimento. La ragazza invece, una biondina con la coda di cavallo che pareva appena uscita dalle scuole medie, taceva, tormentandosi le mani. A ogni parola dell'amico sussultava e abbassava gli occhi, persa in chissà quali remoti pensieri.

«Prima o poi farà i nostri nomi, dicono che in quei posti prima o poi parlano tutti» continuava lui. «Ci aiuti, la prego, vogliamo scappare in Italia.»

La ragazza emise un gemito.

«Siete sicuri?» chiesi.

«Sì» lui, «No» lei, risposero all'unisono. Il ragazzo la trafisse con un'occhiata. «Sì, sono sicura» si corresse lei.

Non ero convinto, mi rivolsi direttamente alla biondina: «La cosa comporta dei rischi».

Lei sgranò gli occhi e non rispose.

«Conoscete qualcuno in Italia? Qualcuno che possa aiutarvi una volta arrivati?»

«Ho dei lontani parenti a Bologna. Ci aiuteranno.»

«I vostri genitori lo sanno?»

Silenzio.

«Non gli avete detto nulla?»

«A mio padre si schianterebbe il cuore» rispose lei. Fu l'unica frase in tutto il colloquio.

«Non capirebbero, loro... non immaginano» spiegò il ragazzo, «pensavamo di avvisarli subito prima della partenza.»

«Siete maggiorenni?»

Si precipitarono entrambi a consegnarmi le carte di identità: Martina Belgrano, Alejandro Russo, nazionalità argentina e italiana. Rividi un volto quadrato e due sopracciglia cespugliose.

Scelsi per loro il passaggio dall'Uruguay, che mi pareva più sicuro.

Tutti quelli che mi chiedevano aiuto erano spaventati. Alcuni al momento decisivo si tiravano indietro, non se la sentivano di partire e cercavano altre strade che quasi sempre li conducevano dritti nei sotterranei delle carceri clandestine. Quei due parevano proprio pulcini bagnati. Temevo un crollo emotivo alla prima difficoltà.

Molte volte mi sono interrogato sulla sorte dei miei protetti. Il mio compito terminava generalmente con la consegna dei passaporti, quello che sarebbe accaduto dopo non mi era dato sapere. Ho impressi a fuoco nella memoria i loro volti, uno per uno, ricordo il timbro delle loro voci. Martina e Alejandro: due fra tanti, due adolescenti, poco più. Mi piace immaginarli vecchi, qui in Italia o nel loro Paese, mentre raccontano ai nipoti la fuga avventurosa di tanti anni prima.

Ho sempre pensato che l'autunno fosse una stagione malinconica. A Buenos Aires non è così. Quell'anno, 1978, l'estate fu torrida, l'erba scomparsa dai prati, le crepe sul terreno parevano bocche assetate che invocavano pioggia. I rari temporali erano stati così brevi e violenti che, invece di recare sollievo, si lasciavano dietro un'aria appiccicosa e irrespirabile. Ma con l'arrivo dell'autunno la temperatura scese di diversi gradi e il cielo tornò così terso che quasi mi sarei aspettato di veder fiorire le yacarande.

Ormai la *missione umanitaria* occupava tutto il mio tempo, a scapito delle mie altre mansioni. Si avvicinavano i Mondiali di calcio e il regime voleva offrire alla platea internazionale l'immagine di un Paese efficiente e pacificato. Furono costruiti a tempi serrati stadi e complessi sportivi, rasi al suolo interi quartieri malfamati nelle periferie, innalzati muri provvisori davanti alle baraccopoli. Lo stesso zelo fu impiegato nell'eliminazione di tutti coloro che avrebbero potuto essere d'intralcio a questo progetto. Gli arresti e le incursioni notturne si moltiplicarono, la fila davanti alla mia porta diventava sempre più lunga. Escogitavo nuove vie di fuga, cercavo nascondigli per coloro che non riuscivo a far espatriare, distribuivo documenti falsi. Tutte le mie energie finivano lì, quasi non avevo più una vita privata.

Una sera tornai a casa particolarmente stanco e avvilito, provai il desiderio di sentire la voce di Dora, erano almeno due mesi che non la chiamavo. Il telefono squillò a lungo, finalmente una voce impastata farfugliò qualcosa.

«Dora, sono io.»

Silenzio.

«Dora...»

Avvertii il fruscio di un corpo che si gira nel letto.

«Filippo, sono le due di notte.»

«È vero, scusami, non ci avevo pensato. Dora, mi manchi.»

«Ma guarda!»

«Ho tanto lavoro, non immagini. Mi manca il tempo per ogni cosa.»

«Certo.»

«Dora, io vorrei… vorrei tanto tornare, muoio dalla voglia di vederti, ma non posso lasciare, qui in questo momento. Cerca di capirmi.»

«Capisco.»

Andammo avanti così ancora per un po', io parlavo e le mie parole rimbalzavano contro un muro. Alla fine mi liquidò: «Senti, domani devo alzarmi presto, lavoro anch'io se non te lo sei scordato. Ci sentiamo».

Quella fu la nostra ultima telefonata.

Cominciai a frequentare una donna un po' più grande di me, Leticia. Apparteneva alla buona società *porteña*, sposata con un ufficiale dell'esercito. Provavo un piacere perverso a scoparmi le mogli dei militari. Aveva fatto tutto lei, mi aveva abbordato a una cena dell'ambasciata e messo in mano un biglietto col suo numero di telefono. Era una bella donna, carni sode e generose, bocca sensuale, atteggiamento disinvolto di chi è abituato a frequentare altri letti oltre a quello coniugale. Veniva a casa mia in taxi, vestita e ingioiellata come se si recasse alla prima dell'Opera e si sedeva direttamente sul letto con un'aria *blasé* che mi faceva voglia di prenderla a schiaffi. Ma il sesso con lei era formidabile.

Era una specie di lotta dei sensi, uno scontro di resistenze in cui non c'era posto per la tenerezza. Leticia era una di quelle donne che in amore vogliono sempre prendere l'iniziativa, esigeva senza pudori che le procurassi piacere nei modi più disparati, nei momenti più intensi sussurrava parole sconce. Tra le lenzuola intrise di sudore ci interrompevamo esausti, recuperando il fiato come pugili tra un round e l'altro e fissandoci con un'aria quasi di sfida, per poi riprendere, subito dopo, con foga rinnovata.

Ne uscivo spolpato come un osso di pollo.

Una sera, mentre si agganciava il reggiseno, notai che le avevo fatto un segno sul collo.

«Dio, Leticia,» le dissi «guarda qua! Mi spiace, non mi sono reso conto.»

Lei andò allo specchio, esaminò la macchia livida.

«Non importa» rispose.

«Non hai paura che tuo marito se ne accorga?»

«Mio marito si accorge raramente di cose che mi riguardano. A essere sinceri, non me ne frega proprio nulla. Immagino preferisca non approfondire. Come me, del resto.»

«Perché non lo lasci? Che ci fate insieme?»

Lei alzò le spalle: «Abitudine? Convenienza? Convenienza, penso».

Si sedette sul letto, mi appoggiò una mano sul pube: «Sei giovane, ancora, non sei pratico di compromessi».

Finì di vestirsi, si diresse verso la porta d'ingresso. Aveva già abbassato la maniglia, quando ebbe un attimo di ripensamento e si voltò di nuovo verso di me.

«Stai attento, Filippo, quello che fai non piace a troppa gente.»

Rimasi di sasso. «Che intendi dire?»

«Quello che ho detto. È il consiglio di un'amica.»

Fino a quel momento non avevo mai temuto per la mia incolumità, ma dopo quelle parole mi assalì una paura cieca che talvolta sfiorava il panico. A nulla serviva che mi ripetessi che ero un cittadino italiano, un diplomatico per giunta, e che nessuno avrebbe osato toccarmi. La mia scomparsa avrebbe scatenato un putiferio ed era l'ultima cosa che il regime voleva. *Potrebbero simulare un incidente*, ribatteva l'altra parte di me, *in questo sono maestri. Potrebbero speronare la mia macchina fino a spingerla nelle acque marroni del Mar della Plata.* Nessuno avrebbe dubitato visto le condizioni in cui versava la mia 1100. E già mi vedevo ingabbiato nell'abitacolo del mio macinino raspare con le unghie contro lo sportello mentre sprofondavo negli abissi. Smisi di prendere l'automobile.

Potrebbero aspettarmi fuori casa oppure seguirmi mentre vado al lavoro. Uccidermi e far sparire il corpo. Quando uscivo, mi guardavo continuamente alle spalle, quando tornavo, scrutavo ogni angolo della piazza prima di avvicinarmi al portone. Avevo visto Ford Falcon affiancarsi a un'automobile ferma a un semaforo e da dentro sparare in faccia al conducente, mi era giunta notizia di cadaveri orrendamente mutilati abbandonati nelle discariche. Non passava giorno che la corrente portasse sulle coste dell'Uruguay poveri resti mangiucchiati dai pesci. La gamma dei sistemi di eliminazione era così vasta e variegata da poter nutrire le mie paure per notti intere.

Dormivo male. Ogni rombo di motore sulla strada, ogni scalpiccio per le scale di casa mi faceva sobbalzare col cuore in gola. Dormivo col telefono ai piedi del letto e i numeri dell'ambasciatore e di Segundo scritti su un biglietto sotto il cuscino. Temevo che il mio apparecchio fosse sotto controllo, la mia vita sociale era prossima allo zero.

Una sera tornai a casa, misi il chiavistello alla porta e cercai di mangiare qualcosa. Il frigorifero era vuoto, l'appartamento sporco e in disordine. Allo specchio il mio viso stanco, scavato dalle occhiaie e segnato dall'ansia, mi dette la misura della condizione di disperazione in cui mi ero ridotto.

Eppure non mollavo, anzi, intensificai la mia attività: ora conoscevo la paura, quella stessa che leggevo negli occhi di chi veniva a chiedermi aiuto.

Andai avanti così ancora un mese.

Il 20 di maggio fui convocato nella stanza del mogano.

Era quasi sera. Il sole basso dal bovindo stampava sul pavimento un rettangolo di luce. L'ambasciatore mi attendeva in piedi dietro la scrivania, mi dava le spalle, teneva le mani intrecciate dietro la schiena e guardava la fotografia del Presidente della Repubblica italiana appesa alla parete.

Ci fu una pausa di silenzio sospeso; aspettavo, anche io in piedi, dall'altra parte del tavolo. Si schiarì la voce e, senza voltarsi, disse: «Sarò breve, dottor Campolmi».

Non ero più *caro Campolmi*, ero diventato *dottor Campolmi*.

«Ho ricevuto l'altro ieri disposizioni dalla Farnesina: il suo mandato termina alla fine del mese.»

«Com'è possibile?» gridai di getto.

«Questa è la nostra sorte, essere spostati da una sede all'altra. Dovrebbe saperlo.»

«Ambasciatore, perché?»

«Evidentemente si ritiene che sia più utile altrove.»

«Io sono utile qui, ho ancora tanti compiti da portare a termine.»

Si girò di scatto: «Che genere di compiti?».

Cercai nella memoria le mansioni dei primi mesi. «Pratiche rimaste in sospeso, richieste di pensione… sussidi» farfugliai.

«Bene, ci penserà chi prenderà il suo posto. Tutti siamo utili, nessuno necessario.»

Mi avvicinai, poggiai le mani sulla scrivania. «La prego, mi conceda una proroga, due mesi.»

Scosse la testa.

«Un mese, un mese soltanto. Facciamo fine giugno.»

«Campolmi, non faccia richieste assurde, qui non siamo al mercato. Lei è un rappresentante dello Stato italiano, se ne ricorda? Torni in patria a svolgere le mansioni che le verranno richieste.»

«La prego…» insistei ancora.

Mi dava di nuovo le spalle. «Il colloquio è finito. Faccia buon viaggio.»

Tornai a casa in uno stato di prostrazione indicibile. Davanti a me i tanti volti che erano sfilati nel mio ufficio, volti giovani, ancora segnati dall'acne, volti incisi dalla fatica, volti stanchi, volti scavati dal pianto; volti di studenti, intellettuali, operai, sindacalisti, madri, sorelle. E vedevo anche quelli ancora sconosciuti di chi sarebbe venuto e avrebbe trovato la porta chiusa; non era difficile immaginarli, erano tutti uguali, tutti disegnati dalla disperazione.

Scrissi al Ministero degli Affari Esteri chiedendo una proroga, ma non servì a nulla.

La data della partenza si avvicinava a passi da gigante, contavo i giorni come un carcerato incide le tacche sul muro, ma i conti non tornavano. Per molti, per troppi, non ci sarebbe stata via di scampo.

Prima di lasciare l'appartamento invitai Segundo a cena. Appena entrato notò le valigie in un angolo. «Quando parti?»

«Domani sera, viaggio di notte. Meglio, no?»

Parlammo di tutto un po', del suo lavoro, della guerra fredda, perfino del tempo.

I piatti erano vuoti da un pezzo, avevo aperto la seconda bottiglia di vino. Segundo modellava tra le dita una mollica di pane.

«Dove ti manderanno?»

«Non lo so, in qualche minuscolo Stato dell'Africa o dell'Estremo Oriente, immagino. E tu?»

«Io? Io faccio il giornalista. Mi occupo della pagina sportiva in questo momento.»

Mi venne da ridere: «Tu che scrivi di sport?».

«Meglio che scrivere bugie.»

«Vieni via anche tu.»

«Non ora, Filippo. Stanno per iniziare i Mondiali di calcio, tra poco qui sarà pieno di giornalisti stranieri.» Mi fece l'occhiolino. «Assetati di notizie vere. Il regime farebbe meglio a lavare i panni sporchi lontano dallo sguardo del mondo.»

«Stai attento, è pericoloso.»

«Faccio il mio mestiere, come tu hai fatto il tuo.» Mi allungò un mezzo cazzotto sul braccio: «Mi mancherai».

«Anche tu mi mancherai.» Sollevai il bicchiere alla luce: «Mi mancherà anche questo vino» cercai di scherzare. «Non vorrei partire.»

«Lo so.»

«Sono in tanti, ancora, ad aver bisogno di me.»

«Hai fatto tanto.»

«Non abbastanza, forse avrei potuto fare di più.» Mi grattai la testa. «Se tu vedessi come mi guardano...»

«Lo immagino. Come biasimarli? Sanno cosa li attende se li arrestano, qualche notizia comincia a trapelare. Te lo risparmio.» Fece un sospiro profondo, appoggiò i gomiti sul tavolo: «Non si può ripetere quello che ho sentito, il sadismo dei torturatori va oltre ogni immaginazione».

«Chi sono? Che razza di uomini sono questi che godono nel far soffrire i loro simili? Spiegamelo, perché non arrivo a capire.»

«Ti stupisci? Sono militari di professione, poliziotti, detenuti comuni. Certe volte ragazzi di leva che se tentano di sottrarsi rischiano di diventare vittime a loro volta. Si dice che vengano lasciati soli in un bosco per un mese insieme a un cane. Vivono con questo cane giorno e notte, diventano simbiotici, ci si affezionano. Poi riappare l'istruttore e gli ordina di uccidere il cane, così, a freddo. Te l'immagini? Quello ti guarda con gli occhi fiduciosi e tu gli spari. Se si rifiutano li uccidono entrambi. Se ubbidiscono, gli viene insegnata la tecnica della tortura, martoriare e sapersi fermare subito prima che la vittima muoia.»

Più Segundo parlava, più quello che mi diceva risultava inconcepibile. Mi tornò a mente l'orrore provato quando, andando a scuola, scorsi nel parco un gattino impiccato a un albero. Pendeva, già irrigidito dalla morte, come un fantoccio grottesco. Restai paralizzato a fissarlo: «Mamma, chi è stato?».

«Non lo so, solo persone malvagie possono fare cose del genere. Non guardare.»

«Perché?»

«Per cattiveria, per puro sadismo. Andiamo via.»

Ma non riuscivo a levargli gli occhi di dosso. C'era qualcosa dentro di me che si ribellava e si rifiutava di accettare.

«Subiscono il lavaggio del cervello» continuava Segundo. «La vittima è il nemico della patria, un cancro da estirpare, il male assoluto. Che siano donne, ragazzini perfino, non importa. Per loro diventano oggetti.»

«Non mi convince, non basta. Vuoi dire che chiunque, tu, io, in una situazione simile ci comporteremmo allo stesso modo?»

Allargò le braccia. «Non lo so, voglio sperare di no.» Ci pensò su: «Prendila con le molle, ma sono convinto che qualcuno ci provi anche gusto. Sai, quella che chiamano ebbrezza di onnipotenza, il potere perverso di poter disporre a proprio piacimento di un'altra creatura».

«Ecco, l'hai detto. Si tratta di persone malate, persone portate alla perversione da turbe psicologiche.»

«Hai mai schiacciato da piccolo una lumaca, torturato una cavalletta? Ti sei mai divertito a strapparle le ali?»

«Ti sembra la stessa cosa?»

«Bisognerebbe chiederlo alla cavalletta. La mente umana, Filippo, talvolta mostra abissi insondabili.»

«Non ci sto. Secondo me solo le persone molto disturbate esercitano la violenza gratuita. Anche con le cavallette.»

«Perché ci insegnano che non si deve fare. L'uomo ha esercitato la violenza in ogni luogo e in ogni tempo, la trama della storia è tessuta con il filo delle stragi, delle guerre, delle sopraffazioni, ogni epoca, ogni società ha i suoi orrori e ha sempre trovato motivi per giustificarli. Tutti disturbati?»

Non sapevo che replicare. Le affermazioni del mio amico erano inoppugnabili, eppure ancora mi rifiutavo di credere che il male fosse connaturato con l'uomo, che gli covasse dentro come una pustola pronta a scoppiare non appena le regole sociali lo rendessero legittimo.

«Allora secondo te una società violenta genera cittadini violenti. Come individui non possediamo una morale che trascenda il periodo in cui viviamo.»

Si strinse nelle spalle. «La morale la stabilisce chi vince. Se i persiani avessero vinto a Salamina il mondo occidentale sarebbe cresciuto nell'etica dell'assolutismo.»

«Ma non hanno vinto!» replicai piccato. «Siamo cresciuti nell'etica della democrazia, della libertà, sono questi i nostri valori fondanti. E anche del libero arbitrio» aggiunsi.

Il mio amico sorrise. «Filippo, certe volte mi fai tenerezza. Ora tiri fuori il libero arbitrio! Un concetto cristiano estraneo a due terzi della popolazione mondiale e disatteso dalla metà del terzo rimanente.»

«Che ci facciamo qui allora io e te? Siamo soltanto due pazzi visionari?»

«Probabile. Dài, non fare quella faccia! Tu, io, rispondiamo a un imperativo morale che non potremmo disattendere, ma non siamo tutti uguali, quelli come noi non rappresentano necessariamente la maggioranza.» Alzò un bicchiere per un brindisi: «Al mio amico Filippo, che per nessuna ragione al mondo strapperebbe le ali a una cavalletta!».

Mi schermii con un gesto della mano: «Chiunque al mio posto avrebbe fatto quello che ho fatto io» replicai serio.

«Non direi. Comunque, quello che intendevo è che è troppo comodo sbattere il mostro in prima pagina.»

«Insomma, è l'essere umano incline al male per natura o è il contesto sociale a renderlo tale?»

«Io credo che le società come questa in cui il crimine è istituzionalizzato alimentino la ferocia insita nell'uomo perché forniscono una sorta di immunità collettiva. Poi, magari mi sbaglio.»

Capovolse la bordolese vuota: «Ci siamo scolati due bottiglie di vino, amico, e tu pretendi di sapere da me se è nato prima l'uovo o la gallina. Non è chiedere troppo a un povero giornalista sportivo?».

Segundo lasciò l'Argentina alla fine dei Mondiali. Non so come, riuscì a infiltrarsi in un gruppo di giornalisti olandesi di ritorno in patria. Dalle pagine del *Telegraaf* per anni informò con articoli accorati la popolazione mondiale delle atrocità che avvenivano nel suo Paese. La sua voce mi giunse anche nel Laos, dove fui spedito dopo l'Argentina.

Ci rivedemmo quindici anni più tardi all'aeroporto di Amsterdam. Ero in transito alla volta della Malesia, avevo due ore a disposizione. Mi raggiunse in ritardo, trafelato al suo solito.

Quasi non lo riconobbi. Non aveva più la barba, i capelli corti solcati da stempiature profonde, parecchi chili in più.

«Sembri un olandese» gli dissi ridendo.

«Colpa di questo cibo, è cattivo e ingrassa. Non riesco a capire come un popolo così evoluto possa avere una cucina tanto disgustosa. Tu invece non hai preso un etto.»

«Vivo in Estremo Oriente da quindici anni. Soia e riso, riso e lische di pesce. Come faccio a ingrassare?»

Venne spontaneo rievocare le nostre discussioni accese nei ristoranti fumosi nel centro di Buenos Aires.

«Sei più tornato?» mi chiese.

Scossi la testa. «Mi piacerebbe, ne ho ancora nostalgia. Ma pare che sia condannato a vivere dall'altra parte del mondo.»

«Sai che c'è? Noto in te i segni della mutazione: occhi allungati, pelle tendente al giallo.»

Risi di gusto. «Sei sempre il solito! E tu ci sei tornato?»

«Dopo la fine del regime più volte, avevo i miei vecchi laggiù. L'ultima volta due anni fa, sono andato per seppellirli.»

«Com'è ora?»

«Boh, sono rimasto troppo poco per capire. Un po' va bene, un po' va male. È un Paese complicato, lo sai. L'incubo è finito ma ha lasciato strascichi. La gente esce, ride, fa caciara, ma la paura dai suoi occhi non è ancora scomparsa. Se non stai attento ti rubano il portafogli e per me, che sono diventato olandese, non è un buon segno.»

«*Tu* olandese!»

Ci voltammo entrambi verso il display delle partenze per non leggere la nostalgia l'uno nello sguardo dell'altro.

Ma quella sera, l'ultima insieme, ci affacciammo al balcone, fianco a fianco, a contemplare la notte. La città era immersa nel silenzio, avvolta dall'oscurità. Si avvertiva solo il fruscio delle fronde degli alberi inargentati dalla luna e il rumore lieve del nostro respiro. Alzai gli occhi: una moltitudine di stelle, lontanissime, bucava il cielo invernale.

Il giorno dopo, due giugno, partii per l'Italia. Per tutta la mattina e il pomeriggio radio e televisione avevano trasmesso incessantemente marcette trionfalistiche alternate a resoconti dettagliati delle partite che si sarebbero disputate, della formazione delle squadre, degli allenatori, degli arbitri e così via. Perfino io, che non mi sono mai interessato di calcio e avevo ben altri pensieri per la testa, sapevo che quella sera allo stadio del River Plate l'Argentina avrebbe affrontato l'Ungheria al cospetto di settantamila spettatori e della *Junta Militar* al completo.

Alle sei Alonso venne a prendermi a casa. Non c'era stato verso di dissuaderlo.

«Dottore, domani l'accompagno io all'aeroporto.»

«Grazie, Alonso, ma non occorre, posso prendere un taxi.»

«Non se ne parla nemmeno.»

«Non vuole seguire la partita?»

«Preferisco accompagnarla.»

Attraversammo la città deserta seguendo l'itinerario percorso tante volte in passato. Dal finestrino sfrecciavano le chiese barocche, i palazzi neoclassici, le casupole malsane. Tracce di splendore. Tracce di degrado che le migliaia di manifesti disseminati per la città, *Venticinque milioni di argentini giocheranno la Coppa del Mondo,* non erano riusciti a nascondere. Dagli altoparlanti nelle piazze arrivava a tutto volume la cronaca della partita minuto per minuto. Tutto il Paese ascoltava, accomunato da un unico fremito. Ascoltavano gli operai nelle fabbriche, ascoltavano i medici e i malati negli ospedali, i cuochi e i camerieri nei ristoranti, gli aguzzini nei centri di detenzione, ascoltavano perfino i prigionieri, ai quali erano concessi novanta minuti di tregua dalle torture. Dai caffè, dalle case, da ogni angolo si alzavano a tratti boati di esultanza.

Attraversammo luoghi desolati, campagne interrotte da baraccopoli sterminate fino a scorgere la torre di controllo dell'aeroporto di Ezeiza.

Alonso volle a ogni costo portarmi le valigie fino all'ingresso.

Restammo uno di fronte all'altro, con gli occhi lucidi, sospesi in quella terra di nessuno che precede ogni commiato.

«Grazie» gli dissi, «di tutto.»

«È stato un onore lavorare per lei.»

Nell'abbracciarlo percepii l'odore di un dopobarba dozzinale. Me ne andai portandomi dietro quel profumo.

Il console posa la penna sul quaderno aperto, muove le dita anchilosate della mano destra per scioglierle.

Era davvero lui quel ragazzo alto, dinoccolato, in giubbotto di pelle e pantaloni di velluto, che trascinava due valigie pesanti lungo i corridoi dell'aeroporto? Le facce imperscrutabili dei militari armati di mitra a ogni svolta, gli agenti di polizia alla dogana e ai cancelli di sicurezza, le jeep schierate sulla pista di decollo. Era lui che comprava al *duty free* una bottiglia di Johnny Walker e una stecca di Marlboro in quell'epoca preistorica in cui si potevano portare liquidi a bordo ed era permesso fumare?

Tutto sembra così lontano e allo stesso tempo così presente. La cintura allacciata, il rombo dei motori nello sforzo del distacco dal suolo, le tante presenze impresse nel ricordo che sfilano nell'oblò dell'aereo sul fondale della notte argentina.

Il cielo ha assunto il pallore uniforme che precede il sorgere del sole. Merlino apre un occhio, cambia posizione e si riaddormenta. Dalle sue finestre del quarto piano Filippo Campolmi può vedere quelle dei palazzi di fronte. In alcune la luce è già accesa e gli viene spontaneo immaginare ritagli di vita quotidiana dietro di esse. Mogli in vestaglia che fissano assonnate la moka che gorgoglia sul fuoco, uomini coi giubbotti pesanti sulle tute da lavoro che bevono tutto d'un fiato il caffè, appoggiano la tazzina sul tavolo di cucina ed escono in fretta, donne che girano piano la chiave nella toppa, si tolgono gli zoccoli bianchi nell'ingresso di casa, oppure appendono la giacca della divisa all'attaccapanni. Ognuno che insegue un pensiero, il conto del dentista da pagare, il quattro in matematica sulla scheda del figlio minore, la crepa apparsa sul soffitto del salotto.

I pensieri semplici, irrilevanti, che scandiscono la vita e la riempiono, anche se non ce ne accorgiamo.

Y aunque el olvido, que todo destruye
Haya matado mi vieja ilusión
Guardo escondida una esperanza humilde
Que es toda la fortuna de mi corazón.

E anche se l'oblio, che tutto distrugge
ha ucciso la mia vecchia illusione
Tengo nascosta un'umile speranza
Che è tutta la fortuna del mio cuore.

Alejandro

Era dall'insediamento della Giunta Militare che Alejandro covava un senso di inquietudine. Non si era mai interessato alla politica, sia al liceo che all'Università si era tenuto alla larga dalle assemblee e dalle manifestazioni, ma dopo il golpe del '76 cominciò a non sentirsi più in pace con se stesso. Non che avesse le idee chiare, ma le affermazioni dei benpensanti che fosse stato finalmente ripristinato l'ordine non lo convincevano. Sotto la crosta di quella calma apparente intuiva la presenza di un magma oscuro. E più passava il tempo, più gli sembrava di star vivendo come un vegetale, cieco e sordo a ciò che gli accadeva intorno e programmato unicamente a preservare la propria esistenza.

Per questo, quando Felipe fece balenare larvatamente la possibilità di entrare nell'Esercito rivoluzionario, accolse l'invito quasi con sollievo. Lo slancio generoso verso gli ideali di libertà e la sottovalutazione dei rischi, tipici dell'età giovanile, fecero il resto. E fu contento che anche Martina la pensasse allo stesso modo.

La prima volta fu quasi un gioco. Si trattava di consegnare in un appartamento in calle Tacuarí il rotolo di volantini che gli aveva dato l'amico. Percorse il tratto di strada con la baldanza e l'incoscienza propria dei neofiti, suonò al portoncino azzurro e rimase in attesa con un sorriso sgranato a trentasei denti. Da uno spiraglio comparve il volto di un ragazzo con i capelli lunghi e i baffi alla Gengis Khan che non aveva alcuna voglia di sorridere.

«Mi manda Chaco» esordì Alejandro secondo le istruzioni dell'amico.

Quello aprì la porta e lo fece entrare in un ingresso spoglio sul quale affacciavano alcune stanze; da una di queste proveniva l'eco di una discussione.

Cercò di captare qualche parola. «C'è riunione?» chiese.

«Hai portato il materiale?» disse l'altro per tutta risposta.

Annuì e tirò fuori i volantini dallo zaino. Il ragazzo li prese e lo sbatté fuori senza tanti complimenti.

La seconda volta fu un po' più impegnativa. Lui e Martina dovevano ritirare un pacco di giornali in una tipografia clandestina e portarli al solito indirizzo. *Può essere pericoloso*, aveva detto Felipe, *ci andate insieme, fate finta di essere fidanzati*, gli aveva strizzato un occhio, *desta meno sospetti*.

Così in un bel pomeriggio di sole erano partiti, lui e lei, tenendosi avvinghiati per tutto il tragitto. Camminando, le aveva circondato con un braccio le spalle, poi era sceso alla vita, a un certo punto si era fatto ardito e le aveva sfiorato una guancia con le labbra.

Li accolse il solito tipo. Anche quel giorno dietro una porta accostata qualcuno discuteva.

«Volete partecipare?» chiese loro indicandola col mento. Entrambi risposero di sì.

La stanza era in penombra, alcune persone sedevano in cerchio per terra, il fumo di sigaretta così denso da far lacrimare gli occhi. Come si affacciarono si fece un silenzio improvviso e tutti alzarono lo sguardo verso di loro.

«Due nuovi compagni» li rassicurò Gengis Khan «amici di Chaco». Li degnarono di un'occhiata fuggevole e ripresero a parlare. Alejandro e Martina si sedettero in un angolo, cercando di non far rumore.

«Stiamo perdendo il contatto con la gente» diceva uno. «Nei

barrios non si parla più di politica, le persone spariscono e nessuno sa nulla, nessuno spiega cosa stia realmente succedendo.»

«È così» approvò un altro, «dobbiamo intensificare l'attività di informazione.»

«Cosa proponi?»

«Un'azione dimostrativa, qualcosa che faccia capire che la resistenza continua. Propongo di intervenire a Barracas, facciamo due sbarramenti di fuoco ai lati della strada principale e teniamo un comizio.»

«Troppo pericoloso. E poi per fare quello che dici occorrono almeno cinque persone.»

«Cinque volontari li troviamo.»

«È un rischio, le direttive sono di operare in nuclei di non più di tre persone.»

Mentre discutevano Alejandro li osservava con ammirazione incondizionata. Erano sei in tutto, quattro ragazzi e due ragazze, suoi coetanei o poco più.

«Lo so. Tu allora cosa suggerisci?»

«Io mi limiterei a un lancio di volantini.»

«Potremmo scrivere qualche frase contro il regime sui muri» intervenne un terzo.

«Cazzate!»

«L'abbiamo sempre fatto. Funziona!»

«Non basta più, c'è bisogno d'altro, ora.»

Andarono avanti per un po' senza mettersi d'accordo, fino a quando qualcuno disse: «E tu, Greco, non dici niente?».

Improvvisamente si fece silenzio, tutti si voltarono verso l'angolo più appartato e più buio della stanza. Solo allora loro due, che fino a quel momento avevano di volta in volta concentrato l'attenzione su chi prendeva la parola, si accorsero della presenza di un'altra persona. Impossibile distinguerne i lineamenti, ma capirono che aveva alzato la testa, perché una montatura da occhiali metallica sfavillò nella semioscurità.

«Greco, allora?»

Si sentì un lungo sospiro. «Dico che dovreste tornarvene a casa e non farvi vedere. Meglio in campagna o sulle Ande, se avete qualcuno che vi ospita.»

Si sollevò un lieve brusio.

«Vi chiederete perché parlo così: perché il momento non è quello giusto, il movimento è stato decapitato, inutile negarlo, migliaia di militanti sono stati arrestati, quelli che restano hanno il fiato dei militari sul collo. Non mi prendo la responsabilità di nuove azioni.»

«Ma i compagni di Tucumán...»

«I compagni di Tucumán sono nelle nostre stesse condizioni, forse peggio.»

«Non possiamo mollare» protestò uno.

«Sappiamo cosa rischiamo» aggiunse una ragazza.

«Forse non lo sapete davvero. Basta una smagliatura, una sola, perché arrivino fino a noi.»

«Abbiamo i volantini, i giornali, dovremmo gettarli al macero?»

Il Greco restò un attimo in silenzio, tutti pendevano dalle sue labbra.

«Va bene. Ma cerchiamo di contenere al massimo i rischi. Soltanto operazioni di volantinaggio, da soli, di notte. Niente colpi di testa.»

Non aggiunse altro. La delusione era palpabile, però nessuno osò contraddirlo.

Il loro contributo alla lotta clandestina rimase marginale, ma bastò a creare una complicità nuova, fatta di allusioni e sguardi d'intesa.

Erano seduti sulle scale dell'ateneo tra una lezione e l'altra. Sempre loro tre, Felipe, Alejandro e Martina.

«Perché ti fai chiamare Chaco?» sussurrò lei, passando a Felipe la sigaretta che condividevano.

«È il mio nome di battaglia.»

«Che bisogno c'è? Mica siamo partigiani.»

«Invece ce n'è proprio bisogno. Nessuno deve conoscere il nome di nessuno, così se l'arrestano, anche volendo, non può parlare. Dovrete trovarvene uno anche voi.»

«Io mi farò chiamare Mickey Mouse» scherzò Alejandro.

Risero. La sigaretta passava da una bocca all'altra e con lei passava l'amicizia.

Ma d'improvviso il cerchio magico si spezzò. Martina si fece seria, distratta, lanciava occhiate ansiose in direzione della strada. Alla fine si alzò e senza dire una parola andò incontro a un tizio che stava puntando verso di loro. Si misero a parlare.

«Non è il tanghèro?» chiese Felipe.

Alejandro scosse la testa. «Chi?»

«Quello della milonga. Ma sì, è proprio lui, guarda com'è vestito!»

Il ragazzo indossava una camicia nera aperta sul petto e pantaloni dello stesso colore aderenti sui fianchi e scampanati in fondo.

«Imbarazzante!» commentò. «Ma che ha da dirgli Martina?»

I due discutevano fitto fitto, impossibile da quella distanza afferrare anche solo una parola, ma dall'espressione dei loro volti pareva che bisticciassero. Quando Martina gli voltò le spalle lui fece una cosa che nessuno si aspettava: l'afferrò per la vita, l'attirò a sé e le dette un lungo bacio sulla bocca. Un bacio da predatore, col risucchio. Le teneva una mano sulla schiena e con l'altra le cingeva le spalle e premeva in modo che i loro corpi aderissero fino a sembrare uno solo. Mentre la baciava, con la coda dell'occhio guardava nella loro direzione, come a sincerarsi che non ci fossero equivoci.

«Ecco cos'ha da dirgli» commentò Felipe ironico.

Quello spettacolo fece su Alejandro l'effetto di un osso di pollo andato di traverso per la gola. Per poco non ingoiò la cicca accesa.

«Dài, andiamo» lo scosse l'amico, «lasciamo i piccioncini da soli.»

Ma quel pomeriggio a casa di Felipe tornarono sull'argomento.

«E così la nostra amica ha saltato il fosso. Tango galeotto!» sogghignò il padrone di casa.

«Che vuoi dire?»

«Forza, Alejandro, bastava guardarli. Quello se la scopa ben bene.»

L'osso di pollo di prima si trasformò in un pennuto intero, con le piume e tutto il resto, conficcato nella laringe.

«Non lo credo» mugugnò.

«Perché no? È libera di fare quello che le pare. Se le piace il tanghèro...» Gli lanciò un'occhiata maliziosa di striscio. «E bravo Alejandro! Te la sei fatta soffiare da sotto il naso.»

«Ma che dici! Io e Martina siamo solo amici, non ho mai pensato a lei in *quel* modo.»

«Come no!» rise l'altro, vedendo che era arrossito. Poi si fece serio. «Comunque sia, d'ora in avanti è meglio lasciarla fuori.»

«Fuori da che?»

«Sveglia! Fuori dal Movimento. Le diremo che il nucleo si è sciolto.»

«A me non pare giusto. Che c'entra il Movimento con la sua vita sentimentale?»

«Non mi fido di quel tipo. Hai visto stamani come ci ha guardato? E poi, anche se stanno insieme, perché venire a ronzare intorno all'Università?»

«Tu pensi...»

«Io non penso nulla. Però potrebbe essere un informatore, sono ovunque, potrebbe aver abbordato Martina per arrivare a noi. E ai compagni.»

Alejandro scosse la testa: «Martina non ci tradirebbe mai, di questo sono più che sicuro».

«Non dico che lo farebbe intenzionalmente, però potrebbe lasciarsi sfuggire qualcosa, magari nell'intimità. Quella è gente furba.»

«No, mai e poi mai. Sono certo che non direbbe una parola.»

Felipe gli mise una mano sulla spalla e assunse un tono paternalistico: «Tu non hai idea di cosa sia capace una donna innamorata».

Martina innamorata. Secondo lui Felipe esagerava: un conto era un bacio passeggero, altra cosa essere innamorati. In ogni caso decise di approfondire la questione direttamente con l'interessata. Si aspettava di sentirla dire: *Che ti sei messo in testa, scemo! Innamorata io! Di quello lì! Ci ho un po' flirtato e ora non riesco a levarmelo di torno*. Invece Martina l'aveva difeso a spada tratta, come una donna innamorata appunto, e quando lui aveva cercato di farla ragionare, si era chiusa a riccio.

«Che ne sai di lui? Che lavoro fa, chi frequenta?» l'aveva incalzata.

«Parli come mia madre.»

«Te lo dico da amico, stai prendendo un abbaglio.»

«Pensa per te, non t'impicciare. E non azzardarti a dirlo a nessuno.»

Non era questo che aveva immaginato. Le loro vite fino a quel punto erano andate di pari passo, dai giochi d'infanzia alle confidenze adolescenziali ai progetti per il futuro. Nel suo immaginario Martina era un dato certo, acquisito. E ora lei si sbrigliava e, senza nemmeno degnarsi di avvertirlo, prendeva il volo per proprio conto per atterrare, poi, tra le braccia di un deficiente travestito da Zorro.

Ci aveva rimuginato sopra a lungo e alla fine, anche se la riteneva un'azione spregevole, aveva deciso di pedinarla. L'amica non era più la stessa, era evidente, vittima di uno strano maleficio. Avrebbe potuto mettersi nei guai e lui, in qualità di amico storico nonché unico depositario del suo segreto, aveva il dovere di vigilare su di lei. Questa era la versione della difesa, quella che amava raccontarsi, in realtà, come tutti gli innamorati feriti, si ostinava, per la smania di non sentirsi escluso, a girare il coltello nella piaga.

Ruppe gli indugi una mattina, quando al termine delle lezioni le aveva proposto di studiare insieme dopo pranzo.

«Oggi non posso» aveva risposto evasiva.

«Perché, che hai da fare?»

«Saranno pure fatti miei. Che t'impicci?»

Gli era montato il sangue alla testa. *Non mi freghi, stronza, ti vedi con Zorro.* L'aveva mollata sdegnato, raggiungendo Felipe all'uscita.

«Martina?»

«È rimasta in aula. Poi, chi se ne frega?»

«Bravo, così mi piaci» aveva detto l'amico mettendogli un braccio sulle spalle. «Non ne potevo più di vederti con le orecchie basse e la coda tra le gambe! Ti va una birra prima di tornare a casa?»

Era allegro quel giorno, Felipe, rideva scendendo di corsa le scale dell'ateneo. Ma, arrivato sulla strada, si bloccò di colpo, diventò bianco come uno straccio lavato.

«Che hai?»

«Non girarti, cammina lentamente.»

«Ma che succede?»

«C'è una macchina all'angolo, una Falcon verde.»

Alejandro d'istinto fece per voltarsi, ma l'altro lo prese per un braccio: «Non guardare, t'ho detto. Andiamo via». Gocce di sudore gli imperlavano la fronte.

«Dài, calmati. Probabilmente è un caso. Perché dovrebbe essere lì per noi?»

«Non è un caso, è qualche giorno che ovunque vada me la trovo davanti.»

Assorto nelle sue, di preoccupazioni, Alejandro non dette gran peso a quelle dell'amico.

Alle due del pomeriggio si era appostato davanti casa di Martina, attento a non farsi vedere. Aveva aspettato per un'ora sotto la canicola, sciogliendosi come un ghiacciolo. Finalmente era uscita, la gatta in calore, agghindata che nemmeno per la festa della Candelaria. Andava di fretta, inciampando continuamente sui tacchi alti che non era abituata a portare. Aveva proprio ragione Felipe: *Non hai idea di cosa sia capace una donna innamorata.*

Lei avanti, lui dietro di qualche metro. Il distanziamento non è costante, Martina va di passo spedito, ma se passa davanti a una vetrina rallenta per rimirarsi, quando a un incrocio scatta il rosso è costretta a fermarsi. Se non ha i riflessi pronti rischia di andarle a sbattere contro. Un passo lei, un passo lui, lei si blocca, lui fa altrettanto, lei gira il capo, lui cerca riparo dietro a un passante o nel vano di un portone.

Microcentro è come al solito parecchio affollato, facile confonderla tra le tante teste e perderla di vista, fortuna che indossa un abito a fiori molto appariscente. *Ma come s'è conciata*? Quando entrano nel quartiere di San Telmo la folla si dirada fino, nell'ultimo tratto, a scomparire quasi del tutto. La strada è diritta e piuttosto stretta, Martina accelera, ma se per qualche ragione dovesse voltarsi lui è perduto. Cerca invano un anfratto in cui rifugiarsi alla bisogna, aumenta la distanza.

Il pedinamento non si improvvisa, è una tecnica che richiede conoscenza delle regole ed esperienza. Alejandro ne è del tutto sprovvisto, anzi è decisamente negato. Chiunque l'avrebbe scoperto, tranne Martina che, già in estasi precopulatoria, non si sarebbe accorta nemmeno di un disco volante atterrato ai suoi piedi.

I guai veri iniziano quando entrano nel quartiere della Boca:

un labirinto di viuzze ingombre dei tavoli dei caffè e dei ristoranti, perdigiorno seduti davanti ai portoni, un viavai di gente indaffarata od oziosa. I capelli biondi di Martina appaiono e scompaiono tra la moltitudine di teste, cappelli, insegne, tendoni. Alejandro fatica a starle dietro, inciampa contro una cassa di birra appoggiata sul marciapiede, fa lo slalom tra i turisti che si sventolano in mezzo alla strada.

I capelli biondi sono spariti. Dove cazzo è finita? Guarda avanti, indietro: nulla. La strada è solo quella. Accelera, Alejandro, si mette perfino a correre, travolgendo i passanti come una furia, ma di Martina nemmeno l'ombra. Sparita, volatilizzata. Vede una traversa, decide di imboccarla, non può che essere andata lì. Corre all'impazzata, il cuore in gola, i passi che risuonano sul selciato sconnesso, fino a quando non si trova un muro davanti. Destra o sinistra? Si ferma, indeciso, asciugandosi col dorso della mano il sudore che gli cola dalla fronte, poi opta per la sinistra. Viuzze tortuose si intrecciano senza regola, voci che litigano dalle finestre aperte, lui corre sotto i panni stesi ad asciugare tra una facciata e l'altra. Entra in un vicolo, poi in un altro, in un altro ancora, crede di aver percorso della strada e si ritrova al punto di partenza.

Sta per rinunciare quando, d'improvviso, scorge il vestito a fiori a pochi passi da lui. Come un segugio riprende a seguire la sua preda fino a quando, fatti pochi metri, sbucano in una piazzetta triangolare. Con le spalle appoggiate al muro dello stabile di fronte, Zorro si controlla le unghie di una mano. Ha dismesso il costume, indossa un paio di jeans e una maglietta verde militare, evidentemente è in incognito, ma pur sempre riconoscibilissimo. Non appena vede la ragazza, si stacca dal muro e le va incontro.

Alejandro, nascosto dietro l'angolo, serra le mascelle e osserva la scena. Lui le sorride, le fa una carezza sulla guancia, poi l'attira a sé e la bacia sulla bocca. Una nuvola di ormoni si sprigiona dalla coppia. E come non bastasse, le spalma una mano sul sedere, quasi a saggiarne la consistenza. Lei non solo non si ribella, ma sembra gradire. Si dirigono verso l'osteria di fronte mentre il proprietario sulla soglia fa loro con la mano un gesto di saluto, entrano in un portoncino laterale. Subito dopo Martina si affaccia a una finestra del primo piano e chiude le imposte.

Alejandro osserva e non si accorge di avere gli occhi pieni di lacrime. Lacrime di rabbia. Tante seghe mentali su come va trattata una donna, con rispetto, con delicatezza, senza mai prevaricarla e poi arriva il primo stronzo trasudante machismo e senza tanti complimenti le piazza una mano sul culo! Di nuovo aveva ragione Felipe, quello se la scopa ben bene.

Abbacchiato come un ramo di noce, Alejandro torna sui suoi passi. Non fa caso alla strada, forse è per questo che in pochi minuti si trova fuori dal quartiere. Lungo la via di ritorno pensa cosa ci sia in lui che non funziona. È sempre la solita storia, lui seduto sulla sponda a guardare il fiume che scorre e si porta via la vita. Perché mai è così timido, così insicuro? Perché ogni volta gli capiti una ragazza che gli piace comincia a balbettare? *Bello il mio pulcino!* Dice sempre la mamma alzandosi sulle punte dei piedi per arruffargli i capelli. E lui vorrebbe strozzarla.

Sua madre, già. Gli vuole un bene dell'anima, fa tutto per lui e farebbe anche di più se glielo permettesse. Ingombrante, questo è il termine giusto. Non lo fa apposta, ma la personalità di quella donna deborda da ogni lato, occupa tutto lo spazio e lui non è uno che sgomita. Gli amici gli dicono *Beato te che hai una mamma così simpatica che ha sempre voglia di scherzare*, ma forse l'avrebbe preferita noiosa e piagnucolona in casa a fare la calza. Una catalizzatrice d'attenzione, alle feste, ai pranzi dell'associazione italiana fanno a gara per sedersi accanto a lei.

«Avanti, Rosaria, raccontaci una barzelletta.»

La mamma non se lo fa ripetere due volte: «C'è una contadina in un campo, china a raccogliere patate».

Tutti zitti, sospesi nell'ascolto, le bocche già atteggiate al sorriso.

«Arriva un tizio, le alza la gonna e la ingroppa.»

«Mammaaaa» mormora lui con tono di rimprovero.

Lei non lo sente, è intenta a mimare la scena. In piedi davanti al tavolo ha allungato le mani come ad afferrare qualcosa davanti a sé e oscilla avanti e indietro col busto.

Da più parti si sente sghignazzare.

Alejandro lancia uno sguardo a suo padre nella speranza di vederlo intervenire. Quando mai? Non solo non muove un dito per riportare la moglie in carreggiata, ma pare addirittura compiaciuto.

Ora la mamma ha assunto il ruolo della contadina, si è piegata in avanti e ha girato la testa di lato: «Lei! Che fa?».

«Io? Faccio lo scaricatore a Puerto Madero.»

Esplode una risata generale, c'è anche chi si asciuga gli occhi dalle lacrime. La mamma, soddisfatta, accoglie il meritato successo, lui, seduto poco distante, tiene il volto imbronciato contro il petto, sbirciando dal basso all'alto i suoi genitori: la prova inoppugnabile della legge degli opposti che si attraggono e si compensano.

A casa non c'è nessuno. Si mette in mutande e si piazza davanti allo specchio lungo dell'armadio. Eccolo, il campione delle occasioni perdute!

Si osserva senza fare sconti: spalle strette, torace scarno, cosce esili, nessun muscolo, manco a cercarlo con la lente d'ingrandimento. Un asparago cresciuto tutto in altezza. Torace glabro, peli schifosi fitti sulle gambe. «Usciresti con uno come te?» si chiede. «No» si risponde.

Passa al viso, si avvicina allo specchio per esaminarlo meglio. Volto allungato, denti irregolari; si toglie gli occhiali: occhi miopi sporgenti come quelli di un pesce. Ma quello per cui si accora di più sono i brufoli che, malgrado l'età adolescenziale sia passata da un pezzo, continuano a tormentarlo. Ce n'è uno in particolare sul mento, rosso e maturo, con la puntina bianca nel mezzo. *Non strizzarli, che poi si spandono. Guarda come ti sei ridotto, mi pari la crosta della luna*, dice sempre la mamma.

Alejandro preme con gli indici ai due lati del brufolo, strizza fino a farsi male, fino a quando non sgorga il sangue. Quando sua madre tornerà a casa gli si piazzerà davanti con le mani sui fianchi: *Che hai combinato? Ci sono altri modi per farsi del male. Non capisco che gusto ci trovi a rovinarti questo bel faccino.*

Questo bel faccino. I suoi genitori continuano a considerarlo un bamboccio.

Si sente investire da una rabbia furibonda, vuole punirli tutti.

D'improvviso decide di andare al covo dei sovversivi e di passarci la notte senza avvertire in casa.

Quell'anno la primavera si era vestita d'estate, trovando tutti impreparati. L'asfalto friggeva sotto i raggi del sole, mentre le uniche precipitazioni erano quelle dei fiori di yacaranda che piovevano dagli alberi con un mese di anticipo. Nemmeno la sera portava refrigerio, giacché il terreno, esausto, esalava il calore incamerato durante il giorno.

In una notte di inizi dicembre Alejandro si girava e si rigirava nel letto senza riuscire a prendere sonno. Non era solo il caldo a tenerlo sveglio, ma soprattutto i pensieri insidiosi che, come scalpelli, demolivano pezzo per pezzo la pietra morbida della sua autostima fino a ridurla a un mucchietto di macerie. La notte brava di due giorni prima non era servita a nulla se non a far imbufalire suo padre; se brava, poi, si può chiamare una notte trascorsa in completa solitudine su un sacco a pelo buttato sul pavimento.

Quando era arrivato all'appartamento in calle Tacuarí ci aveva trovato solo Gengis Khan.

«Che ci fai qui?» gli aveva chiesto sulla porta.

«Cerco un posto dove passare la notte.»

Quello l'aveva fatto entrare ed era tornato al suo lavoro che consisteva nell'impilare dei giornali. «Non è un gran posto questo per passarci la notte.»

«Non ci vive nessuno qui?»

«Nessuno, è solo una base operativa. Io ne sono il responsabile, ma vivo da un'altra parte. Anzi, mi hai trovato per caso perché stavo per andarmene. Comunque, se vuoi restare...» Aveva preso da uno stanzino un sacco a pelo che puzzava di muffa e l'aveva gettato per terra. «Quando vai via?»

«Domani mattina.»

«Domani qui non viene nessuno, basta che ti chiuda la porta dietro.»

Aveva infilato i giornali in una borsa di cuoio e se n'era andato.

Alejandro ci era rimasto male, ma era troppo tardi per tornare indietro. La mattina si era svegliato con la sensazione che un trattore gli fosse passato sopra per tutta la notte, si era sciacquato il viso nel lavandino sgorato del gabinetto ed era andato direttamente all'Università.

In quello stesso momento anche Felipe combatteva, insonne, contro le lenzuola madide attorcigliate intorno al corpo e contro pensieri funesti. A perseguitarlo era il ricordo del brutto muso allungato da squalo della Falcon verde. La prima volta l'aveva vista una sera che usciva con un paio di amici da una birreria. Non ci aveva fatto granché caso, quelle cimici ormai infestavano ogni angolo della città. Ma il giorno dopo era ricomparsa a pochi passi da casa sua. Non poteva essere una coincidenza che fosse lì anche quando, due giorni prima, era uscito insieme a Felipe dalla facoltà. Non riusciva a togliersi dalla testa che quel *fidanzato* di Martina non fosse del tutto estraneo all'accaduto.

Stava seriamente meditando di andare a respirare un po' d'aria fresca dagli zii materni a Sierra de la Ventana, quando un rumore di motori accesi lo distolse dai suoi pensieri. Il cuore fece un balzo nel petto. Chi poteva essere a quell'ora di notte? Scalzo, senza accendere la luce, si avvicinò alla finestra, strisciò lungo la cornice, sporgendo la testa quel tanto sufficiente a guardare di sotto. Dal sesto piano la prospettiva è modificata, ma non abbastanza da nascondere due automobili col motore acceso, parcheggiate davanti al portone del suo palazzo. *Sono due macchine qualsiasi*, si disse per farsi coraggio senza crederci lui per primo. Poi i motori si spensero, gli sportelli si aprirono e cinque uomini si fermarono sul marciapiede parlottando. Quando uno di loro alzò la testa verso l'alto, Felipe si ritrasse con un balzo. Le gambe cominciarono a tremare. Rimase immobile, paralizzato dal terrore, nell'attesa di sentir suonare il campanello. Un secondo, due secondi. Un secolo, due secoli.

Silenzio.

Dalla sua postazione vedeva le facciate degli edifici di fronte, le antenne della televisione sui tetti; l'insegna pubblicitaria del Campari si accendeva e si spengeva come sempre. Si fece coraggio e sporse di nuovo la testa: i cinque uomini erano sempre lì, osservavano la tastiera dei campanelli. Poi uno sollevò una mano.

Secondo la legge della relatività la durata di un evento risulta maggiore o minore in base al sistema di riferimento. Per l'uomo davanti al portone l'evento di alzare un braccio, allungare l'indice e premere un campanello aveva sicuramente una durata irrisoria, così irrilevante che mentre lo compiva si girò ridendo verso il compagno alla sua sinistra. Per Felipe durò quanto un'era geologica nel corso della quale brividi freddi gli corsero lungo la schiena, mentre si accasciava su se stesso con le braccia conserte contro lo stomaco.

Sei piani, quattro appartamenti per piano, ventiquattro possibilità. La pallina della roulette rimbalza da una casella all'altra, ma si fermerà su una sola. L'orecchio teso, ancora sperava di sentir vibrare un campanello lontano, forse al primo, al secondo piano, la pallina continuava a saltare. Ma il suono del campanello rimbombò nell'appartamento, una deflagrazione, uno squillo breve seguito da altri squilli, infine una sequenza prepotente e ininterrotta.

Felipe è ancora in piedi davanti alla finestra, il suono del campanello gli ha squarciato il ventre. Si guarda attorno: nessuna via di fuga. Si trascina fino al letto, si tira il lenzuolo fin sopra la testa, si raggomitola come un feto. Dal suo precario rifugio sente la mamma borbottare: «Ma chi è a quest'ora?». Sente suo padre alzarsi, chiedere al citofono: «Chi è?». Poi, rivolto alla moglie: «Non capisco, devono aver sbagliato». Li immagina salire di corsa, due scalini alla volta, superare le porte sbarrate dietro le quali i condomini, ammutoliti, tendono l'orecchio, ma non può sentirli, nel silenzio gravido di attesa solo i tonfi del suo cuore impazzito. *Tu tum, tu tum, tu tum!* Il mento contro le ginocchia, gli occhi serrati, le mani strette a pugno contro le tempie, immagini sconnesse si affollano nei suoi pensieri: l'abitacolo di una Falcon, i sedili di vilpelle, *tu tum!* Il volto dei suoi genitori, *tu tum!* Mamma, papà, mi spiace tanto, i boschi ombrosi di Sierra de la Ventana, odore di muschio e di sterco di cavallo, *tu tum!* Le ciabatte infradito ai piedi del letto. Potrò portarmi le ciabatte? *Tu tum, tu tum, tu tum!*

Ancora una scampanellata, pugni che battono contro la porta. Non ha un piano, Felipe, non ha alcuna strategia difensiva, solo le ciabatte al cui pensiero si aggrappa come a una zattera salvifica.

La porta è stata aperta, suo padre protesta: «Che modi sono? Che volete?».

Una voce: «Fuori dai piedi!».

Tu tum, tu tum, tu tum!

«Andatevene, come vi permettete di entrare in casa mia?»

Un tonfo sordo. Sua madre grida: «Signore Iddio!».

Tu tum, tu tum, tu tum!

Porte che sbattono, rumore di passi insolenti.

Felipe ora sta piangendo, non se ne rende conto ma sta piangendo. Sa che la prossima porta che verrà aperta sarà quella della sua camera e a questo punto spera che avvenga il prima possibile.

Ecco, ci siamo. Sono sulla soglia, si sentono i respiri. Si stanno avvicinando al letto. *Tu tum, tu tum, tu tum!* Felipe trattiene il fiato, non fosse per i palpiti forsennati del suo cuore sembrerebbe morto.

Il lenzuolo viene sollevato di colpo. Resta immobile nella stessa posizione, gli occhi chiusi. Sente ridere: «Avanti, bamboccio!». Non fa in tempo ad aprirli che mani rudi lo afferrano per le braccia, per le gambe. Non sa che facce abbiano, ha coscienza solo delle mani. Qualcuno gli stringe la nuca in una morsa, gli spinge la testa verso il basso, sempre con maggiore violenza, un altro prende i suoi pantaloni e la maglietta e glieli getta: «Vestiti». Seduto sul letto, si infila i vestiti senza mai alzare il capo, vuole vedere soltanto le sue infradito.

«Sbrigati, coglione» sente dire e uno schiaffo repentino gli gira il viso. Cade riverso sul letto. Gli uomini gli sono sopra, lo afferrano sotto le ascelle e lo trascinano via di schiena. Nel corridoio tutte le porte sono spalancate, dentro le stanze i loro compari aprono le ante degli armadi, rovesciano i cassetti, si infilano in tasca denaro e gioielli. Felipe fa resistenza passiva, si lascia cadere giù, non articola le gambe.

«Vuoi fare il furbo?» sente gridare. Un terzo uomo è davanti a lui, gli sferra un pugno nello stomaco. Le iridi si rovesciano all'indietro, il dolore è così forte che quasi non fa male. Si piega su se stesso, l'uomo lo tira per i capelli, gli solleva il viso e gli sferra un altro colpo sull'occhio sinistro. Il viso brucia, le tempie martellano, mille razzi in partenza dentro le orecchie, nell'occhio colpito il buio assoluto. Felipe cade all'indietro, ma gli uomini lo sorreggono, lo trascinano via come un sacco d'immondizia. Pianti e grida gli giungono in lontananza, le voci si accavallano. Prima di oltrepassare la soglia riesce a intravedere con l'occhio illeso suo padre accasciato per terra e sua madre con le braccia protese verso di lui. Poi gli infilano un cappuccio in testa e non vede più nulla.

Quando Alejandro alle tre del pomeriggio seguente suonò alla porta dell'amico, si trovò davanti un uomo in pigiama con lo sguardo perso e un largo ematoma sul mento. Restarono a fissarsi in silenzio.

«Felipe è in casa?» disse alla fine.

Quello scosse la testa.

«Sono un suo amico.»

Nessuna reazione.

«Forse disturbo… lei è il padre?»

«Il padre.» Si scostò per farlo entrare, lo precedette in cucina e si sedette su una sedia in mezzo alla stanza. Alejandro si guardò attorno allibito, ovunque segni di devastazione, cocci e vetri rotti per terra, armadi sventrati, cassetti aperti in bilico sulle guide. L'uomo tirava su col naso e si asciugava gli occhi in continuazione, dalla camera da letto giungeva un pianto monotono come una cantilena.

«Che è successo?» chiese.

«Sono venuti stanotte, l'hanno portato via.»

«Chi?»

«L'esercito, la polizia, non so.» Dondolava avanti e indietro col busto, poi sollevò gli occhi arrossati. «Perché? Tu lo sai perché? Il mio ragazzo non ha fatto nulla di male.»

Ad Alejandro parve che un fulmine lo attraversasse dalla testa ai piedi.

«L'hanno arrestato?»

Non ottenne risposta. Il padre di Felipe aveva di nuovo abbassato il capo, le lacrime gli cadevano sui pantaloni come gocce di pioggia.

Rimase impalato, senza riuscire a trovare una sola parola di conforto; dopo qualche minuto di imbarazzante silenzio girò sui tacchi e se la dette a gambe.

L'hanno arrestato, si ripeteva mentre scendeva a precipizio le scale, e poi per strada, lungo il marciapiede incandescente, tra pedoni sonnacchiosi e automobilisti aggrappati al clacson. La Falcon verde era davvero lì per lui. Per noi. Cominciò a correre, senza nemmeno rendersi conto di dove stesse andando.

Fu l'istinto della bestia terrorizzata a mettergli le ali ai piedi, a fargli attraversare a rotta di collo mezza città e alla fine a depositarlo, col cuore in gola, davanti al portoncino azzurro in calle Tacuarí.

Anche quel giorno gli aprì Gengis Khan. Era a torso nudo e aveva un asciugamano gettato su una spalla. «Ancora tu? Che vuoi questa volta?»

Alejandro cercò di riprendere fiato. «Hanno arrestato Felipe.»

«Chi?»

«Chaco. Hanno arrestato Chaco.»

«Quando?»

«Questa notte.»

«Merda!» disse l'altro. Si infilò una maglietta e afferrò un mazzo di chiavi. «Vieni, ti porto dal Greco.»

Chi si appresta a incontrare un capo rivoluzionario, e per giunta nel suo covo, si fa nella testa una serie di idee. Se lo immagina come minimo col sigaro in bocca, in tuta mimetica e basco nero con una stella, a controllare il funzionamento di un mitra o a predisporre su una cartina la strategia di attacco al nemico. Così almeno pensava Alejandro.

Il Greco invece li accolse in canottiera e pantaloni sbracati e più che di un guerrigliero aveva l'aria, di sicuro meno romantica, di uno che fosse appena uscito dal cesso.

«Ho il ferro acceso» li informò e tornò sui suoi passi, lasciando la porta aperta.

L'appartamento era molto piccolo, arredato come la più anonima delle stanze d'albergo. L'assenza di qualsiasi tocco personale e due grosse valigie parcheggiate nell'ingresso suggerivano l'idea di una sistemazione provvisoria. Lo seguirono in camera da letto; vicino alla finestra c'era un'asse da stiro e dietro, in piedi, il Greco passava il ferro sulla manica di una giacca bianca.

«Questo è il punto più complicato» spiegò. «Non ci vuole nulla a fare una grinza e poi per toglierla...» Spinse la punta della lingua fuori dalle labbra, in segno di grande concentrazione. «Stasera sono in servizio» aggiunse tra sé. «Allora, perché siete qui?»

«È successo un guaio» rispose Gengis Khan. «Hanno arrestato Chaco.»

Il ferro da stiro si bloccò nei pressi del polsino. «Quando?»

«Stanotte.»

«Avevo detto niente colpi di testa.»

«Sono andati a casa sua, sapevano dove trovarlo.»

Il Greco sollevò il ferro e lo depose per ritto sull'asse. «Conosce il nome di qualcuno di voi?»

«Non sa nulla, solo i nomi di battaglia.»

Allora Alejandro, che fino a quel momento non aveva spiccicato parola, alzò un dito come si fa a scuola: «Conosce il mio di nome e quello della mia amica. Nome e cognome. E sa pure l'indirizzo» aggiunse con voce strozzata.

«Che facciamo?» domandò l'altro.

Il Greco tirò un gran sospiro, si tolse gli occhiali e pulì accuratamente le lenti. Finalmente si rivolse al ragazzo: «Dovete sgombrare l'appartamento, distruggete tutto il materiale, subito. E non fatevi vedere da quelle parti per nessun motivo. Anzi, cercate di non farvi vedere proprio, svignatevela, lasciate la città per un po' di tempo. Avverti tu gli altri». Poi si girò verso Alejandro: «Tu e quella ragazza dovete sparire».

«Come... sparire?»

«Dovete andarvene, lasciare il Paese.»

«Il Paese?» chiese sbalordito. «Non possiamo, ci sono i genitori, gli amici, l'Università...»

L'uomo scosse la testa: «Ma *tu* ti rendi conto del pericolo che state correndo?».

Riuscì soltanto a deglutire.

«Dici che Chaco conosce i vostri nomi, sa dove abitate, nel giro di qualche settimana arrivano anche a voi.»

«Non parlerà! Lo conosco, ne sono sicuro.»

«Tutti parlano quando si trovano lì, raccontano quello che sanno e anche quello che non sanno. È solo questione di tempo.»

Quelle parole risuonarono nelle orecchie di Alejandro come una campana a morto. In un attimo tutta una narrazione apocalittica gli attraversò la mente: la sua casa devastata, suo padre col viso pesto, sua madre, scarmigliata, che gli si aggrappa alle gambe, lui, legato a una sedia con un cappuccio in capo, nell'attesa terrificante di cosa stanno per fargli.

«Va bene, ce ne andremo. Ma come facciamo?»

«Come vi chiamate? I nomi veri, intendo.»

«Alejandro Russo e Martina Belgrano» sparò tutto d'un fiato.

«Siete di origini italiane.»

«Sì, del Nord Italia.»

«Meglio, sarà più facile. Andrete in Italia.» Il Greco annuì fra sé. «Sì, in Italia. Dovete andare al consolato italiano, il consolato, non l'ambasciata.» Gli si rivolgeva come a un bambino piccolo o a uno straniero che non conosce bene la lingua, ripetendo le parole e assicurandosi che venissero recepite. «Dovete parlare col console, Filippo Campolmi. Filippo Campolmi, hai capito bene? Soltanto con lui, non aprite bocca con nessun altro. Se qualcuno vi chiede perché siete lì, rispondete che avete fatto domanda per una borsa di studio al governo italiano.»

Il ragazzo faceva cenno di sì con la testa.

«A lui, al console, invece racconterete tutto per filo e per segno. Vi farà molte domande, ditegli la verità, di lui potete fidarvi. È l'unica possibilità che avete.»

«Ai miei genitori cosa racconto?»

«Sono al corrente? Anche loro militano nella resistenza?»

Alejandro scosse la testa alla prima e alla seconda domanda.

«Allora non dire nulla, potrebbero farsi prendere dal panico. Meno gente sa, meglio è. Gli racconterai tutto quando sarai in salvo.»

Ciò detto il Greco riprese in mano il ferro da stiro. «Ora andate e non vi salti in testa di tornare qui, per nessuna ragione.»

Uscì dall'appartamento che pareva più morto che vivo, la testa nel cestello di una lavatrice in centrifuga, un frullato di mango al posto dello stomaco. L'Italia: uno stivale colorato di rosa sul planisfero del mondo, un inno nazionale, sentito e risentito fra gli sbadigli alle feste dell'associazione, un concetto astratto tramandato di generazione in generazione più per consolidata consuetudine che per un reale sentire. L'Italia, gli tornò d'un tratto alla mente, erano anche le cartoline, tutte simili, due torri decrepite e sbilenche che si guardavano negli occhi, che arrivavano ogni anno per Natale da bis-bis-cugini sconosciuti che vivevano a Bologna. L'unico flebile legame che la sua famiglia conservava con la terra d'origine: uno scambio annuale di auguri, la promessa, mai mantenuta, di vedersi di persona prima o poi. L'unico possibile approdo una volta arrivato in una terra mai vista, senza soldi e senza documenti. Ecco, si trattava di barattare una città, un Paese, un mondo, il *suo* mondo, con due torrioni di pietra dall'aspetto minaccioso.

Fu colto dalla nostalgia dell'esule prima ancora di diventarlo. In uno slancio poetico abbracciò con la mente i paesaggi familiari, le piazze di Buenos Aires al tramonto, quando il rosa dei palazzi si scioglie nel rosso del cielo, il fermento chiassoso del porto, l'erba della pampa che mossa dal vento si alza e si abbassa come un'onda infinita. Da quelle immagini al pensiero dei suoi genitori il passo fu breve. Sarebbero rimasti stecchiti dallo stupore, questo era sicuro, poi sarebbero arrivate la preoccupazione, la sofferenza, la frustrazione, anche perché il suo comportamento nei loro confronti poteva riassumersi in una sola parola: tradimento. Suo padre avrebbe ingoiato il dolore in silenzio e avrebbe lasciato che un po' alla volta si trasformasse in ulcera. Sarebbe tornato al lavoro, avrebbe mostrato appartamenti in vendita a sposini cinguettanti, ne avrebbe illustrato i pregi; come ci riuscisse, con le magre risorse affabulatorie a sua disposizione, già ora era un mistero. Gli sarebbero rimaste le parole *dopo*? E la mamma, mamma Rosaria, avrebbe ancora avuto voglia di raccontare barzellette senza il suo *pulcino?*

Due lacrime calarono sulle guance, ma subito tornarono, imperative, le parole del Greco: *Ma tu ti rendi conto del pericolo che state correndo?* E più delle parole gli tornò in mente l'espressione dei suoi occhi mentre le diceva. Un'espressione che non lasciava alternative. *Meglio un figlio lontano che un figlio morto ammazzato*, concluse.

Non era stato facile convincere Martina, ma di fronte agli scenari apocalittici che le aveva prospettato, alla fine, aveva preso coscienza della situazione e aveva compreso che non c'era altra alternativa che partire.

Insieme erano andati al consolato italiano, si erano mescolati alla folla in attesa, stringendosi le mani per farsi coraggio a vicenda, si erano seduti davanti alla scrivania del console e avevano parlato. *Lui* aveva parlato, Martina non era stata di nessun aiuto, si era limitata ad accasciarsi sulla sedia e a esibire una faccia da Madonna addolorata. Per fortuna quella degna persona era riuscita un po' a tranquillizzarlo. Aveva ascoltato, aveva fatto domande, aveva riflettuto e aveva assicurato il suo aiuto. Un piano di fuga che non avrebbe sfigurato in un film di James Bond e che gli faceva venire la cacarella al solo pensarci.

Dopo qualche tempo seppero che la data della partenza era fissata per il 3 di gennaio. Il console li convocò, spiegò loro per filo e per segno cosa dovevano fare e dire, comunicò le loro nuove identità e costruì per loro una storia da raccontare alla polizia di frontiera.

Chiusi in camera di Martina, studiarono e ripassarono la lezione, interrogandosi a vicenda, ancora incerti se fosse tutto vero o si trattasse solo di un gioco.

«Come ti chiami?»

«Rosita Morelli. E tu?»

«Diego Morelli.»

«Fratelli?»

«No, cugini da parte di padre. Figli di due fratelli.»

«Il nome dei tuoi genitori? E degli zii?»

Eccetera eccetera. Poi decisero di non vedersi più fino alla partenza.

Erano passati pochi giorni dal loro ultimo incontro, quando Alejandro assisté a uno spettacolo che lo gettò definitivamente nel panico. Uscendo dalla metropolitana notò sul marciapiede, di spalle, una ragazza che andava di fretta. Indossava pantaloni bianchi aderenti che lasciavano indovinare i bordi delle mutandine. *Bel culo!*, non poté fare a meno di pensare salendo l'ultimo gradino.

Improvvisamente un'automobile le si inchiodò accanto, ne uscirono due uomini e l'afferrarono cercando di spingerla dentro l'abitacolo. Lei si aggrappò con entrambe le mani allo sportello per fare resistenza, si divincolava, chiedeva disperatamente aiuto. Uno dei due le prese un braccio e glielo torse dietro la schiena. Un grido, una colluttazione rapidissima e la ragazza scomparve nella macchina. Alejandro vide nel lunotto posteriore, come dentro un apparecchio televisivo, la sua testa agitarsi, per una frazione di secondo i loro sguardi s'incontrarono. Poi una mano la spinse verso il basso, gli sportelli si richiusero e la Falcon ripartì a tutta velocità. Nel metro quadro dove tutto quel dramma si era consumato restò soltanto un nastro di velluto per capelli.

Tutto era avvenuto in pochi secondi, tutto era sembrato irreale come in un film. Paralizzato sull'ultimo scalino, ebbe bisogno di qualche minuto per comprendere ciò che era realmente successo e per accorgersi che le mani gli sanguinavano per la pressione contro la ringhiera. Si guardò attorno: come lui altri passanti, ammutoliti e irrigiditi dal terrore, osservavano sgomenti il punto in cui la ragazza era sparita.

Da quel momento i giorni si dilatarono come elastici. In ogni sconosciuto che gli veniva incontro vedeva il volto di un poliziotto in borghese, in ogni automobile che attraversava la strada una Falcon senza targa sopraggiunta per ingoiarlo. Alejandro approfittò delle vacanze per rintanarsi in camera sua come una talpa.

«Che ci fai sempre in casa?» lo rimproverava la mamma. «Esci, guarda che bel sole, abbronzati un po', che ti secca i brufoli.»

«Sto bene qui.»

Lei gli metteva una mano sulla fronte: «Non ti senti bene?».

«Sto bene, non preoccuparti» rispondeva voltandole le spalle per soffocare i sensi di colpa.

Il momento peggiore era la notte. Restava con gli occhi sbarrati nel buio in attesa dello stridore di pneumatici davanti al suo portone, ogni voce che risuonava in strada, ogni riflesso di fari in movimento sul soffitto della sua camera lo facevano sussultare. E la mattina, quando si svegliava sotto l'impressione di sogni sulfurei, si affezionava sempre un po' di più a quel progetto di fuga rocambolesca.

Ormai mancavano sei giorni alla partenza. Il Natale per fortuna era alle spalle. Erano arrivati da La Plata sua sorella maggiore con quell'invertebrato di marito e i tre marmocchi satanici che avevano avuto l'incoscienza di mettere al mondo. La casa si era riempita di strilli, di corse sfrenate, di scoppi improvvisi di pianto. Cinque minuti in loro compagnia equivalevano a un giro sulle montagne russe. Alejandro era rimasto quanto più possibile chiuso a chiave in camera sua, indifferente alle pedate alla porta del nipote maggiore che implorava di entrare.

«Viene tua sorella e tu non la degni di un minuto di attenzione. Perché non giochi con i tuoi nipotini?» lo rimproverava la mamma.

Finalmente se n'erano andati, niente feriti sul campo di battaglia, solo morti, e sua madre, non ancora sazia, già faceva i preparativi per il Capodanno con gli amici.

Si trovava in questo stato d'animo, quando Martina gli telefonò.

«Ti devo parlare.»

«Avevamo stabilito di non farci più vedere insieme» bisbigliò con la bocca incollata alla cornetta.

«È urgente.»

Che avrà da dirmi ora? A malincuore, guardandosi alle spalle a ogni passo nel timore di essere seguito, raggiunse plaza San Martín. Lei lo aspettava sotto la statua equestre del generale col braccio alzato e aveva una faccia che al confronto un funerale avrebbe messo allegria. S'incamminarono verso i giardini retrostanti, fino a una panchina appartata.

«Allora, si può sapere che succede? Non è prudente, lo sai, incontrarci.»

Martina esitava, teneva gli occhi bassi e con la punta di una scarpa disegnava cerchi sul terriccio.

«Allora?»

«Non sono più sicura di venire con te in Italia» rispose tutto d'un fiato.

Gli occorse qualche secondo per mettere a fuoco il senso di quella affermazione.

«Martina, non sono in vena di scherzi.»

«Non è uno scherzo, dico sul serio.»

A quel punto lo assalì una rabbia cieca, l'avrebbe volentieri presa a schiaffi. Si accontentò di scuoterla per un braccio.

«Sei scema? Sei cretina? Che cazzo dici?»

Lei non reagiva, si lasciava strapazzare senza sottrarsi alla presa, mentre grossi lacrimoni cominciavano a rigarle le guance. A quella vista Alejandro ritrovò un barlume di calma, tirò un sospiro così profondo che gli si appannarono gli occhiali e cercò di farla ragionare.

«Abbiamo tutto, i passaporti, i biglietti aerei, tutto pronto. Il console si è fatto in quattro per procurarceli. Mancano sei giorni, *sei giorni*» sottolineò mostrandoglieli con le dita aperte delle mani «alla partenza e tu cosa dici? Dici che hai cambiato idea.» Malgrado i buoni propositi si stava arrabbiando di nuovo. «Che è successo? Che ti gira in quella testa bacata?»

«Non me la sento.»

«No? Non te la senti? Non te la senti di trasferirti in un Paese civile dove sai che nessuno verrà ad arrestarti di notte, nessuno ti sbatterà in una cella marcia per stuprarti e torturarti? Preferisci restare qui ad aspettare i tuoi carnefici? Perché una cosa è sicura: verranno a prenderti e prima di quanto immagini.»

Adesso Martina piangeva senza ritegno. «Perché mi dici queste cose? Vuoi mettermi paura?»

«Perché è la verità. Il professor Lopez, Felipe… i prossimi siamo noi. Il Greco ha detto…»

«Lo so che ha detto il Greco.»

«Allora hai capito o no che siamo in pericolo?»

«L'ho capito.»

«Grazie a Dio!»

«Forse però un poco esageri.»

Si scostò per osservarla meglio: si guardava, imbronciata, le mani, tirava su col naso. Non la credeva così ottusa.

«Ora ti racconto una cosa» riprese con apparente calma. «Pochi giorni fa ho visto arrestare una ragazza, l'hanno portata via sotto i miei occhi, l'hanno picchiata e trascinata dentro una macchina. Avrà avuto più o meno la tua età.»

Martina emise un altro singhiozzo.

«Sai cosa fanno quando arrivi nei centri di detenzione. Lo sai, vero?»

«Lo so. Solo... solo penso che non ci sia bisogno di andare all'altro capo del mondo.»

«*Non c'è bisogno di andare all'altro capo del mondo*!» ripeté facendole il verso. «E dove vorresti andare?»

«In Patagonia.»

Alejandro la fissò incredulo. «In Patagonia?»

Lei annuì. «Chi verrebbe a cercarmi laggiù?»

«Martina, in Patagonia! Ti ha dato di balta il cervello? Ce l'hai presente cos'è la Patagonia? Sassi, ghiaccio e pecore, pecore, sassi e ghiaccio. Che ci fa una come te in Patagonia?»

«È più vicino, da lì sarà più facile tornare a casa. E poi almeno sarò con gente che parla la mia lingua.»

Alejandro non riusciva a capacitarsi di come, proprio ora, a sei giorni dalla partenza, le fosse saltata in testa un'idea così bislacca. Poi ebbe l'illuminazione: dietro quella decisione sconsiderata non poteva che esserci la zampaccia di Zorro.

«E in Patagonia ci vuoi andare da sola?» chiese fingendo di non aver capito. «Te lo dico perché è una terra selvaggia, abitata da gente poco ospitale, una ragazza sola potrebbe incontrare parecchie difficoltà.»

«Ecco, proprio sola non sarei.»

L'aveva detto. Si sentì montare il sangue alla testa: «Ci vai con lui, con quel bellimbusto! È lui, non è vero, che ti ha convinto a fare questa pazzia?».

Martina taceva, ma si sa, chi tace acconsente.

«E magari gli hai anche raccontato tutto, del Movimento, di Felipe, di me!»

«No!» rispose lei d'impeto. «Non gli ho detto nulla, te lo giuro.»

Alejandro si afflosciò sulla panchina, si sentiva sfinito. Le rivolse uno sguardo disperato. «Perché? Fammi capire perché, da solo non ci arrivo.»

«Ho paura.»

«Anch'io ho paura.»

«Mi sembra una decisione così azzardata andare in Italia. Che ci faccio laggiù se mi succede qualcosa?»

«Che ti deve succedere? E comunque, che ci fai in Patagonia se ti succede qualcosa?»

Martina scosse la testa. «Non lo so.»

«Perché ti vuole portare proprio in Patagonia?»

«Dice che laggiù c'è lavoro, che possiamo vivere insieme. Potrebbe essere una soluzione viste le circostanze.» Lo guardò con espressione affranta. «Giura che non lo dici a nessuno.»

«A me sembra una follia.»

«Ho una tale confusione in testa.»

Alejandro s'infilò subito nella breccia. Le prese una mano: «Di chi vuoi fidarti? Di uno che conosci appena o di me, che ti sono vicino da tutta la vita?».

«Tu non sai, non puoi capire. Io ti voglio bene, sarai sempre mio amico, ma con lui è un'altra cosa.»

Allora si giocò l'ultima carta: «E se fosse un tranello? Se fosse una scusa per consegnarti alla polizia?».

Lei sbuffò, ritrasse la mano. «E piantala con questa storia! Sei ridicolo.»

Gli voltò le spalle, offesa. A quel punto non c'era altro da dire, era persa. Alejandro si alzò in piedi e la scrutò dall'alto in basso. «Ti garantisco che stai facendo una cazzata enorme. Io il tre gennaio parto, tu fa' quello che ti pare.»

La lasciò sulla panchina e se ne andò in fretta, perché anche lui aveva voglia di piangere.

Mentre migliaia di agnelli e bovini venivano immolati sull'altare dei festeggiamenti di fine anno e gli argentini, mamma Rosaria in testa, apprestavano i barbecue e addobbavano i giardini di festoni colorati, Alejandro attraversava la crisi peggiore della sua breve esistenza. L'incontro con Martina gli aveva lasciato dentro un vuoto che lui stesso non sapeva decifrare del tutto. Più che il timore per quello che l'attendeva, più che il dispiacere per quello che lasciava era la solitudine a tormentarlo. Nessuno con cui condividere le ansie, le paure, le speranze di una scelta epocale. L'amica di sempre gli aveva voltato le spalle ed era addirittura disposta a mettere a repentaglio la propria vita per un estraneo che la strapazzava tra le lenzuola.

Era questo l'amore? Una forza selvaggia, devastante, che obnubilava la mente e faceva strame di ogni altro sentimento? Una follia che irrompeva all'improvviso e rendeva estranei a sé stessi? Alejandro, che quel tipo di amore non l'aveva ancora provato, guardava alla metamorfosi di Martina con l'incredulità e l'indignazione di chi si sente messo da parte.

Durò poco, per fortuna. A due giorni di distanza da quello sciagurato colloquio Martina piombò in casa sua dicendogli che aveva deciso che sarebbe partita con lui. Tirò un sospiro di sollievo. Non stette a sottilizzare sul fatto che la ragazza in pochi giorni avesse cambiato idea per tre volte, non si chiese quanto fosse affidabile un atteggiamento tanto ondivago, dette subito per buone le sue parole, come sempre si fa quando ci dicono ciò che vogliamo sentirci dire. Anzi, la invitò in camera sua a ripassare per l'ennesima volta il piano di fuga, casomai in quei due giorni l'avesse dimenticato.

Si sarebbero trovati a Puerto Madero, terminal quattro, il prossimo martedì alle nove in punto, un'ora prima della partenza del traghetto. *È una tratta molto frequentata in questa stagione*, aveva detto il console, *meglio fare i biglietti per tempo*. Solo uno zainetto, un telo di spugna, un costume da bagno, qualche gettone telefonico e una manciata di pesos. Alla polizia doganale avrebbero mostrato le carte d'identità, quelle vere, e avrebbero detto che erano fidanzati e che, approfittando del bel tempo, andavano a farsi una giornata di mare sull'altra riva del Mar della Plata. Sangue freddo, nessuna esitazione. Allo sbarco avrebbero trovato una persona ad attenderli. *Vi riconoscerà lui, ha le vostre fotografie, comunque indosserà un berretto rosso da baseball. Salutatelo come fosse un vecchio amico.* Avrebbe consegnato loro i passaporti, i biglietti aerei, una valigia ciascuno col minimo indispensabile e li avrebbe accompagnati all'aeroporto di Montevideo. A quel punto dovevano cavarsela da soli. Uruguay e Argentina erano Paesi amici e speculari, stesso tipo di regime, scambio costante di uomini e di informazioni. Si sarebbero sbarazzati delle carte d'identità e avrebbero esibito i passaporti falsi. Non più fidanzati, ma cugini in visita ai parenti in Italia. Solo dopo essere entrati nell'area di transito avrebbero potuto avvertire i genitori. Una telefonata telegrafica, non si può mai sapere.

Si guardarono negli occhi stringendosi le mani.

«*Todo lo mejor para el año nuevo, Martina.*»

«*Todo lo mejor para el año nuevo, Alejandro.*»

La mattina del 3 gennaio Alejandro si svegliò alle sei. Rimase a letto, lasciandosi avvolgere dal chiarore che filtrava dalle imposte. A lungo indugiò con lo sguardo su ogni dettaglio della sua camera, i poster attaccati alle pareti, il mappamondo in cima alla libreria, la racchetta da tennis appoggiata a una sedia, sforzandosi di riempirsi gli occhi di quegli oggetti familiari, per portarsene dietro il ricordo dove oggetti familiari non ce ne sarebbero stati.

Poi si alzò e andò in cucina. Sua madre stava pulendo a fondo la stanza dopo la maratona culinaria delle feste. Tutti i mobili svuotati, file di bicchieri e pile di piatti appoggiati ovunque, lo sportello del frigorifero spalancato e una pozzetta d'acqua sul pavimento. In quel momento era intenta a pulire il forno sporco dei sedimenti degli arrosti dei giorni passati. Piegata in due, passava una spugna umida lungo le pareti interne, tracciando ora linee rette, ora cerchi concentrici, ora fermandosi a raschiare le incrostazioni più indurite. In vestaglietta e ciabatte, con l'acqua insaponata che le colava lungo le braccia nude, cantava con grande trasporto: «*Gracias a la vida que me ha dado tanto…*».

Si fermò sulla soglia a guardarla. Ora si sedeva sui talloni, ora si alzava piegando la schiena, la testa infilata nell'antro scuro del forno. «*Me dio dos luceros… Lalalala…*»

«Mamma!»

Lei girò appena il capo. «Buongiorno, amore, dormito bene?»

Annuì, poco convinto.

«La colazione è pronta. Lo vuoi il pane tostato? Ci sono anche le *mediaslunas.*»

Si guardò attorno smarrito, poi individuò una sedia libera davanti a una tazza e a un bricco di caffè appoggiati sull'unico ritaglio sgombro della tavola. «Ma che fai?»

«Pulisco, non lo vedi?»

«Alle otto di mattina?»

«Il mattino ha l'oro in bocca. Quando se no? Tu non ti rendi conto di quello che ho da fare, c'è da sbrinare il frigorifero, pulire la credenza, riordinare i cassetti, gli sportelli...»

«Va bene, ho capito.» In cinque minuti era già riuscita a fargli girare la testa.

«Fai colazione, pulcino, il caffè è ancora caldo.»

Per la prima volta non provò fastidio a sentirsi chiamare così.

Si versò il caffè, mentre lei continuava a strofinare: «*Gracias a la vida, que me ha dado tanto...*».

Mamma Rosaria. Alle otto di mattina, piegata in due con un cencio in mano, aveva voglia di cantare. Sempre con la risata e la battuta pronta, non riusciva a stare ferma e zitta un secondo e perfino la sera dopo cena, quando proprio non restava nulla da fare se non sedersi davanti alla televisione, impugnava come una sciabola i ferri all'uncinetto e, un occhio allo schermo, uno al ricamo, creava quegli orrendi centrini che infestavano il salotto. *Che farai, mamma, dopo che me ne sarò andato?*, pensò Alejandro sentendosi come Giuda nell'orto del Getsemani. Cercò di immaginarla, affranta, preoccupata, per la prima volta ammutolita e immobile su una poltrona. Sarebbe arrivata di gran carriera la sorella da La Plata per sostenerla e, inopportuna come sempre, si sarebbe trascinata dietro i marmocchi diabolici, aggiungendo sofferenza a sofferenza.

Si asciugò gli occhi col tovagliolo.

«Papà?» chiese.

«È al lavoro, aveva un appuntamento.»

Se n'era andato, suo padre, senza che lo potesse vedere.

«Come, già uscito!» Quasi gridò. «Dov'è andato?»

La mamma girò la testa di lato, lo guardò, china com'era, di sotto in su e si fece una bella risata. «C'è chi vende case e chi le compra e c'è chi per mantenere la famiglia fa da intermediario. Lo sai che mestiere fa tuo padre.»

«Ma non mi ha salutato!»

«Giuro che non è partito su un razzo per Marte e che lo potrai salutare a pranzo.»

«Mamma... io a pranzo forse non ci sono. Non aspettarmi.»

«Ah no? Dove vai?»

«Da un amico a studiare.»

«Lo conosco?»

«No, è uno nuovo.»

«*Gracias a la vida...*»

«Mamma... vado a prepararmi.»

«Sì, amore, vai. *Que me ha dado tantooo...*»

Alejandro fece una doccia, si vestì, prese lo zaino. Prima di uscire fece una panoramica completa della casa perché non sapeva se e quando ci sarebbe tornato. In salotto i centrini bianchi e inamidati come stoccafissi parlavano di pranzi e serate in famiglia. Ne afferrò uno che stava sotto un pesante posacenere di cristallo e se lo mise in tasca.

Quando tornò in cucina sua madre era impegnata nella pulizia del frigorifero.

«Allora vado.»

«Sì, tesoro, torna presto» rispose senza girarsi.

Allora le andò dietro e la strinse a sé con tutta la forza di cui era capace, affondò il viso sulla nuca, all'attaccatura dei capelli, per sentire, un'ultima volta, l'odore della sua pelle. *Mamma!*

Lei rideva. «Che ti prende oggi?» poi si voltò e gli fece una carezza sulla guancia. «Bello il mio pulcino!»

Prese la linea B della metropolitana alla stazione Carlos Pellegrini e in poco più di dieci minuti arrivò a Puerto Madero, terminal Buquebus. Davanti alla biglietteria si era già formata una lunga fila. Al solito, Martina era in ritardo.

Si piazzò all'incrocio in attesa. Cinque minuti, dieci minuti, un'occhiata all'orologio, una alla strada. Fece due passi in direzione nord lungo avenida Antartida Argentina, tornò indietro per controllare se arrivasse dall'altra parte. Nessuna testa bionda in mezzo al brulichio di passanti. *Avanti, Martina, che aspetti?* E fortuna che si erano dati appuntamento con un'ora di anticipo!

Intanto al botteghino la coda continuava ad allungarsi. Decise di fare i biglietti per guadagnare tempo.

All'interno la fila si rompeva e la calca dilagava indisciplinata contro gli sportelli, gomiti che si conficcavano nella schiena, brevi litigi improvvisi, zaffate di sudore. Ne uscì dopo venti minuti come da un'immersione in apnea con due biglietti in mano e la certezza di trovare Martina sul molo. Una donna giovane in piena crisi di nervi teneva in collo un poppante col moccio al naso, mentre con la mano libera strattonava per un braccio il figlio più grandicello che strillava a canna spiegata. Due turisti rossi come aragoste sedevano sulle valigie sventolandosi con la *brochure* della compagnia di navigazione. Un vecchio coperto di stracci raccoglieva cicche per terra. Vide poi due uomini in tuta che trascinavano un carrello pieno di bagagli, una signora attempata in guanti bianchi e cappellino di paglia che pareva uscita da un'oleografia di inizi secolo e molte altre cose.

Tranne Martina.

Cominciò a sudare. Quindici minuti alla partenza. Si piantò alla sbarra dell'imbarco, battendo istericamente i piedi sull'asfalto e facendosi schermo con la mano per vedere controsole in lontananza. *Niente. Ora chiudo gli occhi e quando li riapro lei è qui. Niente. Conto fino a tre, no, fino a dieci e lei arriva: uno, due... dieci. Niente.*

La folla dei passeggeri intanto superava la sbarra per dirigersi verso la dogana, urtandolo da ogni parte. Il traghetto era arrivato in porto e stava ingurgitando vetture e camion nella bocca del garage. Uno sguardo alla nave, uno alla strada. Ancora cinque minuti, non uno di più.

Ormai in preda al panico, tornò di corsa nella biglietteria deserta e si precipitò verso il telefono pubblico in un angolo. 466356, le dita tremavano mentre componeva il numero. Immediatamente gli rispose una voce in affanno.

«Signora, c'è Martina? Sono Alejandro.»

La risposta arrivò come un colpo di cannone. «Non c'è! Non è tornata a casa stanotte!»

«Non... non è tornata?»

«Ne sai qualcosa, Alejandro? Se sai qualcosa devi dirmelo!»

Alzò gli occhi contro il muro, la cornetta discosta dall'orecchio. *Sono a corto di figa*, aveva scritto uno sconosciuto disperato. Dunque era così, la traditrice era scappata con Zorro. Alla fine aveva vinto lui. L'aveva convinta a seguirlo in quella terra desolata e lei aveva abboccato; erano fuggiti di notte, come due ladri, senza avvertire nessuno. Nemmeno lui.

«Sai dov'è, Alejandro?» continuava a gridare la voce dall'altra parte del filo.

Cosa dirle? Signora, sua figlia se la fa con uno che balla il tango mascherato da Zorro e, siccome non c'è più con la testa, l'ha pure seguito in Patagonia? L'avrebbero trovata e, senza saperlo, consegnata nelle braccia dei suoi carnefici. No, malgrado tutto, era più giusto conservare il segreto.

«Non so niente, signora Franca, scusi il disturbo.» E riagganciò.

Con le spalle curve si trascinò verso l'imbarco. Era scesa su di lui la calma mortale della disperazione. Forse fu quella a dargli una mano quando la polizia gli chiese la carta d'identità e la controllò a lungo, rigirandola da tutte le parti e andando anche a confrontarla con una lista di nomi appoggiata sul banco.

«Dove vai?» gli chiese un agente con l'aria da gangster.

«Montevideo.»

«A fare?»

«Mi faccio una giornata di mare.»

«E tu vai al mare con questa faccia?» Si rivolse a un collega ridendo: «Deve averlo lasciato la morosa».

«Perché non hai il biglietto di ritorno?» chiese l'altro.

«Non so fino a che ora ci resto. Forse prendo l'ultimo traghetto.»

«Così vai al mare.» L'uomo lo squadrò dalla testa ai piedi, poi lo sguardo si fermò sullo zaino. «Fammi un po' vedere.»

Ormai nell'ufficio era rimasto solo lui. Dalla vetrata vedeva i passeggeri che si sporgevano dal ponte superiore della nave per guardare sotto. Alejandro aprì lo zaino senza fare una piega. Quello ci infilò la testa, poi un braccio, frugò, ne tirò fuori il costume e l'asciugamano, controllò nella tasca interna, in quelle esterne.

«Se continui ancora un po' gli fai perdere il traghetto» commentò il suo compagno.

Glielo restituì: «Va bene, passa».

La schiuma cominciò a ribollire intorno allo scafo. Sferragliando come una fila di carcerati alla Guyana, il traghetto mollò gli ormeggi e si staccò dal molo. Affacciato a poppa, sul ponte inferiore, Alejandro vide i monelli che si sbracciavano nei saluti farsi sempre più piccoli, poi alzò lo sguardo sulla sua città che si allontanava. A ogni rollio diventava più sfumata, fino a ridursi a una macchia indefinita sull'orizzonte. Laggiù, dietro i capannoni del porto, dietro i pinnacoli delle cattedrali c'è la sua casa. Dentro la casa c'è una cucina e dentro la cucina c'è sua madre che pulisce il pavimento. Raddrizza la schiena, una mano a stringere il manico dello spazzolone, e si asciuga con l'altra il sudore dalla fronte; poi riprende a strofinare cantando *Gracias a la vida.* E ancora più in là, in un appartamento che odora di pittura fresca, suo padre si allenta il nodo della cravatta per il caldo e guida una coppia perplessa lungo le stanze vuote. E Martina? La immaginò raggomitolata sul sedile di un pullman, la testa appoggiata alla spalla del suo Zorro che sobbalza a ogni buca della strada, lo sguardo perso sul paesaggio arido che corre dal finestrino.

D'improvviso una comitiva di chiassosi vacanzieri invase il ponte. L'aria si riempì di schiamazzi e di odore di salsiccia. Alejandro appoggiò le braccia alla ringhiera e guardò, in basso, l'effimera confusione dell'acqua del mare che si arruffava, si apriva spumeggiando e subito dopo si ricomponeva, immobile e indifferente, come se nulla fosse accaduto. Due gabbiani seguivano la scia, stagliandosi bianchi contro l'azzurro intenso del cielo.

Sentir
Que es un soplo la vida
Que veinte años no es nada.

Sentire
Che la vita è un attimo
Che vent'anni non sono niente.

Jorge

Il cimitero della Chacarita è considerato monumento nazionale. A me non piace, come non mi piacciono in genere i cimiteri. Noi argentini preferiamo inumare i nostri defunti in loculi incassati nel muro, pareti ripide, una di fronte all'altra, costellate di lapidi, ognuna col nome e la data di nascita e di morte; oppure in cappelle di famiglia, attaccate l'una all'altra come villette a schiera, sormontate da angeli bronzei o di gesso che guardano verso il basso e sembrano spiccare il volo per scendere a ghermire i visitatori.

Oggi poi è un mattino grigio e il corteo funebre che si snoda lungo i vialetti lastricati mi sembra ancora più lugubre. Passando, ho la sensazione che i morti nelle foto incastonate nel marmo ci seguano con lo sguardo, non ho capito se con invidia o pietà.

Procediamo lentamente, il feretro ricoperto di fiori davanti, e dietro una processione traballante di anziane col fazzoletto bianco in testa, che si tengono a braccetto per sostenersi a vicenda o avanzano in carrozzina.

È una cerimonia civile, questa, come espressamente richiesto dalla diretta interessata: *Non desidero essere accompagnata nel mio ultimo viaggio da rappresentanti della Chiesa, non voglio la benedizione di un prete.* Me l'aveva ripetuto più volte e per essere più sicura l'ha messo pure per scritto. Ma non per questo è una cerimonia sbrigativa o priva di ritualità. Una volta giunta a destinazione, la bara viene spinta per due terzi dentro la nicchia. *Povera Franca,* penso, *ovunque andrai spero troverai finalmente un po' di pace*. Una delle donne si fa avanti e inizia a parlare.

«Franca era un'amica, una sorella. Franca era una di noi.»

Pausa, lieve sorriso.

«Ricordo il giorno in cui ci siamo conosciute, più di vent'anni fa. Era l'epoca in cui le riunioni erano vietate, dovevamo inventarci le situazioni più assurde per non venire arrestate. Ci eravamo date appuntamento in un caffè del centro, ordinammo una torta fingendo di essere lì per festeggiare un compleanno. Quando la vidi, pensai: questa donna è arrivata al capolinea. Aveva l'aria di chi ha deciso di farla finita.»

Mentre parla vedo la casa di Franca, il grande appartamento al piano terreno in calle Sarmiento dove negli ultimi due anni sono andato tante volte e che ora è mio. Odore di rinchiuso e di muffa appena varcata la soglia, stanze umide, mai benedette da un raggio di sole, foto ingiallite disseminate ovunque. Il sortilegio che cristallizza l'attimo in cui la vita si è fermata.

«Come biasimarla? Aveva vissuto il dolore più grande che si possa infliggere a un essere umano e che tutte noi abbiamo provato: la scomparsa di una figlia. La scomparsa, che è peggiore della morte. In tutti questi anni Franca è stata sostenuta da un'unica speranza, quella di abbracciare il nipote che non aveva mai conosciuto. Ha coltivato questa speranza con amore e con tenacia. Ed è stata ricompensata.»

L'oratrice mi lancia una rapida occhiata, tutti si voltano a guardarmi. Resto impietrito, più della lapide che ho accanto.

«Cosa abbiamo sempre detto? Non possiamo morire finché non avremo trovato i nostri nipoti. Sappiamo tutte quanto questa via sia irta di ostacoli, quanta fatica costi la ricerca della verità e a quante delusioni ci esponiamo di continuo. Eppure siamo qui, ormai vecchie, piene di acciacchi» scambio di sguardi e di sorrisi benevoli «ma determinate più che mai. Ci chiamano "le pazze". Hanno ragione, solo delle pazze come noi possono inseguire un sogno con tanta ostinazione.»

Cenni di assenso.

L'oratrice posa una mano sulla bara, come su un oggetto fragilissimo, quasi una carezza.

«Franca ha atteso vent'anni. Venti anni! Ormai aveva perso le speranze, invece…»

Non ascolto più. Sono di nuovo nella casa senza tempo, seduto a un tavolo apparecchiato. Dai bauli ricoperti di ragnatele è stato tirato fuori il corredo buono, la tovaglia di lino ricamata, i piatti di porcellana, i bicchieri di cristallo. Franca, di fronte a me, mi fissa e aspetta. Vuole che mangi la porzione spropositata di stufato di carne e verdura che mi ha versato nel piatto. In realtà vuole che spezzi il maleficio.

«Ti piace?» mi chiede.

«Ottimo» mento e intanto mi sforzo di buttarlo giù per farla contenta.

L'orazione è terminata. La bara è spinta all'interno, il loculo viene murato, le corone di fiori appoggiate al marmo. Prima di andarsene i presenti vengono a porgermi le loro condoglianze. Tutti sono convinti che quel nipote tanto sospirato sia io. In realtà non so chi sono, né lo voglio sapere.

Io sono uno di quelli che chiamano *hijos*, o *nietos*, uno di quei bambini partoriti in un centro di detenzione clandestina su un pavimento di cemento o su un pancaccio incrostato di sangue. Forse, attraverso la placenta ho sentito le urla di mia madre sotto le torture, mentre un medico compiacente si assicurava che il feto non venisse danneggiato. Forse, deriva da questo la mia indole malinconica.

Dicono che il latte materno sia incredibilmente dolce. Non l'ho mai assaggiato perché subito dopo il parto io e mia madre abbiamo preso strade diverse: lei è volata nell'oceano o è crollata a terra con un colpo di pistola alla nuca, io sono stato venduto o regalato. Propendo per la seconda opzione, perché il mio padre adottivo era molto, ma molto vicino all'ammiraglio Massera.

Per vent'anni ho creduto di essere Jorge Cabrera, nato a Buenos Aires il 2 settembre 1978 da Amanda Peralta e da Raimundo Cabrera, poi ho scoperto che era tutto falso, un'identità costruita a tavolino in qualche ufficio di commissariato.

Coloro che mi hanno allevato, cresciuto, amorevolmente curato, non sono i miei veri genitori.

Sono cresciuto in una villetta bianca e beige da sogno americano fine anni Cinquanta. Porticato sorretto da colonnine neoclassiche lungo la facciata principale, prato smeraldino pettinato come un tappeto. Intorno, case uguali alla mia, ognuna col suo bravo cancello bianco e il prato moquettato. Nei giorni di sole si sentivano gli schiamazzi dei bambini che giocavano in giardino mentre le mamme si scambiavano attraverso le siepi basse le ricette delle torte.

In quegli anni molte famiglie benestanti della borghesia *porteña* si erano trasferite in quartieri come quello per sfuggire all'inquinamento e al degrado delle zone centrali della capitale. Mentre nel Paese si agitavano forze oscure e avvenivano sconvolgimenti epocali, noi conducevamo la nostra vita di celluloide in una sorta di mondo hollywoodiano fuori dal tempo e dalla storia. Niente cumuli fetidi di rifiuti agli angoli delle strade, niente lampioni rotti né panni stesi ad asciugare da una facciata all'altra.

Anche mia madre sembrava uscita da un film americano d'altri tempi, una Doris Day versione nazionale, con i capelli corvini e l'incarnato creolo. Indossava tailleur avvitati color pastello che esaltavano le sue forme sinuose, oppure pantaloni a vita alta con le *pinces* sui fianchi.

La mia casa era grande e luminosa, dotata per l'epoca di ogni comfort. Da un piccolo vestibolo si accedeva al salone e da lì alla sala da pranzo e alla cucina. Mobili solidi, funzionali, niente tappeti, *il bambino ci potrebbe inciampare*, niente soprammobili di cristallo, *il bambino potrebbe ferirsi.* Al piano di sopra c'erano due bagni, la camera degli ospiti che non ha mai ospitato nessuno, la camera dei miei genitori e, accanto, la mia camera, piena di giocattoli e con le pareti rivestite da carta da parati con vascelli di tutti i colori.

Il prato correva tutto intorno l'abitazione. La parte retrostante, quella più ampia, era destinata al mio svago. Banditi cespugli e aiuole spinose, restava un morbido tappeto erboso dove troneggiavano un'altalena, uno scivolo di plastica e una piccola piscina gonfiabile.

A lungo ho scavato nella memoria nel vano tentativo di rintracciare il mio primo momento cosciente in quella casa. I ricordi d'infanzia, si sa, sono vividi ma fallaci. Mi vedo in cucina, appollaiato su un seggiolone, davanti a me una scodella e un bicchiere di plastica con Topolino stampato sopra. La mamma mi avvicina al viso un cucchiaio, *È in arrivo un bastimento colmo di minestrina*, apro la bocca ma non ingoio, gonfio le gote e sputo fuori ogni cosa. Indosso una ridicola tuta a pagliaccetto da cui spuntano due zampette cicciute; mio padre, dietro di me, mi sorregge per le braccia mentre tento i primi passi titubanti. Troppo piccolo per conservarne memoria, più probabile che siano stati i racconti nostalgici dei miei genitori a darmi l'illusione del ricordo.

Di sicuro rammento la giostra nel giardino municipale. Mi pareva immensa, il luogo delle meraviglie, sormontata da una copertura di legno variopinto, tutta riccioli e ornamenti. Salirci era come entrare in un mondo di marzapane e zucchero filato. Al suono di una musichetta da carillon cominciava a girare e davanti ai miei occhi ammirati sfilavano cavallini bianchi col pennacchio in testa e carrozze a forma di zucca che dondolavano dolcemente. Prendo una bizza: *Voglio salire! Voglio salire!* Papà mi prende in braccio, mi colloca in groppa a uno dei cavalli e resta in piedi accanto a me per sorreggermi. Il puledro dondola, su e giù, su e giù, il mondo gira, girano gli alberi, le panchine, i bambini a terra in attesa del loro turno. Anch'io giro, in una vertigine di beatitudine.

Quando qualcuno mi faceva quelle domande stupide che si fanno ai bambini, tipo *Cosa vuoi fare da grande?* Io rispondevo: il capitano di vascello come papà. Voglio andare nel Mar dei Sargassi a combattere contro i pirati.

In realtà mio padre il mare lo vedeva da sotto l'ombrellone quando trascorrevamo il mese di febbraio nella località balneare di Monte Hermoso. Il resto dell'anno lo passava dentro un ufficio, prima all'ESMA, in pieno centro di Buenos Aires, poi alla Escuela Naval Militar. Ma io lo immaginavo impegnato in rischiosissime operazioni di arrembaggio e poco importava che ogni giorno si presentasse puntuale a casa per pranzo e per cena. Sulla spiaggia, armato di paletta e secchiello, guardavo il mare in attesa di vedere spuntare sulla linea dell'orizzonte un veliero con la bandiera nera agitata dal vento; io e mio padre ci saremmo gettati in acqua e in men che non si dica avremmo affondato la nave e ridotto i corsari in prigionia fra gli applausi degli altri bagnanti.

Spesso la domenica i miei genitori invitavano coppie di amici, quasi sempre colleghi di papà, con prole al seguito. C'erano i fratellini Moreno, Victorio, mio coetaneo e formidabile tiratore di pedate, e sua sorella Inés, di quattro anni più grande, che se ne stava tutto il tempo sull'altalena con l'aria annoiata. Poi c'era Guillermina, la più piccola e la più odiosa, si accaparrava tutti i giocattoli e quando tentavamo di levarglieli si metteva a strillare come fosse posseduta. A rotazione arrivavano Pablo, Marcelo, Isadora. Arrivava anche il cane Tom, un Labrador biondo e obeso, che avremmo voluto coinvolgere nei nostri giochi e che invece se ne stava tutto il tempo seduto davanti al barbecue in adorazione delle bistecche e delle salsicce. Mentre gli adulti armeggiavano intorno alla brace o chiacchieravano sulle sdraio, noi ci rincorrevamo sul prato o sguazzavamo in piscina.

Era l'epoca in cui credevo che il mondo fosse stato creato per girare intorno a me. Ero un bambino viziato, come la maggior parte dei figli unici, tirato su a fettine di manzo e uova sbattute.

Fu andando a scuola che cominciai a nutrire i primi dubbi circa la mia centralità nell'universo. I miei genitori mi avevano iscritto alla *Escuela Primaria* dell'ordine francescano Ancelle di Maria, a pochi isolati da casa. Tutto lì dentro parlava di ordine e benevolenza, le suore avevano pettorine candide e volti sorridenti, le aule erano grandi e ariose, i pavimenti tirati a lucido; sul retro c'era un grande giardino, fitto di aiuole profumate, dove facevamo ricreazione. Ciò nonostante il primo giorno di scuola fu durissimo da digerire. Quando ci dissero di metterci in fila per due tenendoci per mano e ci spinsero delicatamente verso l'interno dell'edificio, rivolsi uno sguardo allarmato alla mamma che mi salutava dal cancello e scoppiai in lacrime.

La scuola si articolava su due piani gemelli. Noi più piccoli eravamo destinati al piano terreno. Tutte le aule, i bagni e gli altri locali si affacciavano su un corridoio lungo, sempre in penombra. Circa a metà, tra la porta della cappella e quella dell'ufficio della direttrice, era collocato un quadro gigantesco raffigurante il Cristo benedicente con un cuore rosso fuoco che gli palpitava in mezzo al petto. Quando gli passavo davanti per andare al gabinetto, affrettavo il passo, intimorito e affascinato allo stesso tempo. Lui mi accompagnava con lo sguardo, io cominciavo a correre con la testa rivolta all'indietro per assicurarmi che non mi seguisse.

Oltre al Cristo benedicente c'era qualcun altro in quella scuola capace di suscitare in me sentimenti contrastanti, diffidenza e curiosità morbosa, e quella persona era Fermino.

Fermino era l'uomo tuttofare dell'istituto. Aggiustava le tubature rotte, cambiava le lampadine fulminate, puliva i vetri delle finestre. Soprattutto si occupava del giardino. Fermino era una pasta d'uomo. Indossava una salopette di jeans come il meccanico dove papà portava a riparare l'automobile, aveva la pelle cerea che si chiazzava di rosso al primo raggio di sole e i capelli corti tagliati a spazzola. Quando lo vedevo dalla finestra dell'aula intento ad annaffiare le rose o in cima a uno scaleo nell'ingresso principale, m'incantavo a guardarlo. Fermino aveva i capelli e le sopracciglia e ogni tipo di peluria bianchi come Babbo Natale. Era albino. Per noi bambini era la stravaganza che irrompeva nel quotidiano. *Fermino, nevica?*, gli gridavano i più sfacciati da lontano e lui si raddrizzava dai roseti e con le cesoie faceva un cenno di saluto.

Il mio caschetto biondo spiccava tra le teste scure dei miei compagni. A quell'età ero così chiaro che pareva mi avessero lavato i capelli con la candeggina. Grazie a questa caratteristica mi sono stati affibbiati nel tempo vari soprannomi, il Vichingo, Conan il barbaro e altri che non ricordo. Allora ero Canapino.

Un giorno, ero alla fine della seconda classe, stavo addentando il panino con la cioccolata che mia madre mi aveva messo in cartella, quando vidi venirmi incontro a gran velocità Manuel Rojas. Manuel era ripetente di un anno e mi sovrastava di tutta la testa. Lo temevamo tutti perché quell'anno in più gli conferiva di diritto una posizione di capobranco e lui ne approfittava. A lui dovevo il soprannome di Canapino con cui ormai mi chiamava tutta la scuola, ma soprattutto a lui dovevo lo scippo sistematico delle mie merende.

Quel giorno decisi che non gliel'avrei data vinta, un po' per salvaguardare la mia dignità di figlio di capitano di vascello, soprattutto perché lo spuntino era particolarmente succulento. Così, quando mi si parò davanti con l'aria trucida e mi disse *Dammelo,* io risposi *No*. Lì per lì restò bloccato per lo stupore, poi si avventò su di me, tempestandomi di calci e cercando di strapparmi il panino dalle mani. Resistevo stoicamente, ma la forza bruta stava prendendo il sopravvento; quando capii che ero sul punto di soccombere cominciai a urlare come un capretto sgozzato. Accorsero le suore e per il resto della ricreazione Manuel fu confinato in un angolo del giardino a bocca asciutta. Cercavo di ignorarlo, ma avvertivo egualmente su di me i suoi sguardi carichi d'odio. Al termine delle lezioni, mentre ci allineavamo in fila per due per uscire, trovò il modo di venirmi vicino, mi tirò uno spintone e sibilò: «Inutile che fai il grosso, tanto tu sei figlio di Fermino».

Mi voltai stupefatto: «Che dici?».

«Ma non ti sei visto? Sei giallo come una pannocchia, non puoi che essere figlio suo.»

Quando la mamma venne a prendermi mi trovò nel mezzo di una crisi di pianto.

«Che è successo?» chiese alla madre superiora che mi teneva per mano e cercava di consolarmi.

«Non lo sappiamo, tutt'a un tratto è scoppiato a piangere e non c'è stato verso di tirargli fuori una parola.»

«Amore, sei caduto? Ti fa male il pancino?»

Facevo cenno di no e continuavo a piangere.

Piansi per tutto il tragitto da scuola a casa, non c'erano parole di conforto che riuscissero a consolarmi. Tornati a casa, la mamma mi prese sulle ginocchia come se avessi avuto ancora due anni e iniziò ad accarezzarmi: «Ora mi dici cosa è successo».

Scuotevo la testa e mi coprivo gli occhi con le braccia.

«Jorge, tesoro, devi dire sempre tutto alla tua mamma.»

Alla fine capitolai. Tra i singhiozzi le dissi: «Dicono che non sono figlio tuo e di papà».

La vidi sbiancare.

«Dicono che sono figlio di Fermino.»

«Chi lo dice?»

«L'ha detto Manuel Rojas. Ha detto che ho i capelli proprio come lui.»

La mamma mi strinse a sé: «Non devi dare ascolto ai bambini cattivi. Lo dicono perché sono invidiosi».

Ma quando papà tornò a casa, gli raccontò immediatamente cosa era successo. Lui indossò l'alta uniforme e andò a parlare con la direttrice. Non ho mai saputo cosa sia stato detto durante quel colloquio, so che da quel giorno Manuel mi girò alla larga. Quando per caso ci incrociavamo, abbassava lo sguardo e si scostava, neanche fossi stato radioattivo.

Avevo vinto, ma le sue parole avevano lasciato il segno. Cominciai a nutrire dubbi che fino a quel momento non mi avevano nemmeno sfiorato, a porre domande.

«Mamma, perché ho i capelli chiari?»

«Che discorsi! Non ti piacciono i tuoi capelli? Sono del colore del sole.»

«Tu e papà li avete scuri.»

Si imbarazzava. «Tua nonna li aveva come te, hai preso da lei.»

I nonni paterni vivevano al nord, in una fattoria in mezzo alla pampa. Un paio di volte l'anno andavamo a trovarli, con mia grande gioia. La nonna mi portava nel pollaio, le galline ci svolazzavano tra i piedi, si gettavano contro la rete e ne misuravano il perimetro, chiocciando, con passo impettito. Ricambiavo le loro occhiate sospettose, cercando anch'io di guardare di lato.

La nonna si chinava su un mucchietto di paglia: «Ecco, ha fatto l'uovo». Praticava con uno spillo un foro nella parte superiore e me lo porgeva. «Bevi, che è bello fresco. Ti fa diventare grande.»

Il nonno invece mi portava nel recinto dei cavalli, accompagnava la mia mano lungo il loro collo possente: «Senti com'è liscio?». Tastavo il mantello serico, ammirato dalla potenza compressa che avvertivo sotto di esso. Qualcuno abbassava la testa, arricciava il labbro superiore e mostrava i denti, io ritiravo di scatto la mano.

«Non aver paura,» diceva lui «i cavalli sono animali sensibili e intelligenti, mai fargli capire che sei più debole di loro.»

Se la mamma non si trovava nei paraggi, mi issava in groppa al più docile.

«Jorge, com'è il mondo dall'alto? Quando sarai più grande t'insegnerò a cavalcare, farò di te un vero *gaucho*.»

La sera arrivavano gli zii e i cugini. Ci riunivamo nell'aia intorno a un tavolo apparecchiato sotto lunghi fili di lampadine accese. Qualcuno tirava fuori un *bandoneón*, parlavano, ridevano, cantavano. I denti bianchi risaltavano nell'oscurità, le iridi nere come carbone lampeggiavano nelle sclere, la brezza profumata di fieno accarezzava i capelli irrimediabilmente corvini. Avrei dato qualsiasi cosa per avere i loro colori.

«Mamma, perché ho gli occhi celesti? Tu e papà li avete neri e anche i nonni e gli zii.»

«Che ti prende, ora?»

«Mi avevi detto che assomiglio alla nonna, invece la nonna è scura come papà.»

Mia madre tergiversava.

«A chi assomiglio, allora?»

«All'altra nonna, alla mia mamma.»

Non l'avevo conosciuta.

«Lei era bionda come te e aveva gli occhi celesti.»

«Mi fai vedere una sua fotografia?»

«Ma che idee ti vengono? Perché vuoi vedere la foto di una nonna che non hai mai conosciuto?»

«Così, per vedere.»

«Ora non ricordo dove l'ho messa, è morta tanto tempo fa. Più tardi la cerco.»

Ma la foto non spuntava mai fuori, anzi, sospetto che fosse stata occultata, perché di punto in bianco dal comodino di mia madre sparì una cornice col ritratto di una bella signora. Dai capelli scurissimi.

«Dov'è la tua mamma?»

«È in cielo, amore, insieme alla sua sorella e al tuo nonno.»

«Perché sono andati in cielo?»

«Perché il Signore li ha voluti con sé, ma ti guardano, sai, si affacciano dalle nuvole e vegliano sul loro nipotino.»

Nei suoi racconti mia madre forniva un'immagine idealizzata della sua *vita di prima*, come la chiamava lei, prima cioè che sposasse il capitano di vascello e si trasferisse a Buenos Aires. Viveva a Bahía Blanca, suo padre dirigeva una piccola fabbrica di cappelli; c'erano poi sua madre e sua zia, identiche come due gocce d'acqua, *La zia non si è mai voluta sposare per non separarsi dalla sorella gemella*, e un fratello maggiore di quattordici anni, peccato di gioventù? Matrimonio riparatore? Presto trasferitosi a San Francisco e diventato un avvocato *mooolto* importante.

In pratica figlia unica, era cresciuta tra quelle due donne, modello duplicato di *casalinghitudine,* sfornatrici instancabili di torte e pasticci, lucidatrici accanite di pavimenti, ricamatrici di lenzuola, asciugamani e bavaglini da neonato per il suo corredo.

«Una donna deve saper crescere i figli» la ammoniva sua madre. «Che donna è una donna che non ha figli?» Poi si ricordava della sorella che, seduta accanto a lei, passava freneticamente l'ago sopra e sotto il lenzuolo e si metteva due dita sulle labbra.

Diventare una brava moglie e una brava madre, questo era l'obiettivo sovrano di una donna. Ancora oggi mi chiedo quanto quell'educazione abbia influito sulla mia sorte.

L'arrivo di mio padre fu il coronamento di un sogno. Certe volte mi mostrava le foto del matrimonio, lui in alta uniforme con lo spadino che gli pendeva dal fianco, *Il principe azzurro*! Lei in una nuvola bianca tutta pizzi e merletti.

Non so se il quadretto che dipingeva fosse davvero così idilliaco, di sicuro era convinta che vivere in un mondo perfetto e ricoperto di glassa fosse quasi un dovere. Il mondo del manuale di Economia domestica, che conservava religiosamente dai tempi della scuola, dove massaie con i capelli in piega e lindi grembiulini con le gale lavavano col sorriso sulle labbra i pannolini merdosi del neonato e ripulivano l'armadio dalle tarme a colpi di naftalina.

Fu per questo, forse, che l'intoppo a quel progetto di vita, il più penoso, cioè l'impossibilità a generare figli, venne vissuto non solo come un'ingiustizia, ma come uno stigma che l'emarginava dall'armonia del cosmo.

Naturalmente non faceva alcun cenno a quello che era accaduto dopo. Quello che era accaduto *dopo* lo seppi da mio padre quando tornammo dall'udienza del processo e fu chiaro che non avrebbe più potuto mentire né agli altri né a se stessa.

Nell'ottobre del 1986 mio padre scomparve per una settimana. La mamma aveva sempre gli occhi arrossati, spesso la sentivo confabulare al telefono a bassa voce.

«Mamma, dov'è papà?»

«In missione speciale, tesoro, in un posto lontano.»

«Torna?»

«Certo, torna presto.»

Infatti tornò. Stanco, l'aspetto stropicciato, ma sostanzialmente integro. Il mio papà era tornato, carico di gloria, dalla missione pericolosa.

Aprì la porta di casa e si piazzò sulla soglia con un'espressione indecifrabile. La mamma gli si precipitò incontro, restarono a lungo avvinghiati, mentre mi fiondavo in mezzo a loro e li cingevo entrambi per la vita.

«Eccolo il mio giovanotto!» esclamò mio padre sollevandomi da terra e tempestandomi di baci. «Hai fatto il bravo in mia assenza?»

Annuii compunto. «Papà, com'è stata la missione speciale?»

«Molto, ma molto speciale. Abbiamo dovuto affondare cinque velieri.»

«Velieri di pirati?»

«Naturale. Pirati con la benda su un occhio e una gamba di legno.»

«Quando porti anche me?»

«Quando avrai i baffi come ce li ho io.»

Avevo otto anni, come potevo sapere che mentre conducevo la mia esistenza spensierata era terminata una dittatura feroce, era stato eletto democraticamente un nuovo governo e si stavano processando i responsabili del passato regime? Prima i capi delle giunte militari che si erano succedute, dopo gli ufficiali di medio e basso livello e, fra questi, anche mio padre. Non lo potevo sapere. Ogni mia preoccupazione si concentrava sui baffi che non volevano spuntare, ritardando così la tanto agognata partecipazione alle *missioni speciali.* Tutte le mattine controllavo meticolosamente davanti allo specchio, tastando l'epidermide liscia tra il naso e la bocca nella speranza di avvertire qualcosa di irsuto e pungente.

Come manna dal cielo arrivò la legge *Obbedienza dovuta,* che scagionò i ranghi inferiori di Esercito, Marina e Aeronautica, responsabili solo di aver eseguito gli ordini e permise a tutti di dormire tra due cuscini.

La vita tornò quella di prima. Ricominciarono i barbecue in giardino, risuonarono di nuovo le risate, i calici tintinnarono nei brindisi. Tornarono Victorio, Pablo, Marcelo a giocare con me in piscina.

Un popolo senza memoria non è un vero popolo. L'ho capito solo quando insieme alla perdita della memoria collettiva si è persa anche quella della mia identità.

I miei genitori non parlavano mai di politica in mia presenza, ma la visione del mondo che intendevano trasmettermi è sempre stata ben chiara: i sacri valori, la patria, la Chiesa, l'ordine. *In una famiglia che si rispetti ci dev'essere un prete, un avvocato e un militare,* ripeteva sempre mia madre. Eccolo, il militare. Mio padre. In alta uniforme, giacca bianca, bottoni dorati, portamento eretto, sguardo fiero. Ai miei occhi bello e benefico come il sole. E poiché di avvocati c'era lo zio da parte materna, temevo che a me toccasse la parte del prete.

Era l'ottobre del 1990, frequentavo il penultimo anno della scuola primaria, un pomeriggio di primavera dall'aria mite, perfetto per andare a giocare a pallone con gli amici; ma il giorno dopo avevo il compito di matematica, l'ultimo dell'anno scolastico, e con la morte nel cuore decisi di restare a casa a studiare. Jorge dodicenne, la testa china sul libro, di tanto in tanto solleva lo sguardo alla finestra aperta, distratto dal frullio dei passeri che volano in formazione da un albero all'altro del giardino. Lo osservo da una distanza siderale ora che la catena della mia vita ha perso un anello.

Sentii mio padre rientrare, era in anticipo e molto allegro, come constatai dal tono della sua voce. Sentii che diceva alla mamma: «Tutti in libertà». Seguirono esclamazioni entusiastiche, gridolini, risate.

Mi precipitai giù per le scale. «Chi è in libertà?»

Mi arruffò i capelli: «Gente per bene Jorge, quando sarai più grande capirai. Persone che erano state condannate senza colpa e che hanno avuto finalmente giustizia».

Naturalmente non capii nulla di quel discorso, ma per la proprietà transitiva esultai insieme a lui.

«Festeggiamo» aggiunse «vi porto a cena fuori.»

Il giorno dopo a scuola due compagni di classe confabulavano tra loro. Sentii che quello più informato parlava del presidente Menem: «Li ha rimessi tutti in libertà, quei maiali».

Drizzai le antenne. «Chi è stato messo in libertà?» chiesi.

«Videla e i suoi compari. Tutti i capi militari della dittatura.»

Erano le persone per bene di cui aveva parlato mio padre?

«E perché sarebbero maiali?» replicai già pronto a fare a botte.

«Perché hanno sterminato i *Montoneros.*»

Nulla sapevo della dittatura passata né tantomeno dei *Montoneros.* Battei in ritirata, ma quella sera stessa chiesi a mio padre: «Chi sono i *Montoneros*?».

Lui cambiò espressione, come se avessi evocato il demonio in un convento di suore di clausura.

«Dove hai sentito quella parola?»

«Ne parlavano a scuola, dicevano che i militari hanno sterminato i *Montoneros.*» Omisi di riferire che erano anche stati definiti "maiali".

Mi accorsi che gli si era gonfiata una vena del collo, non l'avevo mai visto così alterato.

«Non dare mai credito a queste menzogne. Hai capito? I militari hanno ripristinato l'ordine in un Paese che era nel caos. Quanto ai *Montoneros*, erano comunisti, criminali, terroristi che mettevano le bombe e ammazzavano persone innocenti.»

Mia madre gli strinse un braccio. «Calmati, ora, cosa vuoi che sappia il bambino.»

«Ricordatelo sempre, Jorge, è solo grazie all'esercito che ora possiamo vivere in una società civile, che puoi stare in questa casa e indossare questi bei vestiti. I militari hanno fatto il loro dovere.»

Più volte da quando me ne sono andato da casa ho fatto ritorno nel mio vecchio quartiere. La nostalgia mi riportava sempre nello stesso posto, davanti alla villetta bianca e beige. Appoggiavo la schiena al platano dall'altra parte della strada e restavo a lungo a guardare. Il sole tramontava alle mie spalle e l'ombra risaliva lentamente lungo le colonnine del porticato fino al tetto. Allora all'interno si accendeva una luce in sala oppure al piano superiore. Rivedevo mia madre ai fornelli col grembiulino bianco sul vestito avvitato, mio padre in poltrona col giornale in mano, mi rivedevo bambino scendere a precipizio le scale attirato dall'odore del cibo. *Mamma, che hai preparato?*

Li ho amati senza riserve, per questo oggi li odio.

Quindici anni: la peluria sotto il naso finalmente è spuntata. Purtroppo è bionda come i capelli, morbida e inconsistente come pelo di gatto. Continuo a controllarne lo sviluppo, non più per accompagnare mio padre nelle missioni speciali, ma inseguendo fantasie di altro genere. Alcuni dei vecchi amici d'infanzia rispondono ancora all'appello della domenica, ma i vecchi giochi non ci interessano più.

Guillermina ha dodici anni, non è più quella scimmia esagitata e prepotente sempre a bocca spalancata, è diventata un'adolescente longilinea, non priva di una certa, ruvida grazia. Ha cosce lunghe e, sopra, un sedere piccolo e tornito che non teme legge di gravità. Io e Victorio la convinciamo a seguirci in cantina.

«Facci vedere le tette.»

Lei non si fa pregare, non chiede nemmeno una contropartita, le basta essere al centro dell'attenzione. Tira su la canottiera ed esibisce il ventre piatto e il torace da cui spuntano due limoncini acerbi.

Ci facciamo più audaci: «Facci vedere la patata».

«Scordatevelo.»

«Dài, che ti costa?»

«Non sta bene far vedere la patata.»

«Ti diamo cinquanta pesos.»

«Cento.»

Ci frughiamo nelle tasche, le consegniamo il denaro, perché Guillermina sulla fiducia non fa nulla. Si abbassa i calzoncini e le mutande fino alle ginocchia e se ne sta immobile a riscuotere la nostra incondizionata ammirazione. Resto in estasi ad ammirare il frutto proibito del peccato, anche se si tratta di un surrogato implume. Colto da febbrile eccitazione allungo la mano nella speranza di una conoscenza più approfondita, ma lei è lesta a ricacciarmi indietro con un colpo secco.

«Per toccare ce ne vogliono duecento.»

Ormai edotto sulle tariffe, rinunciavo ad acquistare la merenda alla rosticceria di fronte a scuola pur di raggranellare la cifra necessaria. Ma un brutto giorno Guillermina si sottrasse tassativamente alle nostre richieste.

«In cantina con voi due non ci vengo più.»

«Perché?»

«Perché no. Se volete vedere la patata guardate quella delle vostre mamme.»

Ripiegavamo andando al parco vicino casa. Victorio aveva sempre una scorta di cicche col filtro imbrattato di rossetto lasciate a mezzo nel posacenere da sua madre: un concentrato puzzolente di catrame. Ci infrattavamo tra i cespugli e fumavamo.

Trascorsero così altri cinque anni. I capelli di papà diventarono grigi, quelli della mamma biondo platino, simili ai miei, finalmente. Quanto a me, superavo di mezza testa mio padre, frequentavo l'Università, Ingegneria meccanica, e riscuotevo un certo successo con le ragazze. Gli occhi azzurri e i capelli chiari, mio tormento d'infanzia, erano diventati motivo di orgoglio. Mi sentivo figo, inutile negarlo. Avevo un conto in banca sul quale i miei genitori versavano mensilmente una cifra sufficiente ad assicurarmi una certa autonomia economica. Frequentavo giovani di buona famiglia, come me, come me impegnati soprattutto a divertirsi e con l'unico dovere di terminare gli studi e fare carriera.

Oggi mi chiedo: dove vivevo? Come cazzo vivevo? Sono passati poco più di due anni da allora, ma fra quel giovane fatuo e vanitoso e quello che sono adesso non c'è storia.

Il Paese ancora faceva i conti con lo spettro di un passato non risolto, le ferite erano tutte aperte e gridavano vendetta, ma per me esisteva soltanto il mio radioso presente, i buoni voti sul libretto universitario, le feste, le ragazze compiacenti, le camicie lavate e stirate dalla mamma. La politica non mi interessava, giravo la testa annoiato se qualcuno parlava di aguzzini a piede libero, di giustizia negata.

Possibile che in tutto quel tempo non mi abbia nemmeno sfiorato il sospetto che mio padre, ufficiale di Marina, potesse essere coinvolto nei misfatti dello sciagurato trascorso regime? Occorreva che mi sbattessero in faccia la verità per svegliarmi. È stato un risveglio brusco, un cazzotto nello stomaco. Da quel momento, da quando entrai in camera mia come una furia, gettando alla rinfusa nelle valigie i vestiti, i libri, tutto ciò che mi apparteneva, mentre mia madre mi seguiva passo passo piangendo e implorandomi, da quel momento Jorge Cabrera non è più esistito. Al suo posto, un fantasma senza passato e senza nome.

Tornavo da lezione, zaino in spalla, giubbotto sul braccio, fiutando come un segugio la brezza tiepida che arricciava le foglie dei platani. Alla mia età l'arrivo della primavera non passa inosservato, attraversa le fibre come un fremito languido e vitale. Così era, almeno per me, fino a due anni fa. Fu per questo che il vento afoso che spazzava i tunnel della metropolitana mi parve irrespirabile e decisi di scendere due fermate prima e godermi a piedi l'effervescenza dell'aria. Dunque arrivai a casa con un po' di ritardo, all'ora in cui gli abitanti del quartiere erano già tutti a tavola e le strade semideserte.

Era il 2 ottobre 1998.

Dalla cassetta della posta sporgevano due buste, le presi e vidi che non erano per me.

«Mamma, c'è posta» gridai dall'ingresso.

Lei si affacciò alla porta di cucina: «Per chi?».

«Per te e per papà» risposi sventolando le lettere.

Partì tutto da lì.

Lasciai la posta sul tavolino del vestibolo e ce ne dimenticammo fin quando, a pranzo terminato, mio padre recuperò le buste, le aprì e impallidì.

Quattro mesi più tardi eravamo tutti e tre in un'aula di tribunale, io mescolato al pubblico, loro al banco degli imputati. Accusa: appropriazione indebita di persona e sostituzione di identità, l'unico reato che non era soggetto a indulto e non poteva cadere in prescrizione.

La sala rigurgitava di donne anziane. Scoprii nel corso del processo che erano le Madri e le Nonne di plaza de Mayo. Arrivarono alla spicciolata, scricchiolando nelle ossa come una vecchia quercia che sta per abbattersi al suolo. Ora so che sarebbero venute anche dentro una cassa da morto. Portavano tutte un fazzoletto bianco sul capo.

Sapevo della loro esistenza, ma non mi ero mai mischiato alla folla di simpatizzanti e turisti che ogni giovedì andavano a vederle sfilare. Semplicemente, le avevo archiviate tra le manifestazioni folcloristiche della città.

Quello che avvenne nel corso del processo fluttua nella memoria come materia liquida, ancora oggi faccio fatica a fermarne e ordinarne le fasi; udienza dopo udienza, passai dall'incredulità allo stupore, dallo stupore all'indignazione.

Una delle prime testimonianze fu quella di una signora intorno ai quarant'anni. Magrissima, comportamento nevrotico, mentre parlava si mangiava le unghie. Raccontò di essere rimasta per quasi un anno nel centro clandestino di detenzione che si trovava presso l'Escuela Superior de Mecánica de la Armada, cioè ESMA, cioè il luogo in cui fino a quindici anni prima aveva lavorato mio padre. Fece un resoconto agghiacciante di ciò che accadeva là dentro, parlò di ragazze incinte che venivano fatte partorire e poi uccise.

«Lei ha prove concrete di quanto afferma?» le chiese l'avvocato della difesa.

La teste azzannò l'unghia del pollice. «L'ho visto con i miei occhi» rispose, risentita. «Marcela Sartori occupava la cella accanto alla mia, ebbe un parto difficile. Quando arrivò il momento non c'erano ostetriche né ginecologi; neanche una vacca si fa partorire in questo modo. Fui io a dare una mano, rimasi con lei per ore mentre gridava dal dolore. Alla fine dette alla luce un bambino, mi disse di volerlo chiamare Ernesto, come il Che.»

«È sicura che il bambino non sia morto visto le difficoltà del parto e le condizioni in cui era avvenuta la gravidanza?»

«Sicurissima. Il neonato per i primi dieci giorni fu lasciato alla madre, che lo allattò regolarmente. L'ho visto più volte, era un bambino sano. Un giorno incontrai Marcela mentre andavamo al gabinetto, era disperata, piangeva come una fontana. Mi disse che le avevano portato via suo figlio, sostenevano che l'avrebbero portato ai nonni, ma lei non ci credeva. Da quel giorno non la vidi più, finì in un volo della morte.»

«Lei sa cosa è stato del neonato?»

«Quando uscii cercai subito i genitori di Marcela. Il bambino non era con loro, ignoravano anche che la figlia avesse partorito.»

Ascoltavo, oscillando tra lo sbigottimento e l'orrore. Eppure ero ancora convinto che quella manifestazione di barbarie non riguardasse in alcun modo né me né la mia famiglia.

Dopo fu chiamata a testimoniare una signora elegante; da quanto capii si trattava di un personaggio noto, la presidentessa delle *Abuelas* di plaza de Mayo.

«Signora Carlotto, può spiegare alla Corte quali sono i fini della vostra associazione?» chiese uno dei giudici, sporgendosi dalla cattedra per vederla meglio.

«Il nostro compito principale è stato ed è tuttora quello di identificare i bambini sottratti illegalmente alle detenute dei centri clandestini e ricongiungerli con le loro famiglie naturali.»

Spiegò a lungo e con chiarezza in cosa consisteva la loro attività, un lavoro certosino e instancabile di investigazione e ricerca.

«Sappiamo con certezza che dal 1976 al 1983 sono stati sottratti almeno trecento bambini» aggiunse «ma secondo le nostre stime sono molti di più.»

«Da dove provengono le vostre informazioni?»

«Documenti tenuti segreti e arrivati nelle nostre mani da archivi militari e religiosi. Discrepanze, atti di battesimo che non si conciliano con i certificati di nascita. Poi ci sono le liste d'attesa di famiglie vicine al regime che in quegli anni fecero richiesta di adozione.»

«Dove avvenivano le nascite?» s'informò il Pubblico Ministero.

«Un po' in tutti i centri di detenzione, ma principalmente all'ESMA, era lì che in genere le donne venivano portate a partorire.»

Feci un salto sulla sedia. Cercai con gli occhi mio padre, ma lui teneva lo sguardo dritto davanti a sé.

«Lei è in possesso di documenti che riguardano gli imputati?»

La teste mostrò la fotocopia di un documento: «La lista delle coppie richiedenti adozione».

«In questa lista compaiono anche i nomi dei coniugi Cabrera?»

La donna inforcò gli occhiali e scorse il foglio. «Sì, sono al diciannovesimo posto.» Poi lo porse all'avvocato che a sua volta lo dette in visione ai giudici.

Uno di loro si rivolse di nuovo direttamente a lei: «Signora, sono passati venti anni da quei fatti. Ormai quei bambini sono adulti, sono cresciuti presso le famiglie che li hanno adottati e che a tutti gli effetti ritengono i loro veri genitori, mentre voi per loro siete delle estranee. Non pensa che la verità possa essere per loro motivo di grande turbamento?»

La Carlotto si drizzò sulla schiena, assunse un'espressione determinata.

«È un problema che ci siamo poste più volte, alla fine abbiamo ritenuto che più importante di tutto siano la verità e la giustizia.»

La giustizia, si sa, non è di questo mondo, quanto alla verità ritengo che probabilmente nel mio caso non verrà mai a galla. Non fosse stato per la smania di quelle donne di spulciare tra il pelo degli altri, sarei serenamente invecchiato nella menzogna, convinto di avere avuto i genitori migliori del mondo. Loro sarebbero morti e io li avrei ricordati con la dolce mestizia che si riserva a chi ha lasciato un'eredità di affetti. Ecco fatto, tutto si sarebbe ricomposto nell'ignoranza delle cose.

L'avvocato della Difesa s'impadronì dell'elenco, lo riportò alla teste.

«Potrebbe dire alla Corte a quando risale la richiesta di adozione da parte dei coniugi Cabrera?»

Lei scorse la fotocopia. «4 aprile 1976.»

«Dunque, dalla richiesta di adozione alla comparsa del neonato in casa degli imputati, che risale al settembre 1978, erano intercorsi più di due anni. Io le chiedo: non è plausibile che in questo lasso di tempo la signora sia rimasta incinta e abbia partorito un figlio naturale, facendo così decadere la domanda di affidamento?»

La teste lo guardò scettica. «Tutto è possibile.»

Tornammo a casa con la Fiat Tempra Station Wagon grigio metallizzato. Io alla guida, i miei genitori in silenzio sul sedile posteriore. L'unico rumore nell'abitacolo era quello che faceva la mamma tirando su col naso. Era di un pallore mortale. Appena arrivati lei tirò fuori il pasticcio di carne dal frigorifero e cominciò ad apparecchiare la tavola, lui si sedette, immobile ed enigmatico come un menhir. Io invece mi scatenai contro l'associazione delle *Abuelas* di plaza de Mayo, quelle vecchie rompicoglioni, dissi proprio così, che sfogavano le loro paranoie sulla gente per bene; manifestai la mia indignazione nei confronti della giustizia, che perseguitava con accuse infamanti onesti cittadini, me la presi con quelle mitomani di ex detenute che cercavano pubblicità o denaro raccontando menzogne.

La mamma riprese il vivo e sostenne immediatamente la mia posizione: «Sono tutte bugie, Jorge, te lo giuro, tu sei figlio nostro. E menomale che l'hai capito!».

Mio padre continuava a tacere.

Nell'udienza successiva fu chiamata a testimoniare una donna sulla sessantina. Non so più il nome, ma ricordo che aveva le unghie delle mani lunghe come artigli e i capelli di un colore rosso fuoco che non esiste in natura. Non apparteneva ad alcuna associazione, non aveva avuto nulla a che fare col passato regime. Non capivo che ci facesse lì.

Lo capii quando il procuratore le chiese se conoscesse i coniugi Cabrera.

«Certamente» affermò con piglio sicuro.

Possibile? Non l'avevo mai vista prima di allora.

«Ci siamo persi di vista da molto tempo, ma li conosco bene» aggiunse.

«Com'è avvenuta la vostra conoscenza?»

«Siamo stati vicini di casa dal 1975 al 1979. Io abitavo al numero 122, loro al 124. Poi ho traslocato e non ci siamo più visti.»

«Fra voi c'era un rapporto di amicizia?»

«Oddio, proprio di amicizia non direi, ma ci vedevamo spesso, specialmente con la signora.» Lanciò un'occhiata all'indirizzo di mia madre. «I nostri giardini erano confinanti, capitava di scambiare due parole.»

«Le ha mai confidato di desiderare un bambino?»

«Sì, molte volte. Amanda amava i bambini, se ne vedeva passare uno davanti casa lo guardava con desiderio.»

«Le ha mai confidato di non poterne avere?»

La donna roteò gli occhi. «Sono argomenti delicati! No, non me l'ha mai detto, né io gliel'ho chiesto, ma se lo desiderava tanto e non ci fossero stati problemi l'avrebbe fatto, non le pare?»

«Ma alla fine un bambino è arrivato. Non è così?»

«Eccome, e un bel bambino! Roseo, grassottello, proprio una bella creatura!»

«Ricorda, più o meno, quando l'ha visto per la prima volta?»

«Era la metà di luglio del '78.»

«Come fa a esserne così sicura?»

«È stato quando mio marito ha avuto l'incidente con la macchina. Un delinquente che è passato col rosso: frattura dell'anca. Due interventi, avvocato, uno più complicato dell'altro e non s'è visto uno straccio di indennizzo. Poi l'hanno rimandato a casa ma non si poteva muovere. Una belva, mi creda. Io non sapevo più a che santo...»

«La prego di rispondere alla domanda.»

«Come le dicevo, si tratta di un periodo che non posso dimenticare. Lui in casa, a lamentarsi e a imprecare, e io con lui a fargli da infermiera. In pratica, uscivo solo mezz'ora per fare la spesa. Un pomeriggio, sarà stato il 14 o forse il 15, lo so perché era uscito dall'ospedale da allora, sentii il rumore di un'automobile. Scostai le tendine. Che altro potevo fare per trovare un po' di distrazione? La macchina dei signori Cabrera era ferma davanti casa, lui scese e corse ad aprire lo sportello del passeggero e ne uscì sua moglie con un neonato in braccio.»

«Signora, dall'atto di nascita risulta che Jorge Cabrera è nato il 2 settembre 1978. Com'è possibile che lei l'abbia visto a luglio?»

«Com'è possibile non lo so, ma sono sicurissima che era metà luglio. Mio marito...»

«Va bene, va bene.»

«Non mi sbaglio, non sono mica rimbecillita! E le dirò di più: quel bambino non era appena nato, aveva almeno un mese.»

«E lei l'ha visto anche in seguito?»

«Ma certo! Ho visto tante volte Amanda spingere la carrozzina.

Le brillavano gli occhi! Quando era bel tempo lo portava in giardino, lo prendeva in braccio e lo sollevava sopra la siepe per farmelo vedere. Proprio una bella creatura!»

«Nei mesi che precedettero l'arrivo del bambino lei ebbe modo di frequentare la signora Cabrera?»

«Sì, l'ho già detto. La vedevo quasi tutti i giorni.»

«E notò se la signora fosse in attesa?»

«Intende dire se era incinta?» Scosse la testa. «No, non è mai stata incinta.»

«Ne è proprio sicura?»

La teste guardò il Pubblico Ministero con un sorriso di condiscendenza: «Signor giudice, che domande mi fa? Una gravidanza non si può nascondere. La signora aveva un bel fisico, indossava abiti molto attillati. Proprio non c'era verso che stesse aspettando un figlio».

Dopo di lei fu chiamato a testimoniare il professor Demóstenes Soto. Si fece avanti, appoggiandosi a un bastone, un bel vecchio con una massa di capelli candidi e l'aspetto da patriarca. Una senilità portata bene, si sarebbe detto, non fosse stato per il tremito che lo scuoteva dalla testa ai piedi come una gelatina. Affermò di aver svolto servizio presso l'Hospital Británico dal 1968 fino al 1989 in qualità di primario del reparto di Ginecologia e Ostetricia.

«Fra le sue pazienti risultava anche la signora Amanda Peralta in Cabrera?» gli chiese il Pubblico Ministero.

«Sì, lo ricordo bene perché ho seguito la paziente per tre anni, dal '75 al '78 e perché avevo preso molto a cuore il suo caso.»

«È passato molto tempo, lei ricorda con tanta precisione tutte le sue pazienti?»

«Quasi tutte. Ad ogni modo, ricevevo la signora nel mio ambulatorio privato. Conservo ancora tutte le schede, prima di venire qui ho consultato per scrupolo quella che la riguardava.»

«Ci può spiegare per quale ragione la signora necessitava delle sue cure?»

«Soffriva di un'alterazione morfologica della cervice uterina.»

«E questa alterazione provoca sterilità?»

«Non sempre, ma nel suo caso sì.»

«Quindi lei afferma con sicurezza che la signora non era in grado di concepire.»

Il medico pose una mano sul pomo del bastone che cominciò a vibrare come un frullatore. «In Medicina non esistono certezze. Oggi, con le tecniche a disposizione, chissà... All'epoca però tentammo di tutto senza alcun risultato. Alla fine formulai una diagnosi di infertilità permanente e dissi alla signora di mettersi l'animo in pace.»

Sentii un singhiozzo provenire dalla parte in cui era seduta mia madre.

Interrogativi sopiti riaffiorarono dai fondali del passato: *Mamma, perché sono biondo e tu e papà siete bruni?* E dal passato rispuntava, moltiplicata per mille, la faccia malevola di Manuel Rojas che mi diceva: *Tu sei figlio di Fermino.* Ecco, mi pareva che tutte quelle donne col fazzoletto bianco sedute in aula e il professore con il tremito e i giudici e gli avvocati mi fissassero intensamente ripetendo: *Tu sei figlio di Fermino.*

La deposizione di mia madre rappresenta una di quelle esperienze che un figlio non vorrebbe mai vivere. Esiste qualcosa di più doloroso del vedere rimpicciolirsi, tutto a un tratto, l'immagine consolidata nel tempo di un genitore? Mi piange il cuore riconoscerlo, ma mia madre in quell'occasione assunse atteggiamenti così melodrammatici da sfiorare il ridicolo.

Sostenne, contro ogni evidenza, che non ero stato adottato, che mi aveva tenuto in grembo per nove mesi e mi aveva partorito, che lei e suo marito, non si capiva perché, erano vittime di una congiura. Negò la diagnosi di sterilità, *Il professor Soto si è sbagliato, non ricorda bene*, contestò le affermazioni della ex vicina di casa, *Chi è? Non la conosco. È una bugiarda prezzolata*. Forse ci credeva davvero, forse per lei la narrazione era più forte della verità.

Alla domanda di dove avesse partorito si confuse, prima disse in una clinica privata, ma non ne ricordava il nome, poi si corresse, affermò che aveva partorito in casa ma che il medico e l'ostetrica che l'avevano assistita erano morti. Alla proposta di sottoporsi alla verifica del DNA si mise a strillare come un'arpia: «Jorge è mio figlio. Mio figlio! Non c'è bisogno del DNA».

Dette in escandescenze, sotto gli occhi esterrefatti dei presenti cominciò a inveire contro tutto e tutti, gridando e piangendo, in preda a un vero e proprio attacco isterico.

L'udienza fu interrotta e lei accompagnata fuori dall'aula.

Restò muta per tutto il tragitto di ritorno, una dea dell'Olimpo con chiazze rosse sul viso e gli occhi fuori dalle orbite spodestata dal Pantheon. Appena arrivati, si fiondò in camera sua e chiuse la porta.

Io e mio padre ci sedemmo al tavolo di cucina.

«Perché non me l'avete detto?» gli chiesi.

«Ci era sembrato più giusto così.» Teneva la testa bassa e con le mani si aggrappava al bordo del tavolo.

«Giusto per voi, a me non avete pensato?» Ero furioso. «Che effetto pensi mi abbia fatto venirlo a sapere in questo modo?»

«Tua madre...»

«Mia madre!»

«Non immagini quanto bene ti voglia tua madre,» continuò a voce bassa e senza alzare lo sguardo «quanto ti abbia desiderato. Voleva tanti bambini, li voleva subito.»

Mi raccontò della tenacia, che negli anni sfiorava l'ossessione, nel perseguire quell'obiettivo, della delusione, dei pianti ogni mese all'arrivo del mestruo. Poi erano iniziati i pellegrinaggi agli ambulatori medici, alle cliniche specializzate.

«Alla fine approdammo dal professor Soto, all'epoca era considerato la massima autorità in materia. Amanda si sottopose a ogni tipo di esame, anche a quelli più invasivi, a ogni genere di cura, non voleva mollare, neanche quando il dottore le consigliò di rinunciare.»

Si morse l'interno della guancia. «Un giorno eravamo in sala d'aspetto, lei ormai aveva trentotto anni, quando dallo studio del pediatra che riceveva accanto al professore uscì una signora con una bambina per mano. Pareva molto piccola perché era bassa di statura e aveva un'andatura incerta. Era carina, ma c'era qualcosa di strano in lei, forse gli occhi, forse il viso eccessivamente tondo. Dopo che se ne furono andate Amanda si avvicinò all'infermiera con cui era entrata in una certa confidenza: "Che ha quella bambina?" le chiese. "Sindrome di Down" sussurrò l'altra. Poi scosse la testa. "A due anni ancora non camminava, povera creatura! Mi chiedo che farà quando i genitori non ci saranno più." "Non si può fare qualcosa?" "È figlia dell'ambasciatore italiano, se si potesse fare qualcosa secondo lei non lo farebbero? I mezzi certo non gli mancano. È quello che capita quando si vogliono i figli a tutti i costi, specialmente quando non si è più giovani" aggiunse. Si rese subito conto della gaffe e cercò di rimediare: "Naturalmente si tratta di eccezioni, ci mancherebbe fosse così per tutti!", ma tua madre accusò il colpo. In macchina non aprì bocca, guardava fisso davanti a sé e mi accorsi che stava piangendo. Così le proposi: "Perché non ne adottiamo uno di bambini? In fondo che differenza fa?".

«Quella prospettiva le ridette speranza. Facemmo domanda ma

i tempi di attesa erano lunghi. Passarono quasi due anni senza che succedesse nulla e lei era sempre più scoraggiata. "È destino che non abbia figli" mi diceva tra le lacrime. "Perché? Cosa ho fatto di male?" Entrò in depressione, non la riconoscevo più, sempre triste, sempre assorta nei suoi pensieri...

«Una sera, erano gli inizi del '78, ricordo, tornai a casa e lei non c'era. Mi preoccupai, andai a cercarla ovunque e alla fine la trovai ai giardini, in vestaglia e pantofole, seduta su una panchina a fissare la giostra. La giostra era chiusa e i bambini se n'erano andati, ma lei restava lì, immobile come una statua. Mi sedetti accanto, le presi una mano. "Che razza di ufficiale sei se non riesci nemmeno a procurarmi un bambino?" Così mi disse e io mi sentii morire.» A quel punto alzò gli occhi su di me e sorrise: «Poi, per fortuna, sei arrivato tu».

Andai alla porta della camera di mia madre e accostai l'orecchio. Avrei voluto entrare e abbracciarla, ma sentii che si era addormentata e tornai indietro. Così mi ritirai nella mia stanza, cercando di elaborare la nuova verità. Non sapevo che il peggio doveva ancora venire.

Il giorno successivo fu la volta di mio padre. A differenza della mamma non negò di avermi adottato. Nella prima deposizione confermò di aver posto regolare domanda di affidamento.

«Ci chiamarono dall'orfanotrofio delle Piccole Suore Missionarie della Carità, dicendoci che c'era un bambino per noi. Andammo subito a prenderlo.»

«Sapevate chi erano i genitori naturali?» chiese l'accusa.

«Assolutamente no. Il bambino era stato abbandonato, risultava figlio di ignoti.»

«E la documentazione vi fu fornita in orfanotrofio?»

«Non c'era documentazione, provvedemmo noi all'atto di nascita. Scegliemmo la data che ci pareva più plausibile.»

«Secondo il certificato il bambino è nato a settembre, mentre da testimonianza risulta che stesse con voi da luglio.»

«Non so che dire. Si sarà trattato di un errore di registrazione.»

L'avvocato lo guardò scettico, mio padre non mosse ciglio.

«Al bambino fu detto che non era vostro figlio naturale?»

«Vista la tenera età mia moglie e io ritenemmo più giusto non metterlo al corrente. Abbiamo cercato in ogni modo di evitargli traumi.»

Inutile dire che facevo un tifo sfegatato per lui. Naturali o meno, quelli erano i miei genitori e avevano fatto il possibile per proteggermi. Ma poi fu chiamato a testimoniare tale Abel García, militare di leva di stanza presso l'ESMA dalla fine del 1977 al 1979. Aveva un faccione tondo e rosso e mani grandi da contadino.

«Lei si occupava della sorveglianza dei detenuti?» gli chiese il procuratore.

«Nossignore, io ero addetto alle pulizie e al servizio mensa.»

«Era a conoscenza che la palazzina nella quale prestava servizio era adibita anche a carcere?»

«Sì, mi è capitato più volte di vedere i detenuti scendere o salire per le scale, c'era un continuo avvicendamento. Io però stavo al primo e al secondo piano dove c'erano le stanze e le sale comuni degli ufficiali.»

«Le capitava mai di scendere nei sotterranei?»

«Sì, per portare i sacchi dell'immondizia e per pulire le latrine degli agenti di custodia.»

«Quindi si era fatto un'idea di cosa succedesse là dentro. Non è così?»

L'uomo abbassò la testa.

«Non è così?»

«Quando...» si schiarì la voce «quando scendevo sentivo grida strazianti provenire da alcune porte chiuse.»

«Sa perché?»

«Credo... credo si trattasse di camere di tortura.»

«Le capitava spesso di sentire queste grida?»

«Ogni volta che scendevo.»

«Adesso, per favore, guardi quel signore là in fondo. Lo riconosce?»

Il teste lanciò un'occhiata sfuggente a mio padre e annuì.

«Dove l'ha visto?»

«Nei locali della palazzina dove prestavo servizio.»

«Era uno degli ufficiali che si occupavano dei detenuti?»

«Non credo, penso lavorasse nella palazzina adiacente, dove c'erano gli uffici amministrativi. Però veniva di frequente da noi.»

«Ricorda qualche episodio in particolare?»

«Una volta, nel sotterraneo. Mentre pulivo le latrine lo vidi parlare col generale Camps. Erano proprio davanti alla porta dei servizi, così potei sentire quello che si dicevano.»

«Può riferire alla Corte?»

«Sentii che il generale diceva: "Non ti preoccupare, nel giro di qualche mese arriverà. Abbiamo diverse detenute che stanno per sgravare, il primo che nasce è tuo". Non ricordo se disse proprio così, ma il senso era questo.»

«E l'imputato cosa rispose?»

«Rispose: "E se poi la mamma naturale lo vuole indietro?". Il generale si mise a ridere. Disse: "Non mi dirai che credi ai fantasmi! Dopo il parto le eliminiamo".»

«E davanti a questa affermazione il signor Cabrera, l'imputato, manifestò disappunto?»

«No. Anzi, strinse vigorosamente la mano a Camps e rispose: "Allora ci conto".»

«Si ricorda quando è avvenuto questo colloquio?»

«Sarà stato... sarà stato fine maggio del 1978.»

Il Pubblico Ministero congedò l'uomo e chiamò al banco dei testimoni l'ammiraglio Isaac Gutierrez. Un mormorio si sollevò dal pubblico, dalle ultime file sentii gridare: «Assassino!».

Mi voltai verso una vecchia col fazzoletto bianco seduta accanto a me.

«Sei troppo giovane per saperlo, ma quello là è un porco torturatore» mi sussurrò. «In galera dovrebbe stare, insieme a tanti altri, e invece eccolo lì, a piede libero.»

L'aula era in fermento, si alzavano grida da ogni parte: «Vergogna!», «In galera!». Il teste pareva non sentirle, sedeva con un sorriso sprezzante sulle labbra.

«Signor Gutierrez, lei ha prestato servizio come contrammiraglio della Marina Militare argentina nel periodo che va dal 1976 al 1983. Esatto?»

«Esatto.»

«Mi risulta che conoscesse il generale Ramón Camps, allora capo della polizia di Buenos Aires.»

«Eravamo buoni amici. Purtroppo ci ha lasciato qualche anno fa.»

Nuovo mormorio.

«La prego di attenersi alle domande. Lei, se non sbaglio, è stato accusato di...» Il Pubblico Ministero finse di consultare il fascicolo che aveva in mano «rapimento, tortura, riduzione in schiavitù.»

«Nel 1985. Sono stato assolto da tutte le accuse.»

«È stata dimostrata l'esistenza di un progetto predeterminato nominato *Plan sistemático de apropiación de niños*, mirante a sottrarre i bambini alle madri in stato di detenzione per affidarli a famiglie vicine al regime. Lei ne era a conoscenza?»

«Naturalmente.»

«Può spiegarci la ragione di questo piano?»

«Le rispondo con le parole del generale Camps: *I sovversivi educano i loro figli a idee sovversive.* Era giusto sottrarre quei minori ai genitori naturali per affidarli a famiglie che li avrebbero educati secondo i valori occidentali e cristiani.»

Un boato si sollevò dall'aula, il giudice dovette sudare sette camicie per ripristinare l'ordine.

«Dunque, signor Gutierrez, lei conferma che la sottrazione di minori era pratica diffusa in quel periodo.»

«Lo confermo.»

«Lei conosce l'imputato?»

«Vagamente. Ci siamo incontrati qualche volta negli edifici dell'ESMA.»

«Era al corrente che avesse fatto richiesta di adozione di uno di quei bambini?»

«No.»

«Eppure il suo nome compare in una lista di richiedenti e un testimone afferma di averlo sentito fare esplicita richiesta al generale Camps.»

«Non sono venuto al corrente della cosa.»

«Ma lo trova plausibile?»

L'ammiraglio non lasciò alla difesa il tempo di obiettare. «Più che plausibile» rispose.

Il Pubblico Ministero lasciò che l'affermazione sedimentasse nella coscienza di ciascuno. «Vorrei sentire di nuovo il capitano Raimundo Cabrera» disse poi.

Odiavo quell'uomo, quella sua ostinazione nel tormentare mio padre. Aveva già ammesso di avermi preso in un orfanotrofio e io gli credevo. Era una colpa sottrarre un neonato a un destino di privazioni per assicurargli un futuro migliore?

Lo vidi attraversare l'aula, la schiena incurvata, il passo stanco, pareva invecchiato di colpo di dieci anni. Non più capitano di vascello, pensai con amarezza, capitano di pattino, al massimo. Fui travolto da un'ondata di sdegno. Chi autorizzava quella gente a piombare nelle nostre vite per portarci scompiglio?

«Capitano Cabrera,» chiese l'avvocato «lei conosce il signor Abel García?»

«Non mi sembra. Di sicuro non ho mai avuto con lui contatti diretti.»

«Ha ascoltato la sua testimonianza?»

Mio padre fece un cenno affermativo.

«Il signor García sostiene di aver ascoltato una sua conversazione con il generale Ramon Camps nei sotterranei dell'ESMA a proposito dell'affidamento di un minore. Conferma?»

Tenevo i pugni serrati, le unghie conficcate nel palmo.

«Non ricordo questa conversazione.»

«Conferma di essere al corrente che in quei locali i detenuti venivano sistematicamente sottoposti a tortura? Le ricordo che è sotto giuramento.»

«Io non ho mai torturato nessuno.»

«Le ripeto la domanda: era al corrente che in quei locali i detenuti venivano sistematicamente sottoposti a tortura?»

Mio padre non rispose.

«Signor Cabrera, le ho fatto una domanda.»

«Sì, ne ero a conoscenza. Si trattava di terroristi, sovversivi, un cancro che andava estirpato per la salvezza del Paese.»

«Anche le donne, anche i bambini? Conferma di essere stato al corrente che il bambino che avrebbe ricevuto sarebbe stato sottratto a una giovane detenuta e che quella donna dopo il parto sarebbe stata uccisa?»

Silenzio.

«Quel bambino aveva una madre, un nome, una famiglia legittima, quel bambino aveva un'identità che gli è stata alterata. Questo, se non lo sapesse, si chiama sottrazione di minore.»

Se mio padre avesse negato, sarei stato ancora disposto a credergli. Invece il capitano di vascello teneva gli occhi bassi e non proferì parola.

Mi alzai, in preda a forti conati di vomito, e lasciai l'aula.

Il processo si concluse con la condanna per mio padre a due anni di reclusione, per mia madre a sei mesi con la condizionale. Quanto a me, dopo aver vagato come un sonnambulo per le strade di Buenos Aires, tornai a casa e feci le valigie. Mia madre mi tallonava singhiozzando.

«Per amor del cielo, Jorge, cosa vuoi fare?»

Aprivo l'armadio e lei si metteva in mezzo, toglievo le camicie dai cassetti e lei cercava di rimettercele: «Non fare così, parliamo. Oddio, Jorge, dove vuoi andare? Questa è la tua casa, siamo i tuoi genitori».

Non rispondevo, la allontanavo e continuavo il mio lavoro.

«Jorge, dimmi che non te ne vai davvero!»

In mezz'ora riempii due valigie e uno zaino e mi diressi verso l'uscita con lei che mi si aggrappava addosso nel tentativo di fermarmi. Non riuscivo a pensare, sapevo solo che non sarei potuto restare neanche un altro minuto in quella casa.

Ho lasciato tutto, l'Università, i vecchi amici, la mia famiglia. Un taglio netto e repentino come uno squarcio alla giugulare.

Le prime due settimane sono sopravvissuto dando fondo agli esigui risparmi del mio conto in banca. Dormivo in una pensione nei pressi della stazione centrale, camera con affaccio su un pozzo di luce olezzante di piscio di gatto, cesso in comune, andirivieni notturno e diurno con annessi sospiri ansimanti e cigolio di letti. Mangiavo alla rosticceria di fronte, *empanadas* e gas di scarico, consumati in fretta sul marciapiede. Nel cervello una bussola impazzita, il Nord al posto del Sud, l'Ovest al posto dell'Est.

Oscillavo tra pensieri confusi. Al risentimento nei confronti dei miei genitori adottivi si associava la consapevolezza delle mie responsabilità. Per troppo tempo avevo dormito in un guscio, senza pormi troppe domande. Viltà? Opportunismo? A mia discolpa devo dire che il mondo esterno non era stato un gran maestro. Il popolo argentino in questa tragica epopea non ha avuto eroi di cui tramandare il ricordo, soltanto vittime; quando non c'è riscatto resta solo la rimozione e, non fosse per queste vecchie vestali col fazzoletto bianco, nessuno oggi conserverebbe la memoria.

Ora ho un lavoro, faccio il portiere di notte all'Hotel Victoria, un albergo elegante ma non pretenzioso, frequentato prevalentemente da una clientela europea. Una fortuna insperata in tempi come questi. Mi hanno aiutato la buona conoscenza dell'inglese e il mio aspetto nordico in linea con il tono *Old England* dell'albergo. Comincio alle otto di sera e smonto la mattina alle sei. Camicia bianca, giacca scura, cravatta regimental, accolgo i turisti che atterrano dopo le dieci di sera con i voli da Madrid o da Amsterdam. Entrano in albergo con i piumini gettati in fretta sugli abiti estivi o con i cappotti e i maglioni sul braccio, a seconda della stagione, abbandonano i trolley nella hall e si guardano attorno con aria allucinata come naufraghi approdati in una terra sconosciuta. Quando consegno loro le chiavi di camera, mi guardano con riconoscenza. Oppure accade che nel cuore della notte arrivi una giovane coppia *porteña* reduce da una festa e desiderosa di finire la serata in bellezza: abiti firmati, portafogli gonfio dei soldi di papà. In questi casi ho sempre il timore di riconoscere qualcuno dei miei vecchi amici. Per il resto della nottata me ne sto tranquillo dietro il banco della reception a leggere un libro o a sonnecchiare.

Divido con due ragazzi un appartamento nel quartiere di San Nicolás, in uno di quegli edifici decrepiti che, così dicono, contribuiscono al fascino decadente della città. Niente a che vedere con le comodità cui ero abituato, ma costa poco e ho una camera tutta mia e l'uso di cucina. I miei coinquilini, poi, sono perfetti per le mie attuali esigenze. Edgar ha ventiquattro anni, viene da un paesino sperduto ai piedi delle Ande, ha mollato tutto, giovanissimo, per trasferirsi a Buenos Aires. Ha capelli lisci e neri da meticcio e mani grandi come palette, lavora in un caseificio e ogni due o tre giorni porta a casa una forma di formaggio dall'odore pestifero.

«Per voi, ragazzi.»

«Tu non lo mangi?»

«Per carità, non lo posso più nemmeno vedere!»

A parte il formaggio, che testimonia persistentemente la sua presenza, non lo vedo mai. Quando rientro, di mattina presto, lui sta per uscire, quando torna io in genere non sono in casa.

L'altra inquilina è Michiko, "bellissima bambina saggia" in giapponese. Il nome non potrebbe essere più appropriato, sia perché per altezza supera di poco il termosifone, come una bambina appunto, sia perché è un pozzo di scienza. Viene da Osaka, è laureanda in antropologia e sta a Buenos Aires perché prepara la tesi sui Mapuche della Patagonia. Ha i modi garbati e ossequiosi degli orientali, non gesticola, non alza la voce, non fissa mai le persone. Se la mattina non deve uscire, si chiude in camera sua a studiare per non disturbare il mio sonno e non ne esce neppure per andare in bagno. All'inizio non ci facevo caso, poi mi sono accorto che ogni volta che andavo a bussare alla sua porta si fiondava derapando al gabinetto. *Le faccio questo effetto?*, mi sono chiesto, poi ho capito e a domanda lei ha confessato: «Il rumore dello sciacquone disturba il tuo sonno».

Noi argentini non siamo usi a tanta delicatezza, mi sono quasi commosso: «Non devi farlo, Michiko, non mi disturbi se tiri lo sciacquone».

Qualche volta pranziamo insieme. Lei tira fuori dalla dispensa delle scatolette che le arrivano dal Giappone e ne versa il contenuto colloso in una pentola.

«E se mangiassimo il formaggio di Edgar?» propongo io, speranzoso.

«Niente formaggio. Oggi mangiamo il *ramen*.»

Insomma, me la cavo, anche se ancora, a distanza di due anni, non sono riuscito a trovare una sistemazione qualsiasi ai miei punti cardinali.

Ho anche una nuova amica, anzi, l'avevo; di chiamarla "nonna" come lei avrebbe desiderato non me la sono mai sentita, e a questo punto ho anche l'immenso appartamento in pieno centro di cui mi ha nominato unico erede.

Davvero, non so che fare di quella casa. La prima volta che ci misi piede, dopo sue lunghe insistenze, rimasi esterrefatto. Già sulla porta d'ingresso fui aggredito dall'odore dolciastro tipico dei luoghi in cui vivono persone anziane e che non vengono mai arieggiati. Mi parve d'entrare nell'antro della Sibilla: un corridoio lungo che si perdeva nella penombra, porte che si aprivano su stanze cupe, appannate dalla polvere del tempo. Fu automatico il confronto con la villetta in cui sono cresciuto, stanze piene di luce, mobili chiari, fiori freschi nei vasi, profumo di detersivo alla lavanda.

Franca mi guidò zoppicando attraverso i vani di quella catacomba fino al *Sancta sanctorum,* il luogo della memoria per eccellenza: la camera di sua figlia. Il contrasto era stridente. Mentre il resto della casa era sospeso in un'immobilità mortifera, lì abitava la vita. La finestra aperta, neanche un filo di polvere. Pareva che la ragazza l'avesse lasciata cinque minuti, non vent'anni prima. E difatti lei ne parlava al presente. Accarezzava le dispense aperte sul tavolo: «Sta preparando l'esame di Diritto Civile», lisciava la camicetta gettata sul letto: «Chissà perché non l'ha indossata, le piace tanto».

Sentivo per quella donna, così provata dalla sofferenza, tenerezza e fastidio insieme. Non capivo perché si ostinasse a coinvolgermi nella sua storia.

Poi mi mostrò le foto della figlia, centinaia di fotografie incorniciate, disseminate per tutta la casa. Martina neonata, Martina bambina, Martina adolescente, Martina ragazza. Martina a scuola, al mare, in montagna, Martina sulla ruota panoramica, in barca, in bicicletta, Martina, Martina, Martina. Non ne potevo più.

Alla fine ne scelse una e me la sbatté sotto gli occhi: «Questa è stata scattata poco prima che sparisse. Hai visto com'era bella?».

Una ragazza esile, lineamenti regolari, capelli biondi raccolti in una coda di cavallo. Non brutta, ma slavata, di sicuro non il mio tipo. L'avessi incontrata per la strada non mi sarei girato a guardarla. Feci un mezzo sorriso di circostanza.

«Hai visto com'era bionda?»

E allora?

«Bionda come te.» Fu allora che sganciò "Little Boy": «Martina è tua madre».

Ho letto da qualche parte la testimonianza di un sopravvissuto al bombardamento di Hiroshima: *Un bagliore accecante, un boato formidabile, la luce del sole oscurata dal fumo e poi l'onda d'urto, che rase al suolo ciò che era sopravvissuto.*

Non so trovare altre parole per esprimere quello che provai.

Quando mi fui un po' ripreso, osservai la foto con più attenzione; a parte il colore degli occhi e dei capelli non riuscivo a trovare alcuna somiglianza.

«Come fai a essere così sicura?»

«Torna tutto, Jorge, il periodo in cui è scomparsa e quello in cui sei nato. E poi, non vedi che siete due gocce d'acqua?»

«Io ho il naso più grande, le labbra meno carnose.»

«Che discorsi! Tu sei un uomo.»

Restavo scettico.

«Jorge, tu sei mio nipote, l'ho capito appena ti ho visto.»

Cercò di abbracciarmi, ma io mi ritrassi. I nonni che avevo conosciuto vivevano in un ranch al nord, allevavano cavalli e galline.

«Martina è tua madre. Ti ha partorito in carcere, ne sono certa.»

Mia madre aveva i capelli neri e indossava tailleur color pistacchio.

«Ne hai le prove?»

«Lo sento.»

«Ah, lo senti! E mio padre chi sarebbe?»

Franca tacque.

«Non lo sai?»

«Che importanza ha? Ciò che conta è che ora sai da dove vieni, qual è la tua vera famiglia.»

Una madre e un padre apocrifi, profittatori e collusi con un regime sanguinario, una madre che non si sa cosa abbia combinato e un padre sconosciuto. Una bella scelta!

Io sono Jorge, ma di sicuro alla nascita mi fu dato un altro nome, Cabrera, un cognome preso a prestito, nato nel 1978, a giugno? A luglio? A settembre come recita il mio falso certificato di nascita? Io sono il risultato di una menzogna certa e di una verità ipotetica.

«C'è una banca dei dati genetici» insisteva Franca. «Basta confrontare il tuo DNA col mio e avremo la certezza.»

«E se fossero diversi?»

«Non è possibile.»

Non sarebbe stato bello a quel punto scoprire di essere solo la proiezione dei desideri di una vecchia disperata. «Ci devo pensare» le risposi.

Sono tornato a casa di Franca molte e molte volte. Ormai ero talmente assuefatto da non sentire l'odore di stantio che vi aleggiava, né facevo caso ai mobili tarlati e ai divani impregnati di polvere. Mi stava aggrappata come un koala, mi telefonava perfino di notte, mentre ero al lavoro, per strapparmi un appuntamento.

«Vieni a pranzo da me domani?»

«Domani... non so.»

«Ti preparo le lasagne.»

Tacevo.

«Jorge, ho ancora tante cose da raccontarti, sono vecchia, non lo so se mi basta il tempo.»

«Franca, sono al lavoro, ne parliamo domani.»

«Domani è tra poche ore. Basta che dica di sì.»

Cedevo sempre.

Al mio arrivo la trovavo pettinata, con indosso il vestito migliore e le calze pesanti, anche quando faceva caldo, perché non mi accorgessi delle ramificazioni bluastre sulle sue gambe. Si sedeva davanti a me e controllava che ingurgitassi tutto quello che aveva cucinato.

«Non la finisci la carne? Come, non vuoi il dolce?»

«Hai preparato per un reggimento, non posso mangiare tutto.»

«Devi nutrirti, ti vedo sciupato.»

Come mia madre. Era il mio destino essere circondato da donne soffocanti.

A poco a poco Martina divenne una figura familiare. Sapevo tutto di lei, come si vestiva, come si pettinava, cosa le piaceva mangiare. Ne conoscevo i capricci infantili, le gaffe ingenue che col tempo diventano aneddoti e costituiscono la narrazione di una famiglia. Era un po' come se fossi cresciuto con lei, ma proprio non riuscivo a immaginarla come mia madre.

Franca si illuminava parlandone. Ma chiedeva, anche. Pretendeva che le raccontassi nei minimi particolari la mia vita fino a quel punto, come a volersi riprendere ciò che secondo lei le era stato sottratto. Non voleva sapere nulla della mia famiglia di adozione, quello era argomento non gradito e scartato in partenza, voleva conoscermi come si conosce un nipote che si è visto crescere.

«Avevi paura del buio da piccolo?»

«Non ricordo… mi pare di sì.»

«Anche Martina! Le lasciavo sempre una luce accesa, ma se si svegliava nel cuore della notte si precipitava da noi nel lettone. E le giostre? Le giostre ti piacevano?»

«Sì, mi piacevano.»

«Ma guarda! Anche Martina da piccola ne andava matta.»

Le mani protettive di mio padre mentre dondolo sul cavallino e il mondo gira intorno al suono di una musichetta.

«Franca, non mi va di parlarne.»

«Hai ragione, Nene, un'altra volta.»

Si ostinava a chiamarmi Nene, "piccolino", un nome appropriato per un cucciolo di cane. La lasciavo fare, ognuno di noi traeva il suo tornaconto da quelle conversazioni: lei cercava la riprova delle sue convinzioni granitiche, io un punto di partenza qualsiasi a cui aggrapparmi.

Naturalmente tornava, ossessiva, la solita richiesta: «Facciamo la prova del DNA?».

Tergiversavo, a differenza di lei ero e sono pieno di dubbi, meglio vagare nell'incertezza di un'ipotesi piuttosto che sprofondare nella sicurezza di una smentita. Ancora oggi, a due anni di distanza, mi sottraggo alla ricerca della verità.

L'arrivo del nuovo millennio mi colse impreparato. L'Argentina stava attraversando una crisi economica senza precedenti, il tasso di disoccupazione era altissimo e in continua crescita, le sommosse erano tornate ad agitare le piazze, le rapine e le aggressioni erano una costante per le vie di Buenos Aires. Di notte la porta dell'Hotel Victoria restava sprangata e si apriva solo al suono di campanello dei clienti scesi dai taxi e dai pullman. Ciò nonostante orde di turisti stranieri, ingolositi dal cambio favorevole, si abbatterono sulla capitale durante le feste natalizie. L'albergo fece il tutto esaurito e fui costretto a turni supplementari. Non mi importava granché, anzi, ne fui contento.

Nella mia prima vita avrei partecipato a qualche festa elegante, avrei bevuto champagne e mangiato crostacei occhieggianti da specchi di gelatina, mi sarei dilettato in chiacchiere futili e facete e a mezzanotte avrei ammirato lo spettacolo pirotecnico da una terrazza panoramica, accarezzando il fondoschiena di qualche bella ragazza in abito da sera.

Nella mia prima vita.

In questa ho festeggiato da solo. Michiko aveva approfittato della stagione calda per andare in Patagonia, Edgar mi bloccò mentre uscivo la sera del 30.

La prese alla larga: «Che fai domani? Se ti va festeggiamo insieme».

«Ti ringrazio, ma non posso, sono a lavorare.»

«Avrei invitato un paio di amici, giusto un paio, tanto per non entrare da solo nel nuovo millennio. Ti disturba?»

«Ma figurati! Invita chi ti pare.»

La mattina di quel venerdì 31 dicembre aveva piovuto, ma nel pomeriggio i *porteños*, malgrado i portafogli smilzi, corsero a fare la spesa, arrostirono agnelli e maialini, acquistarono litri di vino e di sidro. Fra i botti e gli scoppi di petardi, che per tutto il giorno atterrirono branchi di cani randagi, Buenos Aires si preparava a festeggiare con fuochi di artificio e fiumi di alcol.

Alle cinque del pomeriggio Edgar era sullo scaleo ad attaccare festoni colorati. Sul tavolo pile di piatti e di bicchieri di carta e almeno una trentina di bottiglie. Quel *paio* di amici doveva bere parecchio. In ogni caso pensai fosse meglio uscire in anticipo. Feci una capatina da Franca.

Venne ad aprirmi con gli occhi cisposi e un'espressione stralunata.

«Dormivi?»

«Mi sono seduta un po' in poltrona e mi sono appisolata.»

«Vado via subito.»

«Che dici, Nene! Lo sai quanto sia sempre felice di vederti.»

«Volevo solo farti gli auguri.»

«Ah già, per il nuovo anno… vieni, ho fatto un dolce, mi sono detta *casomai passasse*.»

«No, Franca, magari un'altra volta. Vado di fretta.»

Franca poteva dimenticarsi dell'arrivo del Duemila, ma non dell'orario in cui entravo a lavorare.

«C'è tempo. Dài, mangiane solo un pochino per farmi contenta. Avanti, siediti.»

Trotterellò verso la cucina e ne tornò con un budino dall'aspetto discutibile ricoperto da una salsa rossa. «Sentirai che bontà!»

Come al solito, mi si piazzò davanti per controllare che mangiassi. Affondai, rassegnato, il cucchiaino nella sostanza molle.

«Allora, Nene, come lo festeggi l'anno nuovo?»

Ingoiai a fatica il primo boccone.

«Tra poco entro al lavoro.»

Scosse la testa: «Un giovane come te dovrebbe andare a far baldoria con gli amici».

Mi si era appiccicata la gelatina al palato, mi limitai a un mugugno, mentre cercavo di toglierla raspando con la lingua.

«Non va bene, proprio non va bene. Sono tua nonna, perché non vuoi che ti aiuti? Potresti venire a vivere qui, riprendere gli studi...»

«Ne abbiamo già parlato. Su, non fare quella faccia. Tu, piuttosto, come festeggi?»

«Io?» Rise. «Cosa vuoi che festeggi, io? Mangio una minestrina e vado a letto.»

«Tutto qui?»

«E dove vuoi che vada? A ballare?»

«Potresti vederti con una delle Mamme o delle Nonne, siete sempre insieme.»

«Con loro è un altro discorso, non ci incontriamo per fare festa. E poi, per me i giorni sono tutti uguali.»

«Ma arriva il Duemila!»

«Già, il Duemila.» Fissò il piano del tavolo. «Se Martina fosse qui, avrebbe quarantaquattro anni, qualche capello grigio, di sicuro.» Le spuntò una lacrima.

Cercai di cambiare discorso: «Cosa vorresti dal nuovo Millennio?».

Si può essere più cretini? Cercai in fretta una domanda di riserva, ma era troppo tardi. Franca mi guardò di sotto in su con un sorriso mesto: «Tu lo sai cosa vorrei».

Me l'ero proprio cercata, come non l'avessi saputo che s'era fissata con quella storia del DNA. Finsi di non capire, mi gettai stoicamente su ciò che restava del dolce.

«E tu, figlio mio, cosa vorresti?» mi chiese.

Alzai la testa dal piatto, mi pulii la bocca per prendere tempo.

«Non lo so» risposi alla fine.

Quel *non lo so* mi accompagnò fino all'Hotel Victoria. Lungo la strada bande di ragazzi euforici facevano girotondi e brindavano, anticipando la fine dell'anno, mentre, camminando, mi interrogavo su cosa avrei fatto della mia vita.

Poco prima di mezzanotte tutto il personale in servizio si radunò nella hall davanti al grande abete addobbato per brindare. Il mio ingresso nel Duemila è avvenuto così, con un bicchiere di spumante da quattro soldi in mano, tra persone semisconosciute con gli occhi arrossati dalla stanchezza e la testa piena di preoccupazioni.

La mattina del primo gennaio a casa trovai un campo di battaglia: piatti di carta con avanzi di cibo, bottiglie rovesciate. Edgar russava beato in camera sua. Mi scolai un avanzo di spumante direttamente dalla bottiglia e andai a dormire.

Dieci giorni dopo era tutto finito. Rimossi i festoni e gli addobbi, la maggior parte dei turisti tornata alle brume dei Paesi d'origine.

Quella notte di fine gennaio si presentava tranquilla, non erano previsti arrivi internazionali, poche camere occupate. Ero immerso nella lettura di *Delitto e castigo,* tanto per tirarmi un po' su di morale, quando sentii trillare il campanello del portone d'ingresso e vidi dietro al vetro una giovane coppia. Il ragazzo, un tipo muscoloso con i capelli rasati, la giacca dello smoking gettata su una spalla e il papillon allentato, si avvicinò al bancone chiedendomi una camera. Lanciai uno sguardo alla ragazza qualche passo dietro di lui che, con la testa abbassata sulla borsetta, cercava freneticamente qualcosa. Mi parve molto bella, slanciata, sinuosa. Inguainata in un abito da sera che ne risaltava il fisico perfetto, aveva capelli corvini, raccolti in un elaborato chignon da cui sfuggivano lunghe ciocche.

«Per quante notti, signore?» chiesi, anche se conoscevo già la risposta.

«Solo una.» Mi porse la carta d'identità.

«Una matrimoniale affaccio giardino interno?»

Quello si girò verso la compagna: «Ti va bene?».

Lei annuì senza alzare il capo.

Iniziai a trascrivere i dati del documento sul registro. Era un'operazione che sbrigavo in automatico, senza fare caso all'età o al luogo di provenienza degli ospiti.

Stavo restituendo la carta d'identità al giovanotto, quando mi sentii chiamare: «Jorge!».

Mi girai. La ragazza mi guardava stupefatta.

«Non mi riconosci?»

Il mio orologio mentale fece un balzo indietro di diversi anni. D'improvviso ero nella cantina della mia vecchia casa, il respiro affannato, una mano protesa verso di lei che con le mutandine abbassate diceva: «Duecento pesos per toccare».

«Guillermina!»

Non era più l'adolescente spigolosa e sfacciata dei miei ricordi. Spigolosa no di sicuro, sfacciata non potevo sapere.

«Il mio fidanzato» aggiunse subito lei come m'avesse letto nel pensiero. «Martín, lui è un mio carissimo amico.»

Lui stava armeggiando col portafogli «Incantato» bofonchiò senza degnarmi di un'occhiata. Guillermina si era fidanzata con uno che diceva *incantato* al portiere d'albergo.

Restammo a guardarci, colmi d'imbarazzo.

«Quanto tempo!»

«Eh sì.»

«Così lavori qui.»

«Già.»

Guillermina abbassò lo sguardo, come a riflettere, sbirciò il ragazzo, poi si avvicinò e bisbigliò: «Mi dispiace tanto per quello che è successo».

Era esattamente quello che non volevo sentire. Mi strinsi nelle spalle con un mezzo sorriso ebete.

«Nessuno immaginava. Siamo rimasti tutti male. Davvero.»

«Acqua passata» replicai per chiudere l'argomento.

«Allora, andiamo?» ci interruppe il fidanzato. L'avrei baciato sulla bocca. Gli porsi prontamente le chiavi: «Quarto piano, l'ascensore è a sinistra, in fondo al salone».

Lei annuì, incerta se andarsene o continuare la conversazione. Poi si rassegnò e lo raggiunse, ma prima di entrare in ascensore ci ripensò e tornò indietro di corsa: «Tuo padre è a casa. È malato».

Da diversi mesi avevo interrotto le incursioni nel quartiere della mia infanzia; credevo di essermi affrancato dalla nostalgia e invece era come trovarsi di nuovo lì, davanti alla casa bianca e beige a immaginare la vita dietro le finestre che si accendevano. *Tuo padre è malato*, erano bastate tre parole per scatenare il vespaio dei sentimenti contrastanti. Passai il resto della notte e la mattina del giorno seguente in uno stato di grande agitazione, con quella frase, *Tuo padre è malato*, che mi ronzava nella testa. Nel primo pomeriggio mi feci coraggio e andai a trovare i miei genitori adottivi.

Attesi molto davanti alla porta dopo che ebbi suonato il campanello. Finalmente sentii dall'altra parte dei passi strascicati e la porta si aprì. Mia madre, davanti a me, mi fissava incredula. Non l'avevo mai vista così, in ciabatte e vestaglia, con la ricrescita grigia all'attaccatura dei capelli.

«Jorge!» sussurrò con le lacrime agli occhi e mi si avvinghiò al collo. «Che fai lì impalato? Entra, papà sarà così felice di vederti!»

«Che ha? Ho saputo che non sta bene.»

«Diabete. Pover'uomo, ne ha passate tante! Non farlo arrabbiare, mi raccomando.»

Superai il vestibolo, entrai in salotto: i divani chiari, i tavoli da fumo, tutto era come l'avevo lasciato, ma era come se una patina di abbandono si fosse depositata sui mobili. Come in casa di Franca, mi venne da pensare e tornò l'antico rovello: quella gente mi aveva amato, eccome se mi aveva amato, era giusto punirli così duramente?

Nella poltrona in fondo, vicino alla finestra, era seduto mio padre con un plaid sulle ginocchia malgrado il caldo. Era molto dimagrito, i capelli completamente bianchi. Stava proteso in avanti, il viso rivolto dalla mia parte, in trepida attesa. Quando gli fui vicino mi porse entrambe le mani. Notai che erano scosse da un leggero tremito.

«Ragazzo, sei tornato finalmente!»

Provai una stretta al cuore.

Mia madre avvicinò due sedie alla poltrona e ci sedemmo uno accanto all'altro. Mentre parlavamo mi teneva una mano. Naturalmente mi subissarono di domande: «Cosa fai?», «Dove vivi?» eccetera. «Siamo stati tanto in pena per te» mi dissero.

«Non dovete preoccuparvi, ho un lavoro, una casa, me la cavo.»

Parlai dei miei coinquilini, dell'albergo, dei turni di notte. Non feci cenno a Franca. Mi ascoltavano in silenzio, chiaramente contrariati.

«Non è il lavoro per te» commentò mio padre. «È roba da miserabili.»

«È un impiego dignitoso e non peggiore di tanti altri» ribattei.

«E l'Università? Come fai a studiare se la notte lavori?»

«All'Università ci penserò quando me la sentirò.»

«Come, *quando me la sentirò*!» sbottò lui. «È la tua strada, quello che avevamo deciso per te.»

«È la *mia* vita, papà.»

«Era stabilito che la tua vita sarebbe andata in quella direzione. Cos'è ora quest'idea assurda di lavorare in un albergo? Non ti abbiamo cresciuto per fare di te un portiere di notte.»

«Ha ragione papà» gli fece eco la mamma. «Devi tornare qui, riprendere gli studi. Questa è la tua casa, noi siamo la tua famiglia.»

Li guardai dritto negli occhi: «Perché non me l'avete detto?».

Ammutolirono entrambi.

«Perché non mi avete detto che non ero vostro figlio? Perché non mi avete detto dove mi avete preso?»

«Che importanza ha?» ribatté lei. «Ti abbiamo cresciuto noi, sei figlio nostro e di nessun altro.»

«Mamma, lo capisci cosa avete fatto?»

«Noi non abbiamo fatto nulla di male» cercò di difendersi.

«Non avete fatto nulla di male? Nulla di male?»

Allora mio padre allungò il busto verso di me, mi puntò un dito contro: «Non ti permetto di parlarci così. Tu eri figlio di nessuno, saresti cresciuto in un orfanotrofio come un bastardo se non ti avessimo preso noi. Ecco cosa abbiamo fatto».

Non riuscii a trattenermi: «Se tu e i tuoi compari non aveste trucidato la mia vera madre, vorrai dire».

Mi rivolse uno sguardo gelido.

«Non ero figlio di nessuno, una madre ce l'avevo, avevo un nome. Mi avete derubato, avete rubato la mia identità.»

«Non è vero, non devi parlare così» piagnucolava mia madre.

«Mamma, cosa avresti fatto se ti avessero strappato un figlio appena partorito per darlo a degli estranei che non potevano averne? Ti è mai passato per la testa che quella donna che ti regalava un bambino sarebbe stata uccisa?»

Pensai a Franca, al pozzo infinito del suo dolore; vent'anni di solitudine per donare vent'anni di felicità a una coppia di sconosciuti. Scossi la testa: «Sono cresciuto pensando che foste le persone migliori del mondo. Avete idea di cosa abbia significato per me scoprire chi siete veramente?».

Mia madre piangeva. Mio padre invece reagì con uno dei suoi leggendari scatti d'ira: «Non osare mai più dire cose come queste! Chi frequenti? Chi ti ha messo in testa idee del genere? Ti abbiamo allevato secondo i giusti principi, con la tua madre naturale saresti cresciuto come un selvaggio». Adesso tremava tutto. «Sentimi bene: non so chi sia la tua vera madre, non me l'hanno mai detto, ma di sicuro era una sovversiva terrorista e le mele marce in qualsiasi società civile devono essere eliminate.»

Basta l'amore a superare lo sdegno? In quel momento ebbi la certezza che non bastava. Capii che la lacerazione era troppo profonda per venire ricomposta.

Li osservai, lui chiuso a testuggine, gli occhi puntati sul plaid, il corpo scosso da tremiti di rabbia, lei seduta accanto, con una mano si asciugava gli occhi, con l'altra gli stringeva, complice, una spalla. Non provai né rabbia né pena, solo un senso desolante di estraneità.

«Si è fatto tardi» dissi alzandomi.

Lui si limitò a un cenno della testa, lei mi venne dietro.

«Jorge, quando torni?»

Non le risposi, volevo solo andarmene.

Ma quando fui ai piedi delle scale, mi venne istintivo guardare in alto.

«Posso vedere la mia camera?» chiesi.

«Certo, vieni.» Mi precedette, spalancò la porta: «Vedi? Non abbiamo toccato nulla, è tutto come l'hai lasciato».

Era così: il letto accuratamente rifatto, la libreria a muro, la scrivania sotto la finestra. Perfino i vascelli continuavano a beccheggiare sulla carta da parati. A quella vista se ne sovrappose un'altra, la camera di Martina. All'inizio non capii cosa le accomunasse, poi compresi. In entrambe aleggiava l'assenza. Non sapevo e forse non saprò mai se fra lei e me esista un legame di sangue, so per certo però che qualcosa in comune ce l'abbiamo: tutti e due, per motivi diversi, siamo degli scomparsi.

«Visto, Jorge?» continuava a ripetere mia madre «Quando vuoi tornare è tutto pronto, porti i vestiti, i libri e ricominciamo come prima. Non è vero che vuoi tornare?»

«Lascia perdere, mamma.»

«È per quello che ti ha detto papà? Ma non lo pensa veramente.»

Richiusi la porta: «Ora devo proprio andare».

Mi seguì ciabattando lungo le scale. Prima che uscissi mi pregò di aspettare. Tornò subito dopo e mi mise in mano qualcosa. Aprii il pugno e vidi un rotolo di banconote.

«Per le tue necessità» disse quasi scusandosi.

«Non mi servono, grazie.»

Me ne andai, sapendo che non sarei più tornato. Quel giorno feci un pacco dei miei primi vent'anni e lo gettai a mare.

Tutto è grigio in questo mattino di fine agosto. Grigio il cielo, grigi i muri delle cappelle, grigio il lastricato dei vialetti. Non fa freddo ma l'umidità è così elevata che quasi sembra di vedere goccioline d'acqua in sospensione nell'aria. Sudo, sotto il cappotto troppo pesante sento la camicia appiccicarsi alla pelle.

Il corteo funebre è quasi del tutto disperso, solo qualche fazzoletto bianco, sempre più piccolo, in fondo al sentiero. L'unico rumore è il fruscio delle foglie che i giardinieri stanno rastrellando nelle aiuole.

Siamo rimasti soli, Franca, io e te. Con le dita sfioro la lapide dietro la quale riposi, è provvisoria, ancora manca la fotografia. Dopo che te ne sei andata hanno chiesto a me, come parente più prossimo, di procurarne una per la tua tomba. *Come parente più prossimo*. Un'appropriazione indebita, forse un indennizzo arbitrario per furto d'identità.

Che ti sia rimasto accanto fino alla fine non è garanzia di consanguineità. Mentre giacevi in quel letto di ospedale, rattrappita come un maglione infeltrito e con l'ago della flebo infilato nel braccio, ho provato una pena profondissima per la tua solitudine, a prescindere da qualsiasi legame di sangue. Poi sono andato nella casa di calle Sarmiento a cercare la foto, ho rovistato dappertutto ma non ne ho trovato nessuna che non risalisse a meno di ventidue anni fa, come se anche tu fossi scomparsa insieme a tua figlia. Così sulla tomba sarai ricordata come una signora intorno ai cinquanta, un po' sovrappeso, con i capelli in piega, la faccia liscia e un sorriso smagliante.

Nene, quando facciamo il test del DNA? Non so quante volte me l'hai ripetuto, era questa la tua unica richiesta per il nuovo millennio.

Sei morta senza l'agognata conferma. Forse sono stato egoista, forse ti ho fatto un piacere. La verità può essere molto dolorosa, la speranza non delude mai.

Una goccia mi cade sul viso, poi un'altra, un'altra ancora. Sento i passi dei visitatori che si affrettano verso l'uscita.

Non mi piace questo cimitero della Chacarita, come non mi piacciono in genere i cimiteri. Ti sbattono in faccia la morte senza un briciolo di compassione. Mentre mi volto per andarmene, mi risuonano alla mente le tue parole: «Nene, cosa vuoi dal Duemila?».

Non lo so, Franca, la mia vita al momento è una matassa arruffata. So soltanto che se mai sarò pronto verrò qui a cercarne il capo.

Tengo miedo de las noches
Que pobladas de recuerdos
Encadenan mi soñar.

Ho paura delle notti
Che piene di ricordi
Incatenano i miei sogni.

Franca

Nella stanza di chi scompare c'è sempre qualcosa lasciato in sospeso, qualcosa che alimenta la speranza di un ritorno imminente.

Nella stanza di Martina c'erano *Il gabbiano Jonathan Livingston,* sul comodino, con l'orecchio a pagina trentadue, un bicchiere di aranciata pieno a metà sulla scrivania e una camicetta gettata sul letto.

Franca entrava ogni giorno in camera della figlia per assicurarsi che nessuna di queste reliquie fosse stata toccata. Apriva la finestra per arieggiare, spolverava, passava uno straccio bagnato sul pavimento, poi si sedeva sul letto con le mani in grembo e lo sguardo perso nel vuoto a pensare a quando Martina sarebbe tornata per terminare la lettura del libro e bere l'aranciata rimasta. La notte lasciava la porta della camera aperta e la luce accesa sul comodino.

Mille volte aveva ripercorso quelle ultime ore.

Da due mesi il caldo torrido aveva ribaltato i ritmi di vita. Di giorno strade deserte e persiane serrate, solo al calare del sole i *porteños* si rianimavano e mettevano il naso fuori. Il due gennaio Martina era tornata a casa in un bagno di sudore e con due borse scure sotto gli occhi. A pranzo quasi non aveva toccato cibo.

«Non ti senti bene?» Le aveva chiesto.

«Sono solo stanca. Lo sai, ho tanto da studiare.»

«Perché non vai a letto a riposarti un po'?»

Lei aveva annuito e si era trascinata in camera.

Alle cinque Franca era andata a svegliarla con un bicchiere di aranciata. Dormiva rannicchiata su un fianco, i capelli biondi allargati sul cuscino come un'aureola, il volto rilassato. Si era tranquillizzata, aveva deciso di cucinare le lasagne per farle tornare l'appetito.

Alle sette Martina le aveva gridato dal corridoio *Mamma, esco con un'amica,* lei non aveva alzato gli occhi dai fornelli, le aveva solo risposto: «Ceniamo alle dieci».

Erano state quelle le ultime parole. Non era corsa alla porta d'ingresso per sincerarsi che stesse bene, non l'aveva stretta a sé, aveva continuato a mescolare quella stupida besciamella e le aveva detto *Ceniamo alle dieci.*

Cosa indossava l'ultima volta che era uscita di casa? Forse un paio di jeans e una maglietta. Aveva rovistato come un ossesso nel disordine dell'armadio e dei cassetti di sua figlia, ma non era riuscita a individuare esattamente cosa mancasse.

Il nastro si srotolava e si riavvolgeva all'infinito: Martina in jeans e maglietta (forse) esce dalla sua camera, attraversa il corridoio fino alla porta d'ingresso, grida *Mamma, esco con un'amica*; Martina percorre il corridoio camminando all'indietro, è di nuovo sulla soglia della sua camera, sparisce dietro, la porta si chiude. Franca aveva contato i passi infinite volte, avanti e indietro lungo il corridoio, nutrendosi di quegli ultimi, preziosi istanti prima dello iato.

Alle dieci lei e Antonio erano seduti al tavolo apparecchiato.

«Martina dov'è?» aveva chiesto suo marito.

«Starà per arrivare.»

Avevano atteso dieci minuti, poi venti. Alla fine lui si era spazientito: «Mangiamo noi».

«Proprio non capisco, le avevo detto che avremmo cenato alle dieci.»

«Peggio per lei. Mangerà le lasagne fredde.»

Alle undici la sua sedia era ancora vuota. Antonio tamburellava nervosamente con le dita sul tavolo.

«Si può sapere dov'è andata?»

Lei aveva scosso la testa.

«Così l'hai fatta uscire senza nemmeno sapere dove andasse.»

«Ha ventidue anni! Dove vuoi che sia andata? Ha detto che usciva con un'amica.»

«Possibile che tua figlia vada e venga come le pare? Non è una pensione questa!»

Era sempre *tua* figlia quando lo faceva arrabbiare.

«Studia tanto, le fa bene distrarsi un po'. Non ti sei accorto che è sempre stanca?»

Si era alzato: «Vado nello studio. Quando torna, ti sarei grato se lo facessi sapere anche a me». Subito dopo era risuonata dalla porta accostata una romanza della *Bohème*: "Quando men vo soletta per la via, la gente sosta e mira e la bellezza mia…". *Ecco come passa il tempo invece di preoccuparsi per sua figlia*, si era detta.

"Ti sarei grato se lo facessi sapere anche a me." *Se parlassi un po' con lei quando sei in casa anziché ascoltare l'opera forse non dovrei fare da intermediaria!*

Per ingannare l'attesa aveva acceso la televisione. Canal Nueve, tanto per cambiare, trasmetteva la registrazione di una parata militare, Telefe mostrava le *mirabilia* degli ultimi apparecchi dell'aeronautica argentina, restava solo Canal 13 dove, tra un'esercitazione e l'altra della Marina militare nella base di Ushuaia, andava in onda una telenovela brasiliana. Vicende intricate, amori inconfessabili, parentele inaspettate, donne perfide e fanciulle in lacrime, uomini tutti d'un pezzo dal torbido passato.

"Benicio, l'ho rovinata. Non potevo immaginare che fosse mia figlia."

Un occhio alla televisione, l'altro alla finestra aperta.

“È stato tanto tempo fa, un’avventura di pochi mesi. Ma ora che so che è mia figlia devo ritrovarla.”

Rumore di passi. Franca correva alla porta d’ingresso e ne tornava delusa, giusto in tempo per non perdersi gli ultimi aggiornamenti sulla flotta argentina.

“In questo momento nelle acque dell’Oceano Atlantico sono impegnate cinque cacciatorpediniere, tra cui la *Santísima Trinidad*, fiore all’occhiello della nostra flotta.”

Fissava lo schermo senza riuscire a fermare le immagini. Poi, ricominciava la telenovela.

Una donna versava da una caraffa un liquido giallo nel bicchiere di un’amica.

“Lo sai che Dolores ha un amante?”

“Dici sul serio?”

“Eccome! Indovina chi è.”

L’altra appoggiava il bicchiere sul tavolo, le si faceva più vicina.

“È il marito di dona Florinda, il signor Benicio!”

“No! Non posso crederci! Il signor Benicio! Pareva una così brava persona!”

Salotti borghesi, piantagioni di canna da zucchero, navi da guerra, sottomarini, alcove color confetto le si confondevano nella testa e subito scivolavano via, esiliate da un unico pensiero che col passare del tempo si trasformava in preoccupazione. All’una di notte aveva fatto irruzione nello studio del marito: «Non è tornata».

Lui si era tolto gli occhiali: «Domani mi sente».

«Se le fosse successo qualcosa?»

Antonio aveva pulito le lenti degli occhiali, cosa che faceva sempre quando voleva prendersi un po’ di tempo per riflettere: «Non le è successo nulla, le disgrazie si vengono a sapere subito. Ci avrebbero avvertito. Sta facendo i comodi suoi, la signorina».

«Io telefono.»

«A chi?»

«Alle sue amiche. Ad Anaclara, per cominciare.»

«Sei impazzita? Disturbare la gente a quest'ora!»

«Allora telefoniamo agli ospedali, andiamo alla polizia.»

Il marito si era alzato, le aveva messo un braccio intorno alle spalle: «Calmati, Franca, ti ho già spiegato che non può essere successo nulla. Ha ventidue anni, l'hai detto tu, ormai è libera di tornare a che ora le pare. Domattina la troveremo nel suo letto. Andiamo a dormire, domani ho una causa importante».

Era stata una notte agitata. Malgrado si ripetesse che aveva ragione Antonio, che era troppo apprensiva con quella figliola, che non c'era da preoccuparsi, *I ragazzi al giorno d'oggi fanno quello che gli pare*, non riusciva a prendere sonno. Si era girata e rigirata nel letto, l'orecchio teso a cogliere ogni minimo rumore. Si era addormentata col primo coro dei merli sull'albero del patio, ma più che un sonno era stato un dormiveglia. Solo alla fine aveva dormito davvero ed era stato allora che era arrivato quell'incubo terribile.

Era il sorgere dell'alba, quando il chiarore mattutino nasconde le stelle meno luminose e i contorni delle cose appaiono ancora indefiniti. Scendeva da un terrapieno verso una landa deserta, un'area destinata all'edilizia, come facevano intuire alcune ruspe parcheggiate e numerosi lunghi sacchi, probabilmente di sabbia, in ordine sparso sul terreno. Procedeva lentamente, affondando i piedi nel fango, e più andava avanti, più un presagio minaccioso si impadroniva di lei. Non sapeva come fosse arrivata in quel luogo né cosa la spingesse ad andare avanti.

Arrivata in piano, si guardò attorno, a disagio, mentre l'aria immobile le si appiccicava addosso come un sudario. Si accorse allora che i sacchi erano molto più numerosi di quanto le fosse sembrato dall'alto, non erano disposti uno sopra all'altro come si vede nei cantieri, ma sparsi sul terreno ed erano insolitamente lunghi, anzi, non erano nemmeno sacchi, ma involti di bende sporche. Ne tastò uno con la punta del piede, la consistenza era rigida e compatta. Per qualche oscura ragione doveva scoprire cosa contenesse. Si fece coraggio e un po' alla volta riuscì a capovolgerlo. Qualcosa di indefinibile spuntò dalla stoffa. Si chinò per guardare meglio e nella luce livida del crepuscolo le apparve un volto tumefatto, il volto di un morto; il corpo fasciato come quello di una mummia, ma col viso lasciato scoperto.

In preda a un'ansia febbrile si gettò sugli altri involti, balzando da uno all'altro, scivolando sul terreno cedevole, inginocchiandosi nella mota e facendo leva con le mani per girarli. Erano tutti cadaveri e tutti avevano un volto sconosciuto.

Fu dopo molti tentativi, quando ormai le forze stavano cedendo, che girando uno di quei sinistri fagotti riconobbe il viso di Martina. Restò paralizzata dall'orrore; come avviene nei sogni cercava di gridare ma l'urlo non trovava voce.

Si era seduta sul letto con gli occhi sbarrati, la fronte madida di sudore gelido e il sangue che pulsava a mille nelle vene. Era restata per qualche attimo così, ancora sotto l'effetto del sogno, poi aveva gettato via le lenzuola e si era precipitata in camera della figlia. La stanza era vuota, il letto intatto.

Quando Antonio l'aveva raggiunta era ancora lì, pietrificata sulla soglia. Senza dirsi una parola erano corsi al telefono, lei aggrappata alla cornetta, lui a sfogliare febbrilmente la rubrica in cerca dei numeri delle amiche e dei compagni di studio di Martina.

Quando tra una chiamata e l'altra l'apparecchio aveva squillato, entrambi avevano fatto un balzo. Franca era impallidita.

«Rispondi, che aspetti?» l'aveva sollecitata il marito.

Le mani avevano tremato sollevando il ricevitore. Dall'altra parte la voce di Alejandro: «Signora, vorrei parlare con Martina».

«Non c'è, non è tornata a casa stanotte» aveva quasi gridato.

«Ne sai qualcosa?» Aveva sentito solo un lungo sospiro. «Se sai qualcosa devi dirmelo.»

Il ragazzo aveva assicurato di non saperne niente, ma il tono concitato della sua voce e la fretta con cui aveva chiuso la comunicazione non l'avevano convinta.

«Lo richiamo» aveva deciso all'istante e aveva fatto il numero di casa di Alejandro.

Dopo parecchi squilli le aveva risposto Rosaria.

«Mi passi tuo figlio?» aveva chiesto Franca lapidaria.

«Buongiorno anche a te. Alejandro è già uscito, è andato a studiare da un amico. Ma che è questa voce da funerale?»

«Ce l'hai il numero di questo amico?»

«A essere sinceri non so nemmeno chi sia. Mi spieghi che succede?»

«Stanotte Martina non è tornata a casa.» Le parole erano suonate come una campana a morte.

Si aspettava le dovute partecipazioni di cordoglio, invece dall'altro capo del filo la voce dell'amica era risuonata quasi divertita.

«Benvenuta nel club delle madri insonni!»

Si conoscevano da una vita, da quando, davanti alla porta dell'asilo in cui avevano depositato i marmocchi, Rosaria con la sua voce squillante teneva banco tra le mamme raccontando barzellette sporche.

«Che vuoi dire?»

«Cara mia, finora ti è andata bene, ma ti ci dovrai abituare. Il guaio è che siamo stati troppo tolleranti; noi alla loro età dovevamo chiedere il permesso anche per andare al gabinetto, loro hanno sempre potuto fare quello che gli pareva.»

Antonio, che aveva la testa piegata verso la cornetta, annuiva.

«Hai capito che ti ho detto?» insisteva invece lei, irritata. «Martina non è tornata a casa.»

«Ho capito, ho capito, sei tu che non vuoi capire! Un po' di tempo fa Alejandro ci ha fatto lo stesso scherzo: ha passato la notte fuori e non si è degnato di avvertirci. Avevo le budella come lenzuola strizzate. Si è presentato il giorno dopo per pranzo, fresco come una rosa. Il minimo che mi sarei aspettata era che si facesse pubblicamente uno shampoo con la cenere, invece, sai che ha risposto a suo padre? *Sono maggiorenne*, ha risposto. Gliel'ho levato di sotto prima che l'ammazzasse. Comunque, la scusa è sempre la solita: *Ho fatto tardi, non sapevo come tornare, non c'era un telefono nei paraggi*. Martina sarà rimasta a dormire da un'amica, garantito.»

«Ma ho telefonato ad Anaclara, ad Alicia, non l'hanno vista.»

«Magari frequenta qualche amichetta più sveglia e non te lo dice. E comunque Alejandro che c'entra?»

«Mi ha chiamato cinque minuti fa chiedendo di Martina. Aveva una voce strana, secondo me sa qualcosa e non la vuole dire.»

«Ci sta che mio figlio le tenga di banda. Non preoccuparti, quando torna lo torchio.» Restò per qualche secondo soprappensiero. «C'è di mezzo un ragazzo, per caso?»

«No» aveva risposto di getto. Poi le era tornato in mente quello spilungone moro che da un po' di tempo ronzava intorno casa.

«In effetti… qualcuno ci potrebbe essere, ma lei non mi ha detto nulla.»

«Vedi?» aveva replicato l'altra, trionfante. «Se c'è di mezzo l'amore è tutto chiaro. Ha passato la notte con lui.»

«Martina a letto con un ragazzo?»

«Un ragazzo? Martina sta con un ragazzo?» era sbottato Antonio.

«Uh, Signore, ti sembra così strano? Cosa facevamo noi a quell'età? Te lo sei dimenticato? A quell'età se ti innamori non capisci più nulla. Guarda noi, non solo ci abbiamo fatto l'amore, ma ce li siamo perfino sposati. Il che mi sembra parecchio più grave!» Aveva fatto una bella risata. «Fossi in voi cercherei di calmarmi, la cosa peggiore che possa essere successa è che ve l'abbiano spiumata.»

Il linguaggio colorito di Rosaria e il suo buonsenso popolano erano stati un balsamo. Franca era rimasta con la cornetta appoggiata al petto e un'espressione di sollievo nello sguardo.

«Da quanto tempo tua figlia frequenta questo ragazzo?» le aveva chiesto il marito.

«Non ne ho idea. E comunque è anche figlia tua.»

«Quando torna mi sente.»

Giusto! Ma entrambi si erano sentiti più leggeri.

Lei e Antonio seduti sul divano, rigidi come giudici dell'Inquisizione, Martina davanti a loro che tira su col naso e sbircia la pasta sul tavolo che si raffredda. Quasi le scappava da ridere mentre, più tardi, riordinava la casa. Quanti anni aveva lei quando aveva fatto l'amore con Antonio per la prima volta? Neanche venti. Le era balenata l'immagine di loro due, distesi sull'erba, storditi dal desiderio, a scambiarsi parole di zucchero. Come immaginare che un giorno lui avrebbe ciabattato sbadigliando dallo studio al letto e che lei avrebbe dormito con i bigodini? *Meglio che se la goda ora*, aveva pensato.

All'una aveva sentito girare la chiave nella toppa ed era corsa ad aprire la porta. Antonio, con la giacca buttata sulla spalla e la borsa di pelle in mano, aveva scambiato con lei uno sguardo smarrito.

Si erano seduti in salotto, aspettando in silenzio.

Alle quattro di tacito accordo erano tornati al telefono. Antonio aveva chiamato tutti gli ospedali della città, senza risultato. Poi avevano deciso di sentire Alejandro. Di nuovo aveva risposto sua madre.

«Alejandro?» aveva chiesto Franca.

«Non c'è.» Questa volta la voce era esitante, quasi imbarazzata.

«Quando torna?»

«Non lo so.»

«L'hai sentito almeno? Gli hai chiesto di Martina?»

«Sì, gliel'ho chiesto, ma non sa nulla. Scusami, Franca, ora ti devo proprio lasciare. Ci sentiamo presto, va bene?»

A quel punto Antonio le aveva detto: «Andiamo al commissariato di zona a fare la denuncia. Porta una foto di Martina».

Era una foto dell'anno prima. La ritraeva al mare, seduta su una barca in secca. Aveva una canottiera verde mela e i capelli sciolti, fissava l'obiettivo con un sorriso candidamente malizioso.

Perché ho scelto proprio questa? Si era chiesta mentre la posava sulla scrivania. L'uomo di fronte a lei l'aveva presa e guardata troppo a lungo: «Bella ragazza,» aveva commentato «complimenti!».

Aveva provato l'impulso di strappargliela di mano. C'era qualcosa di ripugnante in quell'individuo dal naso adunco e i capelli unti.

Antonio le aveva toccato una gamba sotto il tavolo. «Le ripeto, commissario...»

«Ispettore.»

«Le ripeto, ispettore, vorremmo denunciare la scomparsa di nostra figlia.»

Per arrivare in quell'ufficio avevano dovuto costeggiare la fila silenziosa di coloro che si recavano in commissariato per chiedere notizie dei familiari arrestati. Passivi come anime del Purgatorio, raggiungevano lo sportello e facevano dietrofront a testa bassa. Franca e Antonio, passando, si erano avvicinati il più possibile al muro opposto per marcare la distanza. Martina non aveva conti in sospeso con la giustizia, loro erano lì per chiedere aiuto alla polizia, perché la polizia era al servizio dei cittadini. Così aveva pensato fino a quel momento, ma al cospetto di quello squallido individuo le era sorto il sospetto che, come un esercito di pretoriani, fosse soltanto al servizio del regime.

«Ho capito» aveva risposto l'ispettore. Aveva estratto di malavoglia un modulo da un cassetto. «A che ora è scomparso il soggetto in questione?»

Il soggetto in questione? Mia figlia, asino, la mia bambina.

«È uscita ieri sera alle sette e da allora non l'abbiamo più vista.»

Il funzionario aveva alzato lo sguardo: «Non sono passate nemmeno ventiquattro ore».

«Le è accaduto qualcosa, ne sono sicura. Martina non se ne andrebbe mai senza avvertirci» aveva ribattuto lei con veemenza.

Quello aveva fatto un sorriso di sufficienza: «Dicono tutti così. È passato troppo poco tempo per avviare le ricerche».

«Mia figlia scompare e lei si rifiuta di cercarla?»

«Si calmi, signora, non è il caso di usare questo tono. Sappiamo noi cosa fare.»

Antonio si era alterato: «Senta, sono un avvocato, so qual è la procedura. Facciamo questa denuncia per favore».

L'ispettore aveva riabbassato gli occhi sul modulo, chiaramente indispettito.

«Come era vestita la ragazza al momento della scomparsa?»

Nessuno rispose. Gli occhi dei due uomini si appuntarono su Franca.

«Forse… era in jeans e maglietta.»

«Forse? E la maglietta di che colore era?»

Franca aveva abbassato il capo: «Non lo so».

«Lei era in casa quando sua figlia è uscita?»

«Sì.»

«E non sa di che colore era la sua maglietta?» Era il momento della sua rivincita.

«No, non l'ho vista uscire. Martina ha tante magliette, di tutti i colori, non sono riuscita a individuare quale manchi.»

«Capisco.»

Il sorriso di Martina era finito dentro una cartella insieme alla denuncia di scomparsa. L'uomo si era alzato e si era rivolto a Franca: «Non si preoccupi, signora Belgrano, la polizia argentina è molto efficiente; faremo tutto il possibile per riportarle sua figlia a casa».

La prima volta le dissero: «Devi metterti il *pañuelo*».

«*Il pañuelo*?»

«Il pannolino di stoffa che mettevi a tua figlia quando era neonata. È la nostra divisa. Devi avere in testa un fazzoletto bianco.»

Poi le dissero: «Devi portare dietro una fotografia di Martina. Devono sapere perché siamo qui».

Ogni giovedì pomeriggio plaza de Mayo si riempiva di donne.

Sbucavano da ogni parte, da sole o in piccoli gruppi, si riunivano davanti alla Casa Rosada, sede del governo, con i loro fazzoletti bianchi e le foto dei figli bene in vista. Poi, per mezz'ora, sfilavano intorno all'obelisco centrale, puntuali e ostinate come sensi di colpa. Gridavano: «*Aparición con vida*», vivi li avete presi e vivi li rivogliamo.

L'arresto e l'uccisione di alcune di loro non le avevano scoraggiate, ogni giovedì erano più numerose.

Gli assembramenti erano vietati, per questo si muovevano continuamente marciando in tondo. Prima erano arrivati i soldati a pungolarle con i fucili. Poi era arrivata la polizia con i manganelli e gli insulti. Alla fine avevano mandato l'esercito, schierato in formazione con le armi puntate. Loro gli si erano parate davanti, compatte come una falange: «Sparate, avanti, ammazzateci tutte». E la gente, che ormai accorreva per vederle, rideva della reazione sconcertata dei militari.

Per Franca fu linfa vitale. Le Madri parlavano la sua lingua, come vestali custodivano il fuoco sacro della speranza. Erano tutte convinte, come lei, che i loro figli sarebbero tornati, che la loro lotta li avrebbe salvati. Il generale Videla aveva affermato in un'intervista televisiva: «*No están ni vivos, ni muertos, están desaparecidos*». Ebbene, loro li avrebbero fatti ricomparire.

Nei loro racconti il suo stesso calvario, replicato all'infinito, diventava un po' più tollerabile: le attese interminabili nei corridoi dei commissariati a mendicare briciole di menzogne da funzionari insolenti, la ricerca disperata di conoscenze tramite le quali avere notizie. Molte erano andate alla cappella Stella Maris a implorare aiuto dal vicario militare Teodoro Grasselli che aveva uno schedario delle persone scomparse. Lui sorrideva paterno, congiungeva le mani sullo stomaco e assicurava: «Farò tutto il possibile, ma mi servono notizie più precise. Per esempio, chi frequentava tuo figlio prima dell'arresto?».

A un certo punto non ne avevano potuto più.

«Andiamo alla Casa Rosada,» aveva proposto qualcuno «chiediamo conto direttamente al governo. Non è lì che si è sempre radunato il popolo argentino?»

Era iniziata in quel modo.

Franca partecipava alle riunioni, alle marce, cuciva i fazzoletti bianchi, non si perdeva un'iniziativa delle Madri. Guardava con un sospiro suo marito accartocciato su una poltrona, sempre più abulico e taciturno, l'immancabile disco d'opera che girava nello stereo.

«Io vado.»

«Dove?»

«È giovedì, non te lo ricordi?» rispondeva risentita.

Lui scuoteva la testa: «Tu non hai nulla a che vedere con quelle donne, Martina non è una *desaparecida*».

Lo fissava con astio, poi indossava il *pañuelo* e usciva di casa.

Raramente qualche scomparso riappariva davvero. Si trattava di persone arrestate per sbaglio, tenute legate e bendate per mesi nei centri di detenzione clandestina, spremute come limoni a suon di torture e infine rilasciate in quanto "non utili". Prima di fuggire all'estero, quando il cervello non si paralizzava e rifiutava di ricordare, fornivano frammenti allucinanti di quello che avevano passato: le grida che attraversavano i muri del sotterraneo, l'annullamento della persona. Raccontavano di sevizie indicibili, la testa immersa negli escrementi, giorni interi appesi a ganci di macellaio, arti segati.

Franca non voleva ascoltare, il suo cuore non glielo permetteva. La sua mente scartava in automatico l'idea che Martina venisse straziata, era un fiore in boccio, lei, nessuno, neppure il più efferato degli aguzzini, avrebbe osato alzare le mani su sua figlia. A breve sarebbe tornata, più magra, certo, forse con qualche livido, ma viva e integra. Nelle notti insonni, quando una voragine si apriva sotto di lei e la risucchiava nel fondo e il respiro si fermava e un urlo infinito le trapanava i timpani, era quello il pensiero a cui si aggrappava, che la cullava pietoso e, finalmente, all'alba, le regalava qualche ora di sonno.

Seduta sul letto di Martina lasciò che una lama di sole le sfiorasse una gamba per allungarsi a fendere il pavimento. Una mosca era entrata dalla finestra e ronzava intorno all'aranciata, Franca si alzò e coprì il bicchiere con un fazzoletto. La camicetta era sul letto, esattamente come sua figlia l'aveva lasciata. L'accarezzò con la mano. *Dove sei, Cocorita?* Nei suoi dialoghi solitari aveva ripreso a chiamarla col nomignolo di quando era bambina.

Quando l'attesa è priva di scadenza scava solchi nella mente, diventa ossessione. Quando l'attesa è priva di scadenza, chi attende vaga nella terra del niente alla ricerca di una certezza qualsiasi.

Vengono chiamate "mancanze ambigue", perché colui che è assente fisicamente è presente costantemente nel pensiero.

Nei giorni che erano seguiti alla scomparsa di Martina, Franca si era trasformata in pura attesa e nell'attesa si esauriva ogni sua funzione. Usciva solo per andare insieme al marito al commissariato a chiedere notizie, per il resto passava le ore seduta accanto al telefono. L'ispettore non ne poteva più delle loro visite, cercava di levarseli di torno come pulci fastidiose, se li scorgeva in fondo al corridoio chiudeva a chiave la porta del suo ufficio e se la svignava.

Franca non mangiava, non dormiva, congelata in una tensione delirante che la divorava internamente come un cancro. Aveva telefonato ripetutamente a casa di Alejandro, ma rispondevano sempre Rosaria o suo marito, lui non c'era mai, una volta era all'Università, un'altra era partito per una breve vacanza. La risposta era sempre la stessa: inutile cercarlo, di Martina non sapeva nulla.

Un giorno si era fatta coraggio e si era presentata a casa sua senza preavviso. Quando Rosaria, aprendo la porta, se l'era trovata davanti, era ammutolita, l'aveva preceduta in salotto e le aveva fatto cenno di sedersi. «Immaginavo che prima o poi saresti venuta.»

Per la prima volta, entrando in quella stanza, Franca aveva notato i centrini all'uncinetto che l'amica confezionava e che aveva regalato anche a lei. Erano ovunque, lindi e inamidati, a impreziosire con i loro stucchevoli merletti i vasi da fiori, i portacenere di cristallo, le statuine di porcellana. Aveva provato l'impulso di tirarli via e di pesticciarli sotto i piedi. Si era seduta impettita a guardare le particelle dorate di polvere in sospensione nel raggio di sole che entrava dalla finestra spalancata.

Rosaria aveva appoggiato la mano sulla sua: «Dio, Franca, non puoi ridurti in questo modo!».

Aveva sottratto la mano e l'aveva guardata dritto negli occhi.

«Perché non vuoi farmi parlare con Alejandro? Cosa nascondete?»

L'altra aveva fatto un sospiro lungo: «Alejandro se n'è andato. È in Italia».

«Quando?»

«È partito il tre gennaio. È scappato.»

Il giorno della scomparsa di sua figlia. La testa aveva cominciato a girare, le gambe molli come gelatina.

«Sono scappati insieme?»

«Credo di no. Anzi, ne sono sicura.»

Allora si era rivoltata contro l'amica come una furia: «Perché non me l'hai detto? Tu... tu... ti ho telefonato proprio il tre mattina, ricordi? Ero disperata e tu mi hai preso in giro, mi hai raccontato la storiella dei ragazzi che passano la notte fuori senza avvertire».

«Non lo sapevo, te lo giuro. Quando mi hai chiamato non sapevo ancora nulla, credevo davvero che Alejandro fosse da un amico.»

Franca l'aveva scrutata, incredula.

«Perché se n'è andato in questo modo?»

Rosaria aveva esitato, poi era corsa a chiudere la finestra.

«A quell'età è facile mettersi nei guai. Era entrato nella lotta clandestina, temeva che l'avrebbero arrestato.»

Da quando in qua ti interessi di politica? Da quando sparisce la gente. «Anche Martina!»

L'altra era rimasta in silenzio.

«Come è possibile? Come hanno cominciato?»

«Forse un compagno di Università, quel Felipe, ma non so niente di lui e, ti giuro, non so se ci fosse dentro anche tua figlia. Quel giorno, quando mi hai telefonato, Alejandro non è tornato, mi sono detta *Vuoi vedere che lui e Martina hanno combinato qualcosa?* Invece nel pomeriggio mi ha telefonato, mi ha detto che era all'aeroporto di Montevideo, che stava per partire per l'Italia. Mi è preso un colpo. Per l'Italia? Mi ha detto che non poteva parlare, che mi avrebbe spiegato una volta arrivato, ma qualcosa me l'ha fatta intendere.» Si era asciugata una lacrima col dorso della mano. «Ora è laggiù, fortuna che ci sono i parenti di Bologna.»

«Come lo sai?»

«Che domande! Ci sentiamo.»

«E Martina?» aveva continuato a chiedere come un disco rotto.»

Questa volta l'amica le aveva preso entrambe le mani.

«Franca, non so nulla di Martina.»

«Non gli hai chiesto di lei?»

«Certo che gliel'ho chiesto, ma mi ha giurato di essere partito da solo.»

Franca l'aveva guardata dritto negli occhi: «Dimmi la verità, era coinvolta anche lei?».

Rosaria aveva distolto lo sguardo, l'aveva appuntato sulla finestra, poi sulla porta, poi sul cuscino all'uncinetto che faceva bella mostra di sé sulla poltrona, aveva dato un colpo di tosse, alla fine si era concentrata sui suoi pollici che strofinavano le mani di Franca. «Non lo so. Potrebbe essere.»

Franca era scoppiata in lacrime, si era piegata su se stessa: «Quella notte non è tornata, l'hanno presa, l'hanno arrestata prima che potesse fuggire!».

«Smettila, calmati! Prova a ragionare. Se arrestano una persona si viene a sapere. Hanno fatto irruzione in casa vostra? Sono venuti a perquisire? No, vedi, io non credo che Martina fosse coinvolta.» Cercava di arrampicarsi sugli specchi. «Mi hai detto che c'era un ragazzo, forse è scappata con lui.»

Franca l'aveva guardata con genuino rancore. «Stai scherzando?»

«Perché no? Lo sai che quando si è innamorati non si ragiona più. Poi a quell'età!»

«Tu pensi che *mia* figlia ci avrebbe fatto questo? Non la conosci. E poi, perché Alejandro ci avrebbe telefonato?»

«Sono tanto amici, forse...»

«Non prendermi in giro, Rosaria.»

Era tornata a casa e aveva messo sottosopra la camera di Martina. Aveva guardato sopra l'armadio, in fondo ai cassetti, dentro le scatole delle scarpe, aveva sfogliato i libri e le agende in cerca di materiale compromettente o anche solo di un nome, di un indirizzo che potesse fare luce sulla vita segreta di sua figlia: niente. Solo quando stava per desistere aveva trovato sotto il letto uno zaino con dentro un bikini, un telo da bagno, qualche gettone telefonico e un po' di soldi.

Alejandro ha chiamato dall'aeroporto aveva detto Rosaria. Quanti gettoni servono per chiamare da Montevideo? *Quei* gettoni. Alejandro aveva telefonato chiedendo di lei proprio mentre stava per partire. Dovevano scappare insieme, era chiaro, ma lei non era mai arrivata. Sarebbe dovuta partire il tre mattina, la sera prima era uscita di casa alle sette, sarebbe dovuta tornare per prendere lo zaino, invece era sparita. Cosa era successo in quelle dodici ore? Dov'era andata, quali strade aveva percorso, chi aveva visto? Più cercava di mettere ordine tra le tessere di quel puzzle, più si confermava in quell'unica, terribile verità: Martina era stata arrestata. Era vero, nessuno aveva fatto irruzione in casa loro, nessuno l'aveva vista trascinare via nel cuore della notte, ma in quell'epoca maledetta chi spariva finiva in un posto solo. Le erano tornate alla mente storie sussurrate, storie alle quali non aveva voluto dare ascolto, di ragazzi ingoiati dalle Falcon senza targa nel mezzo di strada. Le macchine verdi entravano e uscivano in continuazione dall'ESMA e dal garage Olimpo, uomini in borghese lì davanti pulivano le armi in pieno giorno. Nessuno vedeva, neanche lei aveva visto, la paura era più forte di tutto. Solo le Madri di plaza de Mayo vedevano, *las locas,* le pazze che non avevano paura di morire, perché dentro erano già morte.

Lei e Antonio avevano ripreso la strada del commissariato di zona. Non avevano più cercato l'ispettore nella stanza in fondo al corridoio, ma si erano uniti alla fila silenziosa in coda allo sportello. Come pellegrini al tempio di Apollo avevano atteso pazientemente il loro turno e, giunti al cospetto dell'oracolo, avevano ascoltato il verdetto della Pizia. Sempre lo stesso: «Il nominativo non compare nella lista dei fermati».

«Ma nostra figlia è scomparsa da un mese.»

«Sarà scappata col fidanzato. Se non ha fatto nulla di male tornerà.»

Franca se l'era presa col marito: «Abbiamo diritto di sapere dov'è Martina, di cosa è accusata».

«Non c'è alcuna prova che sia stata arrestata, potrebbe essere scomparsa per mille altri motivi. Non hai sentito? Non è nella lista.»

«E tu ci credi? Dicono così a tutti. Che razza di avvocato sei se non sei capace di difendere tua figlia?»

Aveva fatto di tutto, aveva riempito chilometri di carta bollata, tallonato colleghi che cercavano di evitarlo, chiesto udienza ai giudici, scomodato tutte le conoscenze che aveva.

«Non ci sono appigli, te lo vuoi mettere in testa? Qualcuno l'ha vista arrestare? La polizia è venuta a perquisire la casa? Non c'è uno straccio di prova, ti ripeto. Le tue sono soltanto supposizioni, un'idea su cui ti sei fissata.»

«E allora? Allora dov'è finita Martina?»

Antonio si grattava la testa. «E se davvero fosse scappata con quel ragazzo?»

Allora Franca gli gridava contro: «Anche tu con questa storia? Come puoi pensare questo di Martina? Non la conosci? No, tu non la conosci, tu conosci Violetta, Carmen, Tosca, ma di tua figlia non sai niente».

L'ipotesi che fosse stata arrestata, l'unica plausibile, rappresentava paradossalmente la luce in fondo al tunnel, la sola a cui aggrapparsi per uscire dalla terra del niente. Il teorema era semplice: se una persona viene arrestata e si dimostra la sua innocenza o al massimo una responsabilità lieve, quella stessa persona prima o poi verrà liberata.

Tornava a scagliarsi contro il marito come una Erinni: «Tu! Tu non fai nulla! Non stai facendo nulla per tirar fuori Martina da quel buco. *Habeas corpus,* la conosci questa formula? Devo spiegartela io che non sono avvocato? Io ho il diritto, io esigo di sapere dove si trova mia figlia e perché l'hanno arrestata».

Alla fine tramite un dirigente dell'associazione "Unione e Benevolenza" erano riusciti a ottenere un colloquio col colonnello Merino, braccio destro del generale Agosti.

Li aveva ricevuti dopo un'anticamera di due ore. Era in piedi dietro la scrivania e stava riordinando alcuni documenti. Aveva fatto loro cenno di sedersi senza interrompere il lavoro.

Antonio l'aveva presa larga: «Ci siamo permessi di disturbarla per una questione di estrema urgenza». Si era schiarito la voce. «Abbiamo pensato che lei, data la sua posizione, potrebbe esserci di aiuto.»

Il colonnello aveva continuato a smistare le carte senza nemmeno alzare lo sguardo.

«Si tratta di nostra figlia. È scomparsa lo scorso due gennaio e da allora non abbiamo sue notizie.»

«Ci sono i commissariati per questo.»

«Lo sappiamo, ma... abbiamo il sospetto che sia stata arrestata e che attualmente si trovi in un centro di detenzione.»

«Siamo certi che si sia trattato di un errore» l'aveva interrotto Franca.

A quelle parole l'ufficiale aveva alzato il capo. Sul volto, immune da qualsiasi cedimento alle emozioni, i baffetti alla Clark Gable stonavano come un tocco di rossetto sulle labbra di un cadavere. La trapassò da parte a parte con lo sguardo: «Difficilmente facciamo errori, signora».

Antonio aveva toccato con la coscia quella di sua moglie. «A noi basterebbe avere notizie.»

«Anche per questo esistono uffici appositi. Non saprei come esservi utile.» Aveva ripreso il suo lavoro facendo intendere che il tempo a loro disposizione era terminato.

«Sappiamo che lei è amico dell'ambasciatore d'Italia. Abbiamo la cittadinanza italiana.»

L'altro aveva sollevato lo sguardo con un sospiro di fastidio e aveva sbattuto le palpebre un paio di volte, poi gli aveva porto un foglietto di carta: «Scrivete qui i dati di vostra figlia, vedrò cosa posso fare».

Dopo che ebbero annotato tutto quello che c'era da sapere di Martina, il colonnello aveva aperto le braccia in un gesto di commiato. Uscendo avevano visto dalla porta accostata che gettava l'appunto nel cestino dei rifiuti.

Tornati a casa Antonio si era rifugiato nel suo studio senza dire una parola. Franca lo aveva seguito, si era fermata davanti alla porta chiusa. "Vissi d'arte, vissi d'amore, non feci mai male ad anima viva", aveva sentito cantare dall'altra parte. In un primo momento aveva pensato di fare irruzione e di spaccare lo stereo sulla testa di suo marito, ma era stata presa da un attacco di pianto così forte che non le era rimasto che chiudersi in camera di sua figlia.

Passavano i mesi e Franca, che era di indole parsimoniosa e per educazione detestava gli sprechi, spese cifre irragionevoli. Era un tormento affrontare nel minimarket sotto casa l'imbarazzo di don Prudencio e di sua moglie che la servivano in fretta a occhi bassi; peggio ancora se davanti al bancone incontrava una vicina, odiava quegli sguardi sfuggenti, carichi di compassione. Eppure ogni mattina andava a fare la spesa, riempiva le borse di carne, burro, uova, verdure e si piazzava per ore davanti ai fornelli. *Martina potrebbe tornare in qualsiasi momento, sarà affamata.*

La immaginava aggrapparsi al campanello di casa, gettarle le braccia al collo: «Mamma, in galera si mangia da schifo, hai preparato qualcosa? Le *empanadas* di patate? La *fugaza*? Non ci credo, c'è anche il *dulce de leche*! Mamma, devo sparire più spesso!».

Quando Antonio tornava guardava tutte quelle pietanze senza dire nulla. Spilluzzicavano qualcosa e la sera lei vuotava i vassoi nel bidone dei rifiuti.

Ogni due settimane andava in merceria o ai Grandi Magazzini. Acquistava mutandine, pigiami, magliette o maglioni a seconda della stagione. Non era necessario controllare la taglia, li stendeva sul banco e calcolava a occhio: *Questa è la sua misura, ma andrà ancora bene? Sarà dimagrita?* Poi tornava a casa, li piegava con cura, li accarezzava e li riponeva negli scaffali dell'armadio di sua figlia. «Che bella camicetta, mamma, e quanti maglioni! Sono tutti per me?», «Per te, Cocorita, amore della mia vita, voglio vederti addosso tutti i colori dell'arcobaleno».

Franca apparteneva a una famiglia di credenti, ma col passare degli anni la sua fede si era fatta sempre più tiepida. A far piazza pulita delle perplessità residue ci aveva pensato il marito e soprattutto il suocero con il suo scetticismo carico di ironia. Non metteva piede in chiesa da tempo immemorabile, ma un pomeriggio in cui non sapeva dove sbattere la testa decise di andarci.

Scelse la basilica del Santísimo Sacramento, dove s'era sposata. Era il 10 di luglio e pioveva a dirotto. S'incamminò sotto un cielo livido, cercando di schivare gli schizzi sollevati dalle automobili e di raddrizzare l'ombrello che si rovesciava a ogni assalto del vento.

Quando entrò stavano officiando la messa. Sulle panche più vicine all'altare sedeva una quarantina di persone, ma la chiesa era così grande da sembrare vuota. Prese posto in una delle ultime file, stringendosi infreddolita nel cappotto. Inalò l'odore di incenso e di lana bagnata e seguì con lo sguardo il rivolo d'acqua che dalla punta del suo ombrello correva lungo il pavimento, poi alzò gli occhi sulle vetrate policrome, sui marmi bianchi e rossi, sui graniti azzurri, sulle maioliche veneziane, sul trionfo d'oro e d'argento dell'altare maggiore e sull'organo imponente che tanti anni prima aveva accompagnato il suo passo di sposa. Tutto quel luccichio non riusciva a sciogliere il gelo dentro di sé.

Al termine della funzione, quando il prete e gran parte dei fedeli se ne furono andati, percorse lentamente le navate deserte. Nell'ultima cappella a sinistra prima dell'abside vide una statua della Madonna. Era una scultura come se ne vedono tante, in tutto fedele all'iconografia ufficiale. Era in piedi, le braccia allargate e le mani con i palmi rivolti verso l'alto, come per abbracciare l'universo mondo, la testa leggermente reclinata, un sorriso mesto sulla bocca. Franca accese ventidue candele, quanti erano gli anni di Martina, s'inginocchiò cercando conforto nella preghiera.

«Madre santissima, ho solo lei, la luce della mia vita, per questo sono qui a mani giunte. Sai di chi parlo, vero? Parlo di mia figlia. Me l'hanno strappata. Guardami, ho cinquantasette anni, ma negli ultimi mesi ne ho presi altri cento. Guarda questa donna di centocinquantasette anni.»

Il volto della Madonna, tra i bagliori delle candele accese, conservava il suo sorriso serafico.

«Madonna, anche tu sei stata madre, anche tu conosci il dolore, il dolore più grande del mondo, quello di perdere un figlio.» Dovette interrompersi, perché un singhiozzo le spezzò la voce. «Tu lo sai cosa vuol dire metterlo al mondo, allattarlo, vederlo crescere, il primo dentino che cade, la prima cotta.» Altro singhiozzo. «E poi sparisce, non senti più la sua risata, non puoi più confortare il suo pianto. Se n'è andato e tu non sai dove sia, cosa gli stiano facendo... Devi sapere che significa, devi saperlo, per forza. Allora, Madonna, mi spieghi perché doveva toccare anche a me? Perché anche a me lo stesso tormento? Non ne bastava uno, il tuo?»

Alzò sulla statua il viso rigato di lacrime. La Madonna non aveva risposte.

«Se sei misericordiosa come dicono, perché non mi aiuti? Perché non la fai tornare? Perché non proteggi la mia bambina? La mia Cocorita? Avanti, spiegamelo! Spiegami che ci stai a fare se non sai proteggere i figli.»

La Madonna sorrideva. Avrebbe potuto strapparsi i capelli, vomitare schiuma verde e parole sataniche e lei, dall'alto della sua inesistenza, avrebbe continuato a sorridere.

Senza rendersene conto aveva alzato la voce. *Che idiota, prendersela con una statua!* Un prete aveva fatto capolino dalla porta della sagrestia e la stava osservando. Franca gli lanciò un'occhiata rabbiosa, raccolse borsa e ombrello e uscì dalla chiesa.

Non pioveva più, solo qualche pozza di luce stampata dai lampioni sull'asfalto bagnato. Due ombre in bicicletta attraversarono la piazza, le giunse l'eco di voci e risate di ragazze: le parve che una sciabola la tagliasse a metà.

S'incamminò come un automa lungo la via di casa, incurante delle proteste dei passanti contro cui sbatteva. In calle Uruguay, però, lo spiraglio di luce che filtrava da una porta accostata catturò la sua attenzione. Era la casa delle Madri, ci era passata tante volte davanti e sempre aveva tirato diritto. Erano le sovversive, *las locas*, come le chiamavano tutti, le pazze che ogni giovedì andavano in plaza de Mayo a farsi bastonare dalla polizia. Senza sapere perché spinse la porta con entrambe le mani e si trovò in una stanza tappezzata da cima a fondo da fotografie. Erano migliaia, foto di donne, uomini, di giovani, tanti giovani. Sorridevano sullo sfondo del mare o di un giardino o del telo bianco di uno studio fotografico, catturati in eterno da uno scatto, quando ancora il diritto alla vita pareva cosa scontata. Ecco un ragazzino, capelli scurissimi, un accenno di peluria sul labbro superiore, guarda l'obbiettivo con un sorriso forzato, chiaramente a disagio. Accanto, un bell'uomo con gli occhi chiari fa un cenno di saluto con la mano alzata. E giovani donne, tante, brune, bionde, con i capelli lunghi, con i capelli corti, con gli occhiali, con una catenina al collo, con gli orecchini, con i capelli al vento, con un berretto in testa. Giovani donne, come Martina. La foto che la ritraeva seduta su una barca in secca era rimasta tra le grinfie dell'ispettore di polizia; forse se la portava in bagno e la guardava mentre si masturbava. Ebbe un conato di vomito.

Fu allora che si sentì sfiorare un braccio e, voltandosi, vide una signora dal portamento aristocratico con i capelli bianchi raccolti sulla nuca che la osservava bonaria.

«Chi ti manca?» le chiese quella.

Non disse *Come ti chiami, chi sei, che ci fai qui,* disse solo: «Chi ti manca?». Perché l'identità di chi entrava in quella casa si riassumeva tutta in quella domanda.

«Mia figlia» balbettò Franca. «Martina.»

La donna annuì: «Sono Maria Adela Gard. Anche a me hanno preso un figlio. È avvocato, difendeva i detenuti politici».

Hanno arrestato il professor Lopez, pare che difendesse i rivoluzionari.

«Lo so, è molto rischioso, hanno arrestato anche un professore di mia figlia per lo stesso motivo. Mia figlia fa Giurisprudenza.»

«È una bella facoltà.»

«Senta... non lo so perché sono qui, forse mia figlia si era infilata in qualche movimento rivoluzionario, a me non pareva, voglio dire, non me ne sono mai accorta, neanche un sospetto ma, come si dice, i genitori sono gli ultimi a sapere... Forse non è come penso, non è che siano venuti ad arrestarla, non hanno nemmeno perquisito la casa... insomma, dicono che mi sono fissata, persino mio marito, è avvocato anche lui, anche mio marito dice...»

«I mariti meglio non coinvolgerli, entrano in depressione, si lasciano andare. All'inizio qualcuno si piccava di partecipare alle nostre marce, ma quando vedeva la polizia perdeva la testa, alzava le mani. Non è questo che vogliamo. Il giovedì li lasciamo a casa.»

«Il fatto è che Martina tutt'a un tratto è sparita. Abbiamo fatto denuncia al commissariato, dicevano che l'avrebbero cercata ma secondo me non si sono scomodati. Poi ho saputo che sarebbe dovuta scappare con un compagno di Università, temevano di venire arrestati. Lui è partito, lei no. Siamo tornati al commissariato, abbiamo chiesto se era nella lista dei fermati, ma ci rispondono sempre...»

«Questo nominativo non compare. Se non ha fatto nulla di male, tornerà. Dicono a tutti così.»

Franca sentì che la commozione la stava sopraffacendo. «È scomparsa da sei mesi» riuscì a dire prima di scoppiare in lacrime.

Maria Adela la lasciò sfogare. Restò al suo fianco, in silenzio, dandole lievi colpetti sulla schiena. Quando si fu calmata le porse un fazzoletto.

«Non volevo» si scusò Franca, piena di vergogna, soffiandosi il naso.

«Piangono in tanti qui.»

«Non so più che fare.»

«Non deve arrendersi, noi lottiamo per i nostri figli, perché ce li rendano. Senta, torni a casa, si calmi e poi ci pensi su. Questa porta è sempre aperta.»

Doveva andarsene, era chiaro, quella signora era stata fin troppo paziente, ma non riusciva a staccarsi da quel luogo. Lo sguardo tornava alle fotografie appese alle pareti, ai volti degli scomparsi che il ricordo teneva in vita. Una, in particolare, la colpì. Ritraeva una ragazza con i capelli lunghi e la frangiona sulla fronte. Era un primo piano di tre quarti. Gli occhi, grandissimi, parevano velati di tristezza, come se già allora presagisse che sarebbe finita su quella parete.

«María Claudia Falcone» la informò la donna. «Scomparsa nel settembre del '76.»

«Ma è una bambina!»

«Sedici anni. L'anno prima aveva manifestato contro l'abolizione del libretto studentesco.»

«L'hanno arrestata solo per questo?» Ricordava, una foto sulla *Prensa*, ragazzine in calzettoni e minigonna alla testa di un corteo. Rammentava anche il titolo: *Gli studenti della scuola superiore in lotta per il diritto allo sconto sull'acquisto dei libri di testo e sul biglietto dell'autobus*.

«Era tra gli organizzatori. Ne hanno portati via parecchi tra quelli che si sono esposti maggiormente, tutti tra i sedici e i diciotto anni.»

Quando Franca uscì, con gli occhi gonfi e un fazzoletto che non avrebbe mai restituito, non sapeva che quella sarebbe diventata anche la sua casa.

Il primo giugno 1982 fu un giorno piovoso, come quelli che l'avevano preceduto. A mezzogiorno circa fu avvertito un prolungato scricchiolio, un rumore di muri che si crepano all'unisono subito prima del terremoto, poi un tonfo sordo. Un palissandro secolare era smottato sul terreno umido e si era schiantato al suolo. La chioma aveva coperto un raggio di trecento metri, le radici erano emerse in superficie portandosi dietro enormi zolle di terra.

La sera del giorno dopo Constante García, conducente di autobus in pensione, durante la passeggiata serale vide il suo cane schizzare oltre i nastri arancioni che delimitavano la frana causata dall'albero e mettersi a scavare forsennatamente nella terra smossa. Inutilmente l'aveva richiamato con fischi e grida, quello continuava a raspare con le zampe anteriori e col muso come una furia. La cosa gli parve strana, perché, come spiegò ripetutamente in seguito agli inquirenti, era un animale ubbidiente e facilmente riconducibile alla ragione. Per questo aveva deciso di scavalcare i nastri e avvicinarsi al luogo che tanto pareva interessarlo.

«Si può sapere che ti prende?» aveva detto chinandosi per guardare anche lui.

Fu con genuino orrore che fra le foglie marce e le radici nodose, aguzzando la vista, vide spuntare i resti di un braccio umano.

Quando si fu ripreso dallo shock, mise il guinzaglio al cane e si precipitò a gambe levate nel negozio di souvenir che si trovava lì vicino per telefonare alla polizia.

Alle tre del pomeriggio del 4 giugno il telefono squillò in casa Belgrano. Sia Antonio che Franca erano presenti, lui sonnecchiava davanti al televisore acceso, lei lavava i piatti in cucina. Stava sciacquando un vassoio di porcellana con una decorazione floreale lungo il bordo, unico superstite di un servizio da tavola dei suoceri; una rosellina, una foglia dorata, una rosellina, una foglia dorata. Li avrebbe rivisti infinite volte quei festoni fioriti, infinite volte avrebbe sentito lo schianto secco mentre, alle parole e al tono della voce di suo marito al telefono, schizzavano in mille pezzi sul pavimento.

Poco dopo Antonio si affacciò alla porta, pallido come un fantasma. Si appoggiò allo stipite per non cadere a terra e la guardò. Rimasero a fissarsi, ammutoliti, lui in giacca da camera e pantofole, lei col grembiule annodato in vita e le mani insaponate.

Ci sono minuti che durano secoli. Minuti in cui il cervello si blocca e si rifiuta di prendere atto dell'evidenza, eppure, allo stesso tempo, lavora a mille, schegge di immagini in ordine sparso, una camera vuota, una bambina bionda accovacciata sulla sabbia, roselline e foglie dorate, una pila di magliette dentro l'armadio, un telefono che squilla.

«Hanno trovato un cadavere. Sembra... sembra che corrisponda a Martina» disse lui alla fine con un filo tremulo di voce.

Franca non mosse un muscolo.

«Devo andare all'obitorio per il riconoscimento.»

«Vengo con te.»

«No! Tu resti qui. Semmai ci vai dopo.»

Non ci fu un dopo né un prima né un durante. Semplicemente le lancette della vita si fermarono per Franca, come si erano fermate per sua figlia.

Il corpo era in avanzato stato di decomposizione, ma ancora riconoscibile. Riconoscibili i brandelli di jeans attaccati alle ossa delle gambe, riconoscibili i capelli aggrovigliati in una matassa di stoppie, riconoscibile il fermaglio di plastica che li teneva raccolti.

Nella cella gelida Antonio era svenuto più volte, avevano dovuto sostenerlo perché non rovinasse a terra; aveva vomitato contro la porta dell'obitorio, sul sedile della macchina della polizia, sul pavimento dell'ufficio del commissario.

Non ci fu autopsia, i familiari, sconvolti, non la richiesero e anche se l'avessero richiesta probabilmente non sarebbe stata autorizzata. Di morti come quello ne affioravano in continuazione, portati dalla corrente sulle rive del Mar della Plata, con il viso mangiucchiato dai pesci, oppure sollevati dalle ruspe tra le macerie di edifici in demolizione. Anche quel cadavere portava segni di martirio, ma la stampa, in ottemperanza ai dettami governativi, non ne fece cenno. Il *Clarín* si gettò per qualche giorno sulla notizia come una mosca sulla merda, ipotizzando un omicidio a sfondo sessuale, poi tutta l'attenzione era tornata alla guerra che gli argentini stavano combattendo contro la Gran Bretagna per il possesso di una manciata di scogli sperduti nell'Oceano Atlantico.

Non fu nemmeno accertata la causa della morte, fu sbrigativamente presentata una denuncia contro ignoti e il caso fu archiviato.

Franca non andò all'obitorio, Antonio glielo impedì con la solita frase, *Meglio che la ricordi com'era*, non andò in tribunale, non partecipò al funerale. Rimase rannicchiata sul letto di Martina, imbottita di tranquillanti. Dormiva per giorni interi, ma nel sonno i suoi occhi, agitati da forze maligne, si agitavano sotto le palpebre. Seguivano bruschi risvegli in cui la mente oscillava tra incoscienza e coscienza, fino a focalizzarsi su un'unica immagine: Martina con gli occhi bendati, immobilizzata da uno dei suoi carnefici, che invocava il suo nome. Allora urlava con quanto fiato avesse in gola, arrivava di corsa l'infermiera e con un'iniezione la riconduceva al nulla.

Quando si alzò dal letto era l'ombra di se stessa. Ciocche bianche e spettinate le incorniciavano un volto da spaventapasseri, divorato da occhi dallo sguardo allucinato, la camicia da notte e la vestaglia, unico suo abbigliamento, ricadevano dalle spalle smagrite.

Si aggirava come un'anima del Purgatorio in una casa buia, le imposte sempre sigillate, perché anche uno spiraglio di luce risultava intollerabile. E un solo pensiero, un'ossessione costante: Martina, quell'unica figlia, così a lungo desiderata e tanto amata. Nelle sue fantasie non era più la giovane donna che un giorno aveva detto *Mamma, esco con un'amica* e non era più tornata. Era piuttosto l'adolescente scontrosa che si strizzava i brufoli davanti allo specchio, la scolara diligente che disegnava tre figure stilizzate, due grandi e una piccola nel mezzo, *Io, la mamma e papà*, la bimbetta cicciottella che gattonava sul tappeto del salotto. Martina veniva risucchiata indietro nel tempo, come a offrirle una seconda vita, sempre più indietro, fino a tornare nel ventre di sua madre, in quel periodo magico in cui Franca appoggiava le mani sul pancione e le pareva di reggere il mondo.

Cominciò a cercare vecchie fotografie. Sfogliava album polverosi, rovistava nei cassetti, nelle scatole sopra la libreria.

È incredibile quante immagini di noi ci lasciamo alle spalle nel corso di una vita, anche se quella vita è stata recisa troppo presto. Spuntavano scatti dimenticati, in bianco e nero, cartoncini rigidi dai bordi zigrinati, ingialliti dal tempo. Martina che fa il bagnetto in un catino. I capelli non sono ancora cresciuti, ride serafica e stringe in mano una paperella di plastica. Martina in piedi, sostenuta dalla madre, che tenta i primi passi. Ha già i suoi bei capelli biondi e indossa un abito che le lascia scoperte le cosce. Martina in grembiule bianco e fiocco rosa, un buco al posto di un incisivo, i capelli raccolti in due trecce. Martina al mare, indossa solo un paio di mutandine di lana, di quelle che non asciugano mai, ed è molto impegnata ad affondare la paletta in un secchiello.

Un po' alla volta cominciarono ad arrivare le Madri di plaza de Mayo, portavano un fiore incartato nel cellofan o una scatola di cioccolatini, si sedevano di fronte a Franca con un sorriso mesto. Lei, immancabilmente, le costringeva alla visione delle foto, dalla prima all'ultima di quelle selezionate, e per ognuna aveva un commento.

«Guarda qui com'è grassa! Ha le pieghe sulle cosce.»

«E qui? Le manca un dente davanti! È un momento difficile quando cambiano i denti.»

E rideva, Franca, intenerita, ostinata, del tutto indifferente agli sbadigli repressi delle sue ospiti.

Arrivò anche Maria Adela col suo portamento regale e i capelli immacolati.

Le prese una mano: «Franca, è il momento di tornare alla vita, di uscire da questa tomba».

Lei la guardò stupita.

«La guerra è finita, abbiamo perso, *hanno* perso. Le Malvinas restano all'Inghilterra. I militari credevano di ritrovare consenso, invece l'hanno perso definitivamente. La *Junta* ha le ore contate, ci saranno le denunce, i processi, Franca, andremo a testimoniare, avremo giustizia finalmente. La verità verrà a galla, pagheranno per quello che hanno fatto ai nostri figli, a noi, a tutto il Paese. Pagheranno per quello che hanno fatto a Martina.»

Ma lei pareva non sentirla, a ogni parola dell'amica apriva l'album e indicava col dito una fotografia.

«Le guardiamo dopo. Ascoltami ora, dobbiamo continuare a lottare, non puoi arrenderti proprio in questo momento. Non vuoi la verità? Non vuoi la giustizia?»

No, Franca voleva solo Martina. La rivoleva indietro, bambina e paffutella com'era nelle immagini che non si stancava di accarezzare. Di quello che accadeva intorno a lei non gliene fregava un fico secco, proprio non se ne accorgeva; non si accorgeva nemmeno di suo marito che le stava accanto mesto e silenzioso e ogni giorno perdeva peso e colorito.

Antonio Belgrano non se la passava molto meglio. Non guardava le fotografie, ma si sentiva stanco, di una stanchezza mortale. Dal ritrovamento del corpo di Martina, tre mesi e mezzo prima, non era più andato allo studio, aveva delegato *in toto* il suo assistente, un ragazzo capace e fidato. Quando quello gli piombava in casa per chiedere consiglio su qualche caso spinoso, non apriva nemmeno il fascicolo. «Decidi tu, ho piena fiducia» gli diceva spingendolo verso l'uscita.

La mattina del 18 settembre si svegliò più stanco del solito. *Sarà il cambio di stagione*, si disse. Nel primo pomeriggio avvertì un dolore acuto tra la spalla e il braccio sinistro. *Domani vado dal medico*, pensò.

Non fece in tempo.

La sera intorno alle dieci, mentre Franca già dormiva, imbottita di sonniferi, entrò in bagno per lavarsi i denti, ma non riuscì a raggiungere il lavandino. Vomitò tra la porta e il water, poi stramazzò a terra.

Prima che il suo cuore si spaccasse in due, rivide, come in un film, gli ultimi accadimenti: il corpo di sua figlia adagiato su un tavolo metallico con un lenzuolo tirato fin sopra al capo. Il medico legale abbassa il lenzuolo, scopre il viso. Un volto scarnificato, privo di labbra. La prima impressione è quella di trovarsi davanti una testina d'agnello rosolata a dovere. No, non può essere Martina. Il medico insiste, deve guardare meglio. L'attaccatura dei capelli, gli zigomi alti, un incisivo scheggiato per una caduta rovinosa. A poco a poco da quei poveri resti emergono i bei tratti di sua figlia. Le due immagini, la Martina del ricordo e la Martina zombie si sovrappongono, l'una scavalca l'altra in un balletto raccapricciante, una sorride, l'altra ghigna.

La testa comincia a girare, la vista si annebbia.

È seduto su una sedia, gli mettono in mano un bicchiere colmo d'acqua.

«Ci rendiamo conto di quanto sia doloroso per lei, ma dobbiamo procedere con il riconoscimento» dice il commissario.

Il medico abbassa ulteriormente il lenzuolo, nella stanza c'è un freddo glaciale. Lo sterno scavato, le braccia distese lungo i fianchi. Incastrato nell'ulna del polso destro Antonio riconosce un sottile braccialetto d'argento ormai annerito, sposta lo sguardo ma non capisce, c'è qualcosa che non torna, c'è… ecco cosa c'è, anzi, cosa non c'è: al braccio sinistro manca la mano. Questa volta il buio è più profondo, più denso. Non gli è bastato ucciderla, l'hanno torturata. Hanno infierito sul suo povero corpo con quella sevizia e chissà con quali altre mutilazioni che la terra, pietosa, ha nascosto alla vista. Sì, gli era giunta voce che fosse pratica diffusa nel corso delle torture amputare gli arti, ma non ci aveva mai voluto credere; fino ad allora, quando la scure si era abbattuta sulla sua stessa carne.

L'ultima voce che sentì fu quella della zingara Carmen, che non si lascia conquistare da nessuno: "L'amour est un oiseau rebelle que nul ne peut apprivoiser, et c'est bien en vain qu'on l'appelle, s'il lui convient de refuser". E gli venne in mente che anche sua figlia era come un'eroina dell'opera lirica: destinata a non invecchiare. Mentre formulava questo pensiero si accorse che non gliene fregava nulla di lasciare la vita. Gli dispiaceva solo per Franca.

Quell'anno, 1998, l'inverno era stato particolarmente rigido. Franca si sentiva le ossa come vetri crepati e si portava dietro una tosse secca che non le dava tregua. Il nove settembre entrò, come tutti i mercoledì, nella Casa delle Nonne di plaza de Mayo per svolgere il turno settimanale di segreteria. A quell'ora la sede era deserta. Accese le luci perché il pomeriggio già declinava al tramonto ma avrebbe potuto orientarsi anche al buio tanto quel luogo le era familiare. Percorse il corridoio, superò la porta a vetri della sala riunioni e raggiunse l'ufficio. La stanza era gelida. Si sedette alla scrivania e avvicinò il più possibile la stufa elettrica alla sedia, ancora ignara che quel mercoledì, in un alito di tempo, avrebbe ribaltato ciò che restava della sua monotona vita.

Davanti a lei un pacco di lettere ancora da aprire. *Dov'è finito il tagliacarte?* Si mise a cercarlo sollevando i fascicoli che ingombravano il piano e in fondo a una pila, inaspettatamente, s'imbatté in un ritaglio di giornale. Lo riconobbe subito. Risaliva a tredici anni prima, ritraeva un'aula di tribunale incredibilmente affollata e, sul banco dei testimoni, la sua amica Estela Carlotto.

«Signora Estela Barnes de Carlotto, lei è la presidentessa dell'Associazione *Abuelas de Plaza de Mayo.* Esatto?»

«Esatto.»

«Vuole spiegare brevemente in che consiste l'operato e qual è lo scopo della vostra associazione?»

«Il nostro obiettivo principale è quello di restituire alle famiglie legittime i bambini sottratti alle donne sequestrate e scomparse. Operiamo anche perché si conservi la memoria di quanto accaduto. Gli uomini dimenticano in fretta.»

Franca annuì. *Proprio così, Estela, gli uomini dimenticano in fretta. Noi no, noi non dimentichiamo.*

Sollevò lo sguardo sulle foto appese alle pareti, di ogni volto sapeva il nome e ne conosceva la storia a memoria. Emiliana Castro, Rebeca Colombo, Berta Ruiz, Martina Belgrano: le ragazze che avevano partorito in carcere. Dietro quei volti c'erano altri volti, quelli delle madri che avevano perso una figlia e da vent'anni cercavano i loro nipoti.

Dopo la morte di Antonio erano tornate le Madri, qualcuna aveva portato un fiore, qualcuna un vassoio di pasticcini, tutte avevano portato un sorriso contrito e sincero. Con loro stupore avevano trovato Franca vestita, pettinata, composta e stranamente lucida nell'accogliere le loro condoglianze.

Era tornata anche Maria Adela e con lei era stato più complicato.

L'aveva osservata a lungo, poi le aveva chiesto: «Come mai non piangi?».

«Credo di avere esaurito tutte le mie lacrime.»

«E le foto di Antonio? Non me le mostri?»

«Devono esserci da qualche parte.»

«Franca, non mi freghi. Voglio sapere cosa ti frulla per la testa.»

«Cosa vuoi che mi frulli per la testa? Ho esaurito anche i pensieri. Stai tranquilla, sto solo cercando di riprendermi.»

«Ti conosco troppo bene, tu stai meditando qualcosa che non voglio nemmeno dire.»

La scrutava con quegli occhiacci indagatori ed era chiaro che le stava leggendo nel pensiero.

Franca si era guardata attorno: il divano di cuoio, *Cocorita non saltare, rompi le molle,* il televisore di fronte, il tavolo tondo, allungabile, *Mamma, il locro non mi piace, perché non mi fai le patatine fritte?*, le tendine di trina alle finestre. Il palcoscenico di battibecchi, bronci, risate, il palcoscenico ormai vuoto di una famiglia che era stata serena e che non esisteva più.

«Questa casa dovrebbe valere qualcosa, è grande, in pieno centro. Con qualche lavoretto potrebbe essere un'ottima sede per l'Associazione.»

«Che intendi dire?»

«Voglio lasciarvi questa casa, voglio che sia delle Madri di plaza de Mayo. Voglio contribuire perché portiate avanti la nostra causa.»

«Non li voglio sentire questi discorsi. Hai già contribuito e ora devi continuare. La partecipazione è l'unico contributo che vogliamo da te.»

«Non ce la faccio più, Maria Adela, voglio farla finita. Devo solo trovare il modo meno… cruento.»

«Che dici? Cosa stai dicendo?»

«Ho perso la mia unica figlia, il marito. Che ci faccio qui? Sono rimasta sola.»

«Non sei sola, ci sono io, ci sono le altre. L'unione è l'unica nostra forza, i nostri figli sono i figli di tutte, devi continuare a lottare per quelli che sono ancora vivi e che faremo tornare tra poco.»

Franca aveva scosso la testa: «Non è più così, per me».

«Sono anni che lottiamo, nessuna di noi ha ceduto, vuoi essere tu la prima, proprio ora che vediamo la luce in fondo al tunnel? Guarda me, mio figlio è scomparso da quasi sei anni, ho fatto il giro dei commissariati, delle caserme, delle parrocchie di Buenos Aires, nulla, nessuna notizia. Tu almeno hai una tomba su cui piangere, io non ho nemmeno quella.»

«Tu hai la speranza.»

«La speranza? Credi che ancora mi illuda? Lo so che è morto, che non tornerà, eppure resto al mio posto.»

Franca non aveva risposto. Pareva più interessata all'unghia del dito medio destro che si era spezzata.

«E Josefina allora?» aveva insistito Maria Adela. «Josefina ne ha passate di tutti i colori, ha perso due figli e una nuora, è vecchia, sola e male in arnese, eppure l'hai vista, non perde un giovedì. Siamo un esercito, Franca, nessuna diserta, combattiamo per la verità e la giustizia.»

«Io non ho la forza di combattere più per nulla. Lo vuoi capire?»

Maria Adela aveva incrociato le braccia, si era morsa il labbro inferiore: «Non sei la sola a soffrire. Dovresti prendere esempio da Estela Carlotto, lei è un faro per tutte noi».

«Non me ne importa nulla dei begli esempi!» era sbottata Franca.

«Invece dovrebbe importartene. Le hanno ucciso la figlia, Laura, e le hanno rubato il nipote nato in carcere. Tu riesci a immaginare cosa significhi? Sai che tuo nipote, tutto ciò che resta di tua figlia, è da qualche parte nel mondo e non puoi vederlo. Non sai se sta bene, se sta male, con chi e dove sta. C'è da andare fuori di testa. Allora sai che ha fatto lei? È entrata nell'associazione delle *Abuelas*, delle nonne, sono perfino più accanite di noi, sta muovendo mari e monti per ritrovarlo.»

Era stato mentre Maria Adela parlava di Estela Carlotto che un pensiero, come un lampo tardivo, aveva attraversato la mente di Franca, distogliendola dai propositi suicidi.

Quando era rimasta sola la sua mente aveva cominciato a lavorare a ritmo serrato. Si aggirava per la grande casa vuota, cucina, camera di Martina, bagno, ingresso, camera di Martina, mentre pensava all'ultimo mese di sua figlia in cerca di segnali che le fossero sfuggiti. Per la prima volta dopo tanto tempo aveva avvertito il tanfo di rinchiuso che ristagnava nelle stanze in penombra, si era accorta del velo di polvere sui mobili. Come aveva fatto a non pensarci prima? Era stato come svegliarsi da un lungo sonno. Episodi, parole che la scomparsa aveva fatto dimenticare tornavano ora vividi come se fossero appartenuti al giorno prima. Martina chiusa in bagno, lei dietro la porta: «Ancora nulla?». Le mestruazioni non arrivano, niente assorbenti sporchi nel cestino dei rifiuti, niente dolori di pancia, le mutandine immacolate. Un mese, due mesi, troppi. Loro due nell'ingresso, la ragazza schiacciata contro il muro, lo sguardo sfuggente: «Non sarai incinta, per caso?». E quel ragazzo moro che l'aspettava all'angolo, non uno di quegli sbarbatelli con cui studiava, un uomo fatto, che di certo non si accontentava di qualche bacio innocente.

Aveva ricordato di avere spedito Martina dal dottor Luma, erano risuonate, chiare, le parole di lei: «Il dottore ha detto che va tutto bene, ha detto che se il mese prossimo non tornano le mestruazioni riprendo la pillola». E lei, cretina, ci aveva creduto.

Nessuno è più cieco e ingannabile di un genitore quando si tratta dei propri figli. Aveva creduto a quello che le faceva comodo credere, questa era la verità. Eppure non erano mancate avvisaglie che una madre attenta avrebbe dovuto cogliere. Martina era stanca, sembrava preoccupata, non aveva appetito. Ora le tornavano in mente i lunghi silenzi, le reticenze, gli sguardi sfuggenti, quel gesto di allontanare il piatto da sé. *Il dottore ha detto che va tutto bene*, era bastata quella frase, buttata là, per rassicurarla, per spostare la sua attenzione dai problemi di sua figlia allo stupido cenone di Natale.

Aveva deciso di cercare conferma dal dottor Luma.

Non riceveva più nell'ambulatorio umido come una cantina, si era spostato due numeri civici più in là, in un bello studio al piano terreno.

Era sola nella sala d'attesa. Si era accomodata su una sedia sotto lo sguardo inquisitorio della segretaria. Nessuno con cui scambiare due parole, solo il rumore del traffico della strada dalle finestre aperte, niente da leggere. Mentre si guardava attorno imbarazzata, gli occhi le erano caduti su un cartellone appeso alla parete di fronte che rappresentava lo sviluppo del feto nel corso della gestazione: quattro settimane, una specie di virgola rovesciata, dieci settimane, dalla virgola sono spuntate una testa e due minuscole braccia, sedici settimane, il bambino è già lì, ha un capo enorme e arti ridotti, venti settimane, è cresciuto, è proporzionato, fluttua nel liquido amniotico rannicchiato su se stesso, tiene i piedini tra le mani.

Così era per tutti i bambini, così era stato per suo nipote. Si era formato al riparo del ventre di sua madre senza sapere che fuori di lì si stava scatenando l'inferno. Era bastato questo a proteggerlo? Oppure attraverso la placenta aveva assorbito insieme all'ossigeno e al nutrimento anche la percezione dell'orrore?

Le erano venute le lacrime agli occhi e più cercava di ricacciarle indietro, più quelle sgorgavano copiosamente. La segretaria si era alzata e le aveva porto un fazzoletto di carta.

Quando era entrata nello studio non si era ancora ripresa. Il dottor Luma l'aveva accolta dietro una scrivania di metallo, incastrato in una poltroncina che lo conteneva a stento. Malgrado il camice taglia extra-large, i bottoni all'altezza dello stomaco parevano sul punto di saltare. Non gli era sfuggita l'espressione accorata della paziente. Aveva proteso il faccione rosso e gioviale verso di lei e le aveva chiesto: «In che posso aiutarla, signora? Guardi che i problemi di menopausa si risolvono».

Franca si era soffiata il naso. «Non è per me, dottore, sono qui per mia figlia, Martina Belgrano. Se la ricorda? Soffriva di irregolarità del ciclo.»

Il medico aveva aggrottato la fronte, era rimasto qualche secondo a riflettere e poi aveva scosso la testa.

«Tante ragazze ne soffrono.»

«Sì, ma lei l'ha tenuta in cura per molto tempo. Siamo venute tante volte al vecchio studio.»

Quello si sforzava di ricordare, ma senza risultato: «Quando è successo?».

«Dodici anni fa.»

Il dottor Luma si era appoggiato allo schienale, incurante dei gemiti della poltroncina, e aveva allargato le braccia: «Signora, dodici anni! In dodici anni mi passano sotto gli occhi centinaia e centinaia di pazienti, come faccio a ricordare?».

«Martina è tornata da lei anche più di recente, nel dicembre del '77.»

«È comunque tanto tempo fa. Sono desolato, ma proprio non mi torna in mente.»

Allora Franca aveva estratto dalla borsa una foto di sua figlia e l'aveva mostrata al medico. Lui aveva osservato a lungo, annuendo: «Certo, ora ricordo; la ragazzina incinta».

Un tuffo al cuore.

«È proprio sicuro che fosse incinta?»

«Come no! Ora mi è tutto chiarissimo. Mi scusi, ma così su due piedi non ero riuscito a collegare. Certo, era incinta e quando glielo dissi cadde dalle nuvole.» Aveva fatto una risatina. «Quasi svenne quando glielo dissi.»

«A che mese era?»

«Al secondo, più o meno. È andato tutto bene?»

«Sì, tutto bene, grazie.» Aveva fatto per alzarsi.

«Mi scusi, signora, ma allora perché è venuta a chiedermelo?»

Franca aveva tirato un gran sospiro, aveva ripreso la foto e l'aveva riposta in borsa.

«Mia figlia è sparita. È sparita quando era incinta di tre mesi, più o meno.»

Le era tornata la voglia di piangere. Adesso aveva la certezza che Martina, prima di andarsene, aveva lasciato qualcosa di sé, una creatura bionda e delicata com'era stata lei.

Lungo la strada fece e rifece i conti. Se a dicembre del '77 era di due mesi, il bambino, o la bambina, era nato nel giugno o nel luglio del '78. E anche le date non le sembravano una coincidenza. A giugno era avvenuta la nascita, a giugno era stato ritrovato il corpo, quasi che Martina dall'aldilà le avesse voluto inviare un messaggio: mamma, cerca il mio bambino.

Quattro anni e mezzo, questa la sua età. Con il cuore stretto in una morsa cercava di immaginare quegli anni di vita rubata, dal momento in cui il neonato era stato strappato dalle braccia di sua madre e portato chissà dove. Si diceva che alcuni di questi bambini fossero stati adottati, altri lasciati negli orfanotrofi o addirittura abbandonati per strada.

E mentre si dibatteva in questi pensieri, in ogni bambino che incrociava vedeva suo nipote. Avrebbe potuto essere quel marmocchio sulla soglia della gelateria con la bocca impiastricciata di cioccolato. Gli si piazzò davanti a fissarlo; lui alzò gli occhioni celesti e rimasero per qualche secondo a guardarsi in silenzio, finché la mamma uscì dal negozio lanciandole un'occhiata sospettosa e se lo portò via.

Appena tornata a casa, Franca telefonò a Maria Adela e le chiese di combinarle un appuntamento con la Carlotto.

S'incontrarono al Café Esquina Homero Manzi. Estela Carlotto l'attendeva seduta a un tavolino appartato nel ballatoio al piano superiore. Quando la vide, si alzò e la baciò su entrambe le guance come se fossero state amiche di vecchia data.

«Ho ordinato tè e pasticcini, se per te va bene.» Si risedette e si guardò attorno, il locale era semivuoto, il cameriere armeggiava dietro al bancone al piano di sotto. «Meglio muoversi con cautela» aggiunse a voce più bassa «sono cambiate le Giunte, ma la musica è rimasta la stessa.»

Franca quasi non sapeva di che parlasse.

«Anzi, la *Junta* attuale è perfino peggio delle altre. Sanno di avere i giorni contati e si accaniscono, non erano mai sparite tante persone come in questi mesi. Ma noi non molliamo,» fece un sorriso largo «siamo la loro spina nel fianco. All'inizio militavamo con le Madri di plaza de Mayo, poi abbiamo capito di avere obiettivi diversi. Loro protestano per riavere i figli scomparsi, noi sappiamo che non li potremo riavere, ma abbiamo la speranza di abbracciare, un giorno, i nostri nipoti.»

«Io marciavo con le Madri...»

«Lo so, Maria Adela mi ha raccontato la tua storia.»

«Martina, mia figlia, è scomparsa nel gennaio del '78. Mi sono illusa che fosse viva, che me l'avrebbero restituita, invece a giugno scorso è stato ritrovato il cadavere.» Le si ruppe la voce, incrinata dal pianto.

Estela annuiva. Quando arrivò il cameriere con un vassoio colmo di tazze e piattini, assunse un tono conviviale: «Qui fanno il tè migliore di tutta Buenos Aires, lo sapevi?». lo guardò sorridendo. «E i pasticcini? Credimi, è il modo migliore per festeggiare il tuo compleanno.»

Franca si asciugò gli occhi.

«E dài! Non è così drammatico invecchiare!»

Quando il ragazzo si fu allontanato, si protese sul tavolo: «Non mi fido di nessuno, diverse di noi sono state arrestate per una spiata».

«Scusami, non volevo piangere. Avevo solo lei e me l'hanno portata via. Ma era incinta, quando l'hanno arrestata era di tre mesi. Sono certa che l'abbiano fatta partorire prima di ammazzarla.»

«Ne hai le prove? Qualcuno te ne ha parlato? Che so, una ex detenuta che l'ha conosciuta in carcere, un agente di custodia.»

Scosse la testa. «Però ne sono sicura» aggiunse.

«Fatti coraggio, so bene cosa voglia dire perdere una figlia.»

Franca la osservò. Estela aveva solo qualche anno meno di lei, ma pareva molto più giovane. Elegante, ben pettinata, una che non s'arrende. Era la determinazione nel suo sguardo a mantenerla così.

«Da qualche parte c'è mio nipote, puoi stare certa che lo troverò» stava dicendo infatti. «Non morirò fin quando non l'avrò abbracciato.»

«Anch'io vorrei trovare mio nipote, sono qui per questo, ma mi sembra così difficile.»

«Certo, è un'impresa quasi disperata, ma qualche volta ha successo. Alcune di noi hanno riavuto i loro nipoti.»

«Come hanno fatto?»

«Le nostre marce sono silenziose, ma fanno rumore, per questo i militari ci vogliono morte. Ci odiano più delle Madri, perché siamo più pericolose. Ficchiamo il naso dappertutto, nei tribunali, negli orfanotrofi, nelle parrocchie. Abbiamo un archivio, sai? Ci sono segnati i nomi delle donne arrestate in stato di gravidanza e le date delle presunte nascite. Noi confrontiamo e tiriamo le nostre conclusioni. Insomma, abbiamo costituito una specie di Intelligence.»

Prese un dolcetto dal piatto e iniziò a sbocconcellarlo con espressione soddisfatta.

«Poi abbiamo altre fonti. La gente parla di noi, ora. Spesso riceviamo segnalazioni anonime di neonati apparsi improvvisamente in case dove non c'erano state donne incinte. L'opinione pubblica è dalla nostra parte, anche all'estero. Buoni questi biscotti, assaggiane uno.» Spostò il piatto verso Franca, bevve un sorso di tè.

Franca era sconcertata, il biscotto le era rimasto in gola e non andava né in su né in giù.

«Forse nei vostri archivi c'è anche qualche informazione che riguarda Martina, forse è registrata la nascita di un bambino nel mese di giugno del '78.»

«Controlleremo insieme, certo, ma non illuderti che sia così facile. Poi tu non sai nulla, né dove si trovasse Martina né quando sia morta. È un lavoro certosino, il nostro, e anche quando abbiamo dati inconfutabili non abbiamo strumenti per dimostrare l'identità dei bambini. Metti che una famiglia adottiva si ostini ad affermare che il figlio è suo; come fai a provare che invece è tuo nipote?»

Il lampo che si era acceso negli occhi di Franca si spense immediatamente.

«L'importante è non arrendersi. La dittatura, te l'ho detto, è agli sgoccioli. Quando questo delirio sarà terminato ci saranno i processi e la verità verrà a galla. Allora sì, allora potremo riprenderci i nostri bambini.»

Franca uscì dal Caffè con lo stomaco in subbuglio e la ferma volontà di ritrovare suo nipote. Fu così che si distaccò dalle Madri per entrare nel movimento delle *Abuelas* di plaza de Mayo. Non si trattava più solo di marciare ogni giovedì davanti alla Casa Rosada, ma di improvvisarsi detective: raccogliere informazioni, spulciare le liste, fare ricognizioni in abitazioni sospette. Arrivò perfino ad appostarsi davanti agli asili a scattare fotografie a bambini in odore di rapimento. Ogni volta si illudeva che si trattasse di suo nipote.

Come aveva previsto Estela Carlotto, le notizie cominciarono a circolare, donne scampate ai centri clandestini di detenzione raccontavano la loro esperienza, parlavano di ragazze conosciute in carcere, di parti avvenuti nelle cucine delle caserme; ma nessuna aveva visto né Martina né il suo bambino.

«Sei proprio sicura?» insisteva Franca ogni volta. «Forse non ricordi bene. Martina Belgrano, ventidue anni, studentessa di Giurisprudenza.»

Quelle rovistavano nella memoria, poi scuotevano la testa: «Non mi pare di averla vista».

«Com'è possibile? Bionda, occhi azzurri...»

«Mi spiace, non ricordo di aver conosciuto una ragazza di quel tipo.»

Lei ci si accaniva: «L'hanno arrestata nel gennaio del '78, tu allora eri già in carcere, non è così?».

«Sì, è così.»

«Allora come hai fatto a non notarla?»

Spesso interveniva una delle altre Nonne: «Ora basta, Franca, non vedi che la stai mettendo in difficoltà?».

«Io non voglio mettere in difficoltà nessuno, voglio solo aiutarla a ricordare.»

«Se ti dice che non l'ha conosciuta devi crederle. Può darsi che si trovasse in un altro centro.»

Ma le ragazze venivano da ogni parte, dal Club Atlantico, dall'ESMA, dal garage Olimpo e nessuna portava notizie di Martina, come se da viva si fosse dispersa nell'aria e avesse recuperato un corpo solo da morta.

Quando un po' di tempo dopo fu messo a punto il test del DNA, le *Abuelas* esultarono. Crearono una banca dati e sulla base del legame genetico qualcuna di loro riuscì a strappare il nipote alla famiglia adottiva.

Ma Franca era ferma al punto di partenza. Passavano i mesi, gli anni, e, per quanto si ostinasse, non spuntava mai un bambino che si potesse anche lontanamente sospettare figlio di Martina.

Cadde l'ultima giunta militare e fu eletto presidente il socialista Raúl Alfonsín ma la sua esistenza continuò a oscillare tra due assenze, quella di chi non c'era più e quella di chi non c'era ancora. Mentre un popolo stordito si risvegliava dalla lunga anestesia del terrore e affollava esultante le strade della capitale, Franca rimaneva rintanata nella sua grande casa vuota a sfogliare e mettere in ordine gli album di fotografie. Febbraio 1961: Martina a quattro anni e mezzo sull'altalena ai giardini pubblici. Settembre dello stesso anno: Martina con un sorriso sdentato davanti a una torta con cinque candeline. Marzo 1962: Martina seduta a un banco il primo giorno di scuola.

Foto dopo foto, accompagnava nella crescita quel nipote lontano e sconosciuto, chissà perché si era convinta che fosse un nipote, sovrapponendo la sua immagine a quella di sua figlia nelle varie fasi di vita e trasformandolo nella versione maschile di Martina per dargli concretezza. Gli aveva affibbiato anche un nomignolo, Nene, "piccolino", e nelle sue fantasie gli si rivolgeva così quando gli raccontava di sua madre e di suo nonno.

Ne parlava anche con le Nonne.

«Oggi Nene inizia la scuola primaria.»

«Oggi Nene compie sei anni.»

Loro le lanciavano sguardi compassionevoli e annuivano.

Altre volte era sopraffatta dallo scoramento. Alle riunioni scoppiava in lacrime all'improvviso. In quei casi solo Estela era in grado di consolarla: «Coraggio, Franca, non fare così».

«Non lo troverò mai. Avrei dovuto farla finita quand'era il momento. Che senso ha la mia vita?»

«Questo non lo devi dire.» Le accarezzava la mano posata in grembo. «È un'impresa difficile, l'hai sempre saputo, ma non devi perdere la speranza. Neanch'io ho trovato mio nipote, eppure non mi arrendo.»

«Io non ho la tua forza.»

«Certo che ce l'hai. È solo un momento, poi passa.»

«Sapessi almeno che sta bene, che la famiglia che l'ha adottato lo cresce come si deve. Sapessi dove si trova.»

«Chissà, forse in Brasile, o forse in Italia. Tanti di questi bambini sono stati mandati all'estero. Vedrai che prima o poi Nene» ormai lo chiamavano tutte così «salterà fuori.»

In realtà la Carlotto cominciava a nutrire dubbi sull'esistenza di quel bambino, forse Martina in carcere aveva abortito, forse era morta prima di partorire, forse non era stata mai arrestata. Certo l'autopsia avrebbe dato qualche informazione in più, ma si sarebbe trattato di riesumare il cadavere e per Franca, che non aveva mai preso in considerazione quella possibilità, sarebbe stata una prova troppo dura.

Intanto il nuovo presidente aveva creato una commissione deputata a indagare sui *desaparecidos*. Le responsabilità dei governi precedenti apparvero evidenti. Il 23 aprile 1985 un tribunale civile avviò i processi nei confronti dei membri delle giunte che si erano succedute e dei militari ritenuti responsabili di omicidi e torture. Il fatto non aveva precedenti.

Nell'aula gremita molte Madri e molte Nonne di plaza de Mayo ascoltavano trepidanti, mentre fuori dal tribunale una folla che innalzava cartelli con le foto degli scomparsi chiedeva giustizia e gridava *Nunca más*.

Per un anno sfilarono sul banco dei testimoni i sopravvissuti alla prigionia e i familiari di chi non era tornato. Alcuni, quando gli veniva chiesto di raccontare la propria esperienza, restavano in raccoglimento, come a riordinare i ricordi, poi il tappo saltava e i demoni troppo a lungo repressi uscivano a fiotti in un flusso ininterrotto di parole. Molti altri non ce la facevano. Iniziavano un discorso, si bloccavano a metà e restavano muti a fissare il vuoto.

Manola Díaz fu una dei primi a raccontare. Minuta, di bassa statura, capelli cortissimi, si raggomitolò sulla sedia come un gattino impaurito, tirando con le dita i lembi delle maniche del maglione.

«Signorina Díaz» esordì il Pubblico Ministero «lei è stata internata nel centro di detenzione denominato ESMA dal 15 luglio al 21 novembre 1976. È così?»

La ragazza fece un cenno d'assenso.

«Posso chiederle la ragione del suo arresto?»

«Appartenevo al movimento studentesco che aveva manifestato per il *boleto*.»

«Faceva parte di organizzazioni armate terroristiche?»

«No, nel modo più assoluto.»

«Bene. Riporto qui brevemente uno stralcio tratto dalla relazione finale della Commissione Nazionale sulle persone scomparse. Questo per informare la Corte sul luogo in cui la signorina Díaz è stata reclusa.» Il giudice prese in mano una cartella, si aggiustò gli occhiali: "*All'interno della vasta area recintata che racchiude numerosi fabbricati, nel pieno centro di Buenos Aires, si trova una palazzina a tre piani adibita a luogo di detenzione delle persone sequestrate illegalmente. I prigionieri erano sistemati nel seminterrato, nel sotterraneo e al terzo piano. Il primo e il secondo piano erano destinati agli alloggi e alle sale comuni dei militari. Nel sotterraneo vi erano alcune stanze di tortura, il gabinetto e il dormitorio delle guardie. Al terzo piano, denominato* Capucha, *un recinto privo di finestre, si trovavano le celle, dette anche cucce, di sessanta, settanta centimetri di larghezza.*" Può confermare?»

La teste teneva gli occhi bassi, con un filo di voce rispose: «Confermo».

«Se la sente di raccontare la sua esperienza?»

La ragazza taceva, tutta l'aula pendeva dalle sue labbra.

Alla fine parlò: «Stavamo sdraiati su un piccolo materasso steso sul pavimento, con un cappuccio in testa, ammanettati e con le catene ai piedi. Perdevamo il senso del tempo e dello spazio. Non avevamo il diritto né di parlare né di muoverci, se lo facevamo ci picchiavano con i fucili e ci prendevano a calci con gli stivali. Poi c'era la *cerimonia* della bacinella…».

«La bacinella?»

«Un secchio per i bisogni comuni, uno solo per trecento persone. Ci voleva molto tempo e tanti di noi urlavano e si lamentavano, perché...» La ragazza abbassò di nuovo gli occhi.

«Ce la fa a dirci perché?»

«Perché se noi... diciamo così, ci pisciavamo addosso ci picchiavano selvaggiamente.»

«Cosa successe la sera del 20 novembre 1976?»

«Il 20 novembre una guardia mi avvisò che il giorno seguente sarei stata *trasferita.*»

«Lei conosceva il significato di questa espressione?»

La ragazza annuì di nuovo, si schiarì la voce: «Sapevamo tutti che essere *trasferiti* voleva dire venire uccisi. Ogni mercoledì dopo le sedici si interrompevano le torture e si creava un grande silenzio. Si sentivano solo le voci delle guardie che chiamavano i numeri».

«Quali numeri?»

«Non avevamo più un nome, soltanto un numero. Ce lo assegnavano appena entrati e dovevamo tenerlo bene a mente perché era il nostro unico segno di riconoscimento. Poi si sentivano le guardie che facevano alzare i prigionieri chiamati, mettendoli in fila uno dietro l'altro, con la mano appoggiata alla spalla di quello che era davanti. Venivano fatti scendere per le scale con le catene ai piedi. Il rumore delle catene si allontanava insieme ai compagni affievolendosi sempre più, finché tornava il silenzio.»

«Lei come sa che quei detenuti sarebbero stati uccisi?»

«Dalla mia cella sentii una guardia parlare con la ragazza accanto. Le diceva: "Voi siete troppi ed è necessario liberarsi di voi. Inizialmente gettavamo i prigionieri nel fiume, ma il fiume restituiva i corpi, quindi abbiamo fatto ricorso al mare, perché noi siamo militari della Marina". Ricordo che rideva. Aggiunse anche: "L'acqua non è quella superficie morbida che conosciamo, perché quando una persona viene gettata da un aereo si trasforma in una superficie d'acciaio e i corpi si rompono la testa. E quello che rimane se lo mangiano le orche". Disse proprio così.»

Dal pubblico si levarono insulti: «Criminali! Assassini!». Ci volle diverso tempo per ripristinare l'ordine.

«Uno dei detenuti» continuò la teste «fu portato nel sotterraneo e gli praticarono l'iniezione di Pentotal che facevano a tutti prima del volo. Mi raccontò che vomitavano e si reggevano in piedi a stento. Quando stava per salire con gli altri sull'aereo si accorsero di aver sbagliato numero e lo riportarono all'ESMA.»

A questo punto Manola cominciò a piangere. Molte Madri e molte Nonne si asciugavano gli occhi. Franca, seduta in terza fila accanto a Estela, le strinse una mano in cerca di conforto. Era come vedere Martina dietro quel banco, anzi dietro quel banco c'era lei, perché le sevizie sofferte da quei ragazzi le bruciavano sul corpo una per una.

Anche il Pubblico Ministero si tolse gli occhiali e si deterse la fronte con un fazzoletto.

«Signorina, vuole che facciamo una pausa?»

Quella scosse la testa.

«Guardi che possiamo interrompere se non se la sente di continuare.»

«No, voglio continuare» rispose lei con decisione.

«Dunque, il 20 novembre le fu annunciato il suo, diciamo così, *trasferimento.* Poi che successe?»

«Il giorno dopo mi dissero che l'ordine era stato revocato e fui trasferita in un carcere legale.»

«Lei sa perché?»

«L'ho saputo dopo. Mio padre è... era amico dell'ammiraglio Massera e lo aveva implorato di salvarmi. Così mi fecero uscire, ma prima...»

La ragazza sollevò il volto rigato di lacrime.

«Prima mi fecero sfilare incappucciata e nuda tra le guardie che mi palpeggiavano e mi deridevano.»

Un mormorio, simile al mugghio di un mare in tempesta si sollevò dall'aula.

«Estela, domani non vengo.»

Alla vigilia di ogni udienza Franca telefonava all'amica.

«Non ce la faccio ad ascoltare tutti quegli orrori. Sì, immaginavamo, ma non fino a questo punto. Come abbiamo fatto a non accorgercene?»

La Carlotto non insisteva, tanto sapeva che puntualmente se la sarebbe trovata accanto. Anche perché Franca, malgrado la pena, l'orrore, l'indignazione, non perdeva di vista il suo obiettivo. Al termine di ogni seduta andava in cerca dei testimoni. Spesso li trovava davanti alla porta dell'aula in piccoli capannelli a parlottare. Si fiondava in mezzo al gruppo, interrompendo i loro discorsi e sbandierando la foto di Martina.

«Qualcuno di voi ha visto questa ragazza?»

Quelli guardavano, scuotevano la testa.

«È stata detenuta, come voi. Possibile che nessuno l'abbia vista?»

Alzavano le spalle: «Ci dispiace, ma proprio...».

Lei insisteva, insisteva, fino a quando si allontanavano alla spicciolata e restava sola con la foto in mano.

Dopo i sopravvissuti fu la volta dei familiari delle vittime. Madri e Nonne di plaza de Mayo si avvicendarono sul banco dei testimoni con i loro fazzoletti bianchi in testa e il loro carico di dolore. Tutte parlavano di sequestri, di ricerche vane, di porte sbarrate, di promesse campate in aria. Molte chiedevano che fossero ritrovati almeno i resti dei loro cari. «Senza il corpo non abbiamo nemmeno il conforto del lutto» dicevano.

Il processo andò avanti quasi per un anno. Di fronte alle testimonianze agghiaccianti, che fecero tremare le gambe a pubblico e giudici, gli imputati rimasero impassibili, freddi e immobili come stalattiti. La deposizione di uno di loro le riassunse tutte. Alla domanda del Pubblico Ministero se si ritenesse responsabile dei fatti accaduti, rispose affermativamente.

«Prova pentimento?» gli chiese l'avvocato.

«Pentimento? Ci si pente delle colpe, non delle responsabilità.»

Videla e Massera furono condannati all'ergastolo, gli altri ebbero pene che andavano dai venticinque ai quattro anni di reclusione, in base alle responsabilità accertate.

La relazione finale della Commissione recitava: *È chiaro che i centri clandestini di detenzione furono possibili solo grazie ai mezzi forniti dallo Stato e che tutti, dalle più alte autorità militari fino all'ultimo membro dei Servizi segreti, fecero di questi centri la loro base operativa.*

In virtù di questa affermazione al processo del 1985 sarebbero dovuti seguire altri duemila procedimenti giudiziari nei confronti di militari di medio e basso livello.

Le Mamme e le Nonne continuarono a presentare denunce e a presidiare i tribunali, ma i militari, dopo una prima fase di sbandamento, rialzarono la testa. Nelle caserme ci furono varie sommosse e fu occupata la scuola di fanteria.

Poco tempo dopo Maria Adela fece irruzione come un'Erinni nella casa delle Madri che erano intorno a un tavolo intente a cucire nuovi *pañuelos*.

«Avete scarpe buone?»

La guardarono stupite.

«Se non le avete compratele, perché ci sarà ancora parecchio da camminare. Il presidente ha promulgato una nuova legge, "Obbedienza dovuta". Sapete che significa?» Lacrime di rabbia le spuntarono agli angoli degli occhi. «Significa che quei delinquenti che ancora devono rispondere dei loro crimini se ne torneranno tutti a casa a dormire tra due guanciali. Si sono limitati a obbedire agli ordini, capito? Perciò non possono essere ritenuti colpevoli.»

Staccò dal muro la foto di Alfonsín e la gettò nel cassonetto sulla strada.

Non sapeva Maria Adela, né lo sapeva né l'avrebbe potuto immaginare nessuna di loro che tre anni più tardi il nuovo presidente Carlos Menem avrebbe concesso l'indulto e rimesso in libertà i vertici delle giunte condannati nel primo processo.

Le Mamme e le Nonne, che nel frattempo di suole ne avevano consumate parecchie, erano le più indignate. «Sembra la caricatura di Julio Iglesias» aveva commentato una di loro davanti a una foto ufficiale che ritraeva il presidente con i capelli impomatati pettinati all'indietro e la fascia bianca e azzurra di traverso su una giacchetta striminzita. E aveva sputato per terra.

«Forse anche noi siamo diventate una caricatura» aveva commentato Franca con amarezza.

Ogni giovedì torme di turisti affollavano plaza de Mayo per non perdersi lo spettacolo delle anziane signore che sfilavano in silenzio.

«Ma quale caricatura?» replicava l'altra. «Ora meno che mai dobbiamo mollare.»

«Non lo so se sia ancora il modo giusto di protestare. Non ti sei accorta che siamo diventate un'attrazione turistica?»

«Che t'importa dei turisti? Ci vengono a vedere perché ormai tutto il mondo parla di noi, ci applaudono. Ben venga un po' di pubblicità, dobbiamo suscitare l'indignazione internazionale contro questo governo. Franca, noi siamo la memoria, senza la memoria un popolo non è nulla. È una vergogna! Ieri hanno intervistato Massera alla televisione. Come fosse un divo anziché un assassino.»

«Quando? Non l'ho visto.»

«Per forza, stai sempre chiusa in quella tomba a fare i solitari con le fotografie! Noi non lo possiamo permettere, dobbiamo farci sentire. *Nunca más*, Franca, ricordi? Guarda qui.» Aprì un giornale spiegazzato. «Guarda, li riconosci?»

Franca avvicinò la pagina al viso, ci vedeva sempre meno.

«Sì, proprio loro, Borgés e Agosti, i macellai» confermò l'amica. «In campagna, da amici, per un barbecue e per brindare allo scampato pericolo.»

Altre volte in sede entrava qualcuna tutta trafelata.

«Non immaginate che è successo! Avete presente Felicia, la figlia di Delfina Gomez?»

«Quella che è stata più di un anno al Club Atletico?»

«Proprio lei. Ieri era al supermercato, spingeva il carrello e guardava i prodotti sugli scaffali. A un certo punto si scontra con un altro carrello, alza gli occhi e si trova davanti l'uomo che durante la prigionia l'aveva stuprata e torturata. La guardava fissa, non ha nemmeno abbassato la testa, il delinquente, anzi, ha fatto un sorrisino ironico e un mezzo inchino. Lei, povera figliola, si è sentita svenire, le tremavano le gambe, non è riuscita a spiccicare parola. Ha detto a sua madre che le pareva di essere tornata a quei tempi, bendata e legata a una sedia. Ha mollato il carrello ed è scappata.»

«Che vergogna!»

«È intollerabile!»

«Dobbiamo farci sentire.»

«Franca, non dici nulla?»

Le guardava, una per una: ostinate, indomite, irriducibili. Una falange di femmine che si erano tolte il grembiule da cucina, avevano mollato i tegami sul fuoco e le lenzuola nei catini e, brandendo le lance di un istinto ancestrale, avevano fatto arretrare l'esercito più spietato. Arrivavano all'appuntamento del giovedì sorreggendosi sulle stampelle o accompagnate in carrozzina. Alle riunioni si contavano. Avevano i capelli bianchi, erano piene di acciacchi, chi ci sentiva poco, chi ci vedeva appena, ma rispondevano tutte all'appello.

Sono troppo stanca, anche per indignarmi, avrebbe voluto dirgli, *ma vi amo con tutta me stessa.*

Ormai aveva smesso di cercarlo. Nene aveva compiuto dieci anni, poi dodici, poi quindici, poi diciotto. Lo aveva accompagnato nelle tappe della sua vita attraverso le foto di Martina, che potesse assomigliare al padre non le era mai passato per la mente, quasi che sua figlia si fosse riprodotta per partenogenesi. L'aveva immaginato a scuola, nei campi di calcetto, all'Università; ne aveva seguito le ribellioni adolescenziali, le prime delusioni amorose. Ogni anno sceglieva una fotografia e la incorniciava, ma presto il nipote sarebbe stato più grande di sua madre e non ci sarebbero state più immagini per accompagnarlo.

Passavano gli anni e Franca si chiudeva sempre più in se stessa, aveva fatto il deserto intorno a sé. Tranne gli incontri con le Nonne non vedeva e non sentiva più nessuno, la voce dei vivi non le interessava, da molto tempo preferiva quella dei morti. Come il capitano superstite di una nave in avaria, si aggirava zoppicando nella grande casa sempre in ombra, incurante del gorgoglio dello sciacquone rotto, dell'intonaco scrostato in salotto, delle pareti fuligginose in cucina.

Sedici anni ad attendere il nulla. Fino a quel mercoledì nove settembre 1998, pomeriggio inoltrato, gambe in fiamme per la vicinanza della stufa, mani gelide.

Stava smistando la posta, quando sentì aprire la porta e avvertì la presenza di qualcuno dall'altra parte del tavolo. Alzò gli occhi e rimase senza parole.

Sentì che le gambe le si scioglievano e il cuore si imbizzarriva come un puledro.

Davanti a lei c'era un giovane piuttosto alto, lineamenti regolari, corporatura snella. Aveva gli occhi azzurri e i capelli di un biondo come se ne vedevano pochi in Argentina.

Il tagliacarte le cadde di mano.

«Nene!» balbettò.

«Prego?» chiese lui abbassando un po' il capo.

Cercò di ricomporsi. «Niente, scusi, l'avevo scambiata per una persona.»

Se lo mangiava con gli occhi. Il ragazzo, imbarazzato, finse di interessarsi alle foto appese alle pareti: «Sono i *desaparecidos*?» chiese.

Franca si alzò appoggiandosi alla scrivania e tirò la gonna più in basso possibile, non voleva che le vedesse sulle gambe le ramificazioni bluastre delle vene varicose; gli si avvicinò, anche lei rivolta verso il muro.

«Quelle sono le nostre figlie e le nostre nuore uccise nei centri clandestini di detenzione. Sai di che parlo?»

Lui annuì.

«Molte di loro hanno partorito in carcere e i loro bambini sono stati rubati.»

Il ragazzo si girò di scatto verso di lei: «Io… io credo di essere stato uno di quei bambini».

Il naso piccolo e diritto, le labbra carnose, l'ovale regolare. Più Franca lo guardava, più le sembrava di vedere Martina.

«Quando sei nato?»

«Il 2 settembre 1978.»

Tutto combaciava, la data di nascita veniva falsificata, di solito posticipata di due o tre mesi.

«Perché sei venuto qui? Vuoi sapere chi sono i tuoi veri genitori?»

«Sì... forse... a dire il vero non so ancora cosa voglio.»

«La verità è ciò che sempre dobbiamo cercare. Noi abbiamo a disposizione una banca genetica, possiamo confrontare il tuo DNA con i nostri dati.»

Il ragazzo fece un passo indietro: «Non credo di essere ancora pronto per questo».

Calmati, Franca, non correre. Tu aspetti questo momento da vent'anni, ma lui non è preparato.

«Certo, capisco. Siediti, parliamo.» Non poteva farlo scappare. «Come ti chiami?»

«Jorge Cabrera. Almeno credevo di chiamarmi così fino a poco tempo fa.»

Jorge, come il generale Videla. Nulla di strano per una famiglia beneficiata dal regime.

«Non vorresti sapere chi è la tua mamma naturale?»

«Non so.»

«Non ti ha abbandonato perché non ti voleva bene, è stata vittima di una violenza brutale. Sono certa che ti avrebbe allevato con tanto amore.»

«Sì, ma non l'ho conosciuta. Mia madre è quella che mi ha cresciuto, che si è occupata di me in tutti questi anni.»

Anch'io, Nene, nipote mio, mi sono occupata di te, ogni giorno, ogni ora, non immagini quanto.

Un po' alla volta il ragazzo si rilassò, cominciò a raccontare, parlò più di un'ora. Alla fine guardò l'orologio: «Devo andare, tra poco prendo servizio».

«No, ti prego!» rispose di getto.

Jorge la guardò stupito.

«Volevo dire... ora che hai fatto questo passo sarebbe un errore lasciar perdere. Puoi trovarmi qui, oppure…» scarabocchiò un numero su un foglietto «ecco, questo è il mio telefono, puoi chiamarmi quando ti pare.»

Lui lo prese e si voltò per andarsene.

«Jorge!»

«Sì?»

«Niente… spero di rivederti.»

Il ragazzo annuì, abbozzò perfino un sorriso.

Prima che le girasse le spalle le sembrò che per un attimo passasse tra loro come una corrente di energia, un ossigeno benefico di cui si riempì i polmoni.

Tuya es su vida
Tuyo es su querer.

Tua è la sua vita
Tuo il suo amore.

Juan Fernando

Atterrò alle sette di mattina, dopo un volo di diciotto ore, Oslo-Amsterdam-Buenos Aires, e una notte insonne alle spalle. Quando mise i piedi a terra ebbe l'impressione di essere appena uscito da sotto un rullo compressore. Incastrato in una poltrona centrale, tra una matrona corpulenta che debordava nel suo spazio e un ragazzino dal sonno agitato che gli conficcava di continuo il gomito nel costato, si era concentrato sui movimenti delle hostess che nella semioscurità della fusoliera si affacciavano, silenziose, dalla tenda e si era chiesto più volte quale impulso masochistico l'avesse convinto a intraprendere quel viaggio.

Quando era partito aveva capelli neri e lucidi, gambe agili e spalle robuste; quello che tornava, a trentacinque anni di distanza, era un vecchio, con cinque centimetri d'altezza divorati dall'artrosi e le cosce prosciugate come ossi di prosciutto.

Uscendo dall'aeroporto il passaggio dall'aria condizionata a quella caldo umida dell'esterno ebbe l'effetto di una secchiata in faccia di acqua di bollitura. Si appoggiò al muro, stordito, per prendere tempo prima di immergersi, dopo decenni di solitudine e di silenzio, nel trambusto di un'umanità concitata e rumorosa. In qualche modo riuscì a prendere la navetta per la città. Giunto al terminal, non avendo alcun programma predeterminato, si avviò a piedi verso il centro.

Juan Fernando Insolito non era uomo uso a vivere col viso rivolto all'indietro, ma quando, per uno scherzo del destino o del suo subconscio, si ritrovò in calle Florida e per giunta davanti all'entrata dei Grandi Magazzini Pacifico, fu assalito dal passato. E il passato aveva gli occhi, la voce, i capelli di Martina Belgrano. Per un attimo gli parve di stringerli fra le mani, ciocche seriche che scivolano tra le dita come zampilli dorati, e di sentire il profumo della sua pelle. Profumo di donna acerba, sana, cresciuta nel privilegio.

Era stato qui, davanti a queste vetrine, che si erano dati appuntamento per l'ultima volta, quando il mondo d'improvviso gli era caduto addosso. Aveva lasciato che si dissolvesse tra la folla senza ottenere una spiegazione valida, senza riuscire a farle capire fino in fondo con quanta cieca intensità la desiderasse.

La bilancia pendeva su un piatto solo, quella sera l'aveva compreso una volta per tutte, aveva capito che al di là del sesso e delle moine lei lo disprezzava.

Era partito il giorno dopo, di notte, senza salutare nessuno. Le luci della città si erano via via diradate fino a lasciare il posto al buio assoluto. Quando all'alba si era svegliato, con la faccia stropicciata come un letto sfatto, aveva visto correre dal finestrino una piatta desolazione di steppe e aveva avuto la sensazione di percorrere una strada verso l'infinito. Quarantadue ore ripiegato in due come un tovagliolo, l'odore di benzina nelle narici, le gambe che invano cercavano di allungarsi nello spazio troppo stretto, la promiscuità intrisa di sudore con passeggeri rassegnati e sonnolenti. Poche soste nelle stazioni di servizio che spuntavano d'un tratto come cattedrali nel deserto, giusto per mangiare un panino e per pisciare. E quel paesaggio sempre uguale che dietro una curva si apriva su un panorama di vette glaciali, che irrompeva nella luce abbagliante del giorno e incombeva come un'intuizione minacciosa nella notte impenetrabile.

Ora nella zona pedonale davanti a lui una coppia si esibiva in un tango a beneficio dei turisti. La ballerina, agile e minuta come un colibrì, volava tra le braccia del suo compagno per poi scivolargli in mezzo alle gambe disegnando ardite figure acrobatiche. Juan Fernando li osservò con condiscendenza. *Questa è soltanto ginnastica*, pensò tra sé, *il tango è un'altra cosa.* Il tango, quello vero, l'aveva ballato con Martina.

L'aveva conosciuta in una sala di milonga, lui c'era di casa, lei piovuta dal cielo. Era arrivata insieme a un gruppo di amici, gonne a pieghe e tacchi bassi le ragazze, polo bianche e jeans i maschi. Il club di canottieri di un college inglese finiti per sbaglio in un buco sudicio di Buenos Aires. Appoggiato al bancone, aveva scambiato un paio di battute con Franco, il barista.

«Che ci fanno quelli? Guarda come sghignazzano. Scommetto che son venuti a prendere per il culo.»

«Studenti» aveva replicato l'altro «di sicuro. E quello laggiù?» Aveva indicato col mento un ragazzo magro «ha pure i capelli lunghi e la barba. Sono quelli che giocano a fare la rivoluzione con la pancia piena.»

Juan Fernando aveva osservato con maggiore attenzione. «Fighetti presuntuosi e viziati» aveva concluso con disprezzo.

Ma lei... aveva una coda da palomino che le ondeggiava sulla nuca, la schiena dritta, il collo lungo e sottile da regina. Si era messo a puntarla col pacco nei pantaloni attillati ben in vista. L'aveva notato, sollevava furtiva lo sguardo per riabbassarlo subito, ridacchiando con un'amica. *Ora le mostro com'è fatto un vero maschio*, aveva pensato e le si era piantato davanti a gambe larghe. «Signorina, balla?»

Si era fatto silenzio, lei a testa bassa mentre un delizioso rossore le si allargava sulle guance.

«Signorina, balla?»

Si era alzata, finalmente, e l'aveva seguito in pista.

«Non so ballare.»

«Non importa, ci penso io. Tu chiudi gli occhi e lasciati andare.»

Ed era iniziato. Il ballo più lungo, più intenso, più memorabile della sua vita. Martina pareva nata per il tango, lo assecondava d'istinto interpretando al volo ogni lieve pressione delle dita, ogni minima torsione del busto. Movimenti sospesi, tesi fino allo spasimo. Slittamento dell'anima nelle rade dell'oblio, intrecci sensuali e maliziosi dinieghi, un dialogo muto che ha in sé lo struggimento della vita e del suo contrario. *Tuya es su vida, tuyo es su querer.*

Gettò una moneta nel cappello appoggiato per terra e s'incamminò lungo la strada.

Calle Florida in quei giorni era un cantiere aperto: al centro, grandi crateri transennati da cui spuntavano tubature del gas intorno alle quali si agitavano operai in tuta arancione. In mezzo, tra la polvere sollevata dai calcinacci e il fracasso del martello pneumatico, individui di ogni età e di ogni razza procedevano fitti come formiche, ora in un flusso continuato, ora rompendo le file per assieparsi davanti alle vetrine di souvenir *made in China*. S'infilò in quel viavai, straniero nella città natale, sentendosi come un sughero in balia della corrente.

Quando la realtà non coincide con la memoria è automatico andare in cerca dei luoghi a cui agganciare i propri ricordi. Così Juan Fernando, quasi senza accorgersene, si ritrovò alla Boca, il quartiere in cui era nato e cresciuto. Già entrando in plazoleta de los Suspiros, dove un secolo prima si radunavano gli immigrati italiani per ricordare la patria lontana, si rese conto di essere finito in una trappola per turisti. Subito fu abbordato da un tizio che voleva a tutti i costi che infilasse la faccia nel buco di un pannello per una foto vestito da tanghèro. «Foto, mister, souvenir de la Boca!»

Quando riuscì a liberarsene fu trascinato dall'onda dei vacanzieri lungo il percorso tortuoso del *Caminito*, ormai ridotto a una galleria commerciale. Le case di legno e zinco ondulato erano sempre azzurre, gialle, rosa, lo stesso era l'odore di cipolla che saliva dalle *fugazze* servite ai tavoli dei ristoranti, le insegne di lamiera dei caffè erano quelle originali e dai balconi ancora Maradona, Evita e Che Guevara, in gesso colorato e ad altezza naturale, salutavano i passanti. Ma quell'atmosfera retrò e vagamente bohémièn non aveva nulla di autentico. La Boca della sua infanzia era un luogo in cui chi veniva da fuori doveva tenersi ben stretto il portafogli, in cui ancora gente estranea, che parlava lingue diverse, era costretta a vivere nei *conventillos* in condizioni di totale promiscuità. Era il cortile dove giocava insieme agli altri mocciosi tra i panni stesi ad asciugare e la puzza di bollito che stagnava giorno e notte. Tre o quattro piani tutt'intorno al cortile, una stanza per famiglia, cucina e servizi igienici in comune. Era l'odore inconfondibile della miseria, quello che ti resta addosso anche se fai il bagno in una vasca piena di dollari.

Girò a destra e dopo pochi passi raggiunse la piazzetta dove si incontrava con Martina. L'osteria non c'era più, al suo posto l'atelier di un pittore, quadretti appesi ai lati dell'ingresso, un cavalletto con un dipinto raffigurante il ponte di Avellaneda sul selciato davanti alla porta. Invano cercò Alfonso, il grembiule bianco arrotolato in vita, il braccio alzato nel consueto saluto. Alfonso, calcolò, a quel punto avrebbe superato i cento anni. Al suo posto, seduto a un banchetto all'interno, un ragazzo pallido come una mozzarella con i capelli color carota intingeva il pennello su una tavolozza e lo passava su un cartoncino. Sollevò gli occhi verso la *loro* finestra. Sulla facciata un muralista ignoto aveva dipinto due giganteschi calciatori che si contendevano un pallone. Gli scuri, chiusi e dipinti di verde, erano una macchia più decisa inglobata nel campo erboso fra i loro piedi. Ripensò alla camera in cui si era consumato il loro amore, ai muri scrostati, al letto cigolante e per la seconda volta lo assalì la nostalgia. *Se vuelve siempre al primer amor.* Diceva il vero la vecchia canzone. Aveva girato il mondo, conosciuto gente straniera, collezionato esperienze, eppure la macchina del tempo lo riportava inesorabilmente in quella lurida stanza dove aveva speso tutto il credito di felicità che gli era stato concesso dalla vita. Le cose che abbiamo avuto se ne vanno, sono quelle che non abbiamo avuto a restare.

Mentre era assorto in questi pensieri, una chiassosa comitiva di tedeschi ruppe la quiete della piazza. Si guardarono attorno, osservarono il *mural*, fecero qualche commento e alla fine si accalcarono alla porta del laboratorio cercando il refrigerio dell'ombra. Qualcuno beveva lunghe sorsate dalla lattina che teneva in mano, qualcuno mangiava un'*empanada.*

Solo allora si ricordò di non aver messo nulla nello stomaco dalla vomitevole cena consumata la sera prima sull'aereo. Si fermò in una trattoria lì vicino per uno spuntino e si avviò a ritroso lungo la strada dell'andata senza ancora aver deciso cosa fare.

Fu all'altezza di avenida de Mayo che quasi si scontrò con un passante. Quello per il contraccolpo fu sbalzato all'indietro, ma subito dopo fece due passi avanti zoppicando e gli si piazzò davanti esaminandolo da sotto in su. «Fernando!» Era tarchiato, affannato, le maniche della camicia arrotolate sui gomiti. Gli si avvicinò ulteriormente. «Ma certo, sei proprio tu!»

A prima vista quella faccia gli sembrò del tutto estranea e fastidiosa la contiguità con quel corpo massiccio, con quelle braccia tozze che si protendevano verso di lui scoprendo larghe chiazze sotto le ascelle. Lo studiò con attenzione, sforzandosi di trovare in quel viso largo solcato da rughe e in quella criniera bianca calata sulla fronte come un elmetto, un tratto familiare.

«Fernando, non mi riconosci?» Sorrise e sorridendo sollevò il labbro superiore, mettendo in mostra una dentatura che avrebbe fatto morire d'infarto qualsiasi dentista. Solo allora comprese che quel vecchietto acciaccato era Carlos, il più assiduo, il più intimo dei suoi amici di gioventù.

«Non ci credo, proprio non ci credo!» ripeteva incrociando le mani sul petto e poi strofinando i palmi sul tessuto dei pantaloni. «Quanti anni? Trenta? Quaranta? Però non si fa così, sei a Buenos Aires e non vieni a salutarmi.»

«Sono appena arrivato.»

«Vuoi dirmi che sei stato via per tutto questo tempo? Ma dove diavolo... vecchia canaglia. Ora vieni con me.» Lo prese sottobraccio con una promiscuità cui decenni di frequentazioni nordiche l'avevano disabituato.

Cercò di sottrarsi. «Magari un'altra volta.»

«No no no! Non ti lascio andare finché non mi avrai raccontato tutto.»

Rivangare i tempi passati era l'ultima cosa che avrebbe voluto, ma per non dispiacere l'amico e siccome non aveva altro da fare si lasciò trascinare fino al Café Tortoni.

«Comincio io» disse Carlos quando si furono seduti a uno dei tavoli interni «tanto non ho granché da raccontare.» Tracannò una lunga sorsata di birra, poi lo fissò quasi con aria di sfida. «Sposato, tre figli. Tre» ribadì sollevando pollice, indice e medio. Estrasse il cellulare dalla tasca dei pantaloni e gli mostrò una foto con tre ragazzi, due maschi e una femmina, tutti col suo stesso viso largo, tutti con l'attaccatura bassa dei capelli.

«Questa è la minore. La gioia della mia vita. Fa Agraria all'Università» disse con la voce che gli si assottigliava per la tenerezza. «E questo è Manolo, il più grande. Non ha voluto studiare ma è un ragazzo con la testa sulle spalle. Fa il muratore, in proprio, e tra qualche mese mi darà un nipotino. E questo è il mediano.» Fece un lungo sospiro. «Lui prima o poi mi porterà alla tomba, non studia, non lavora, non ha voglia di fare nulla, una zecca attaccata ai coglioni.» Ripose il cellulare. «Io mi chiedo: come se la caverà quando non ci sarò più io a mantenerlo?»

In quel momento una famigliola occupò il tavolo vicino. I bambini, due maschi di quattro o cinque anni, si arrampicarono sulle sedie e si allungarono sul tavolo poggiando il mento sulle braccia. Subito la madre, come per un riflesso condizionato, tirò fuori dalla borsa degli album e alcuni pennarelli e glieli pose davanti.

«Voglio il gelato» disse il più grandicello.

«Anch'io» gli fece eco l'altro.

«Adesso arriva» rispose la donna guardando da un'altra parte.

Il bambino iniziò a sforbiciare le gambe nel vuoto e le fece un pizzicotto sul braccio.

«Ora basta!» intervenne il padre alzando gli occhi dal menù. «E stai composto!»

Restarono a osservarli per qualche secondo, poi Carlos si girò di nuovo verso di lui e gli chiese: «Hai figli?».

Juan Fernando scosse la testa.

«Buon per te. Danno anche delle soddisfazioni, non lo nego, ma tre bocche da sfamare… Queste braccia hanno fatto di tutto, ho lavorato al porto, in fabbrica, nei cantieri, mi sono spezzato in due per mantenere la famiglia, fino a quando una bella lastra di marmo ha creduto bene di schiacciarmi un piede. Al porto, mentre scaricavo. Si è messa di traverso, la maledetta, e mi è caduta addosso. Guarda qua.» Spostò la gamba da sotto il tavolo e gli mostrò il piede fasciato in una scarpa ortopedica. «Visto che roba? Sembra uno stivaletto cinese.»

Restarono entrambi a guardarla in silenzio.

«Fortuna che mi hanno trovato un lavoro di usciere in Comune. Davo i numeri» abbozzò una risatina «nel senso che quando entrava qualcuno gli davo un biglietto con un numero e quando arrivava il suo turno lo chiamavo. Mah! Non mi lamento. Ora sono in pensione. Anche tu immagino.» Lo scrutò ben bene. «Sai che ti trovo in forma? Sì, hai perso i capelli, ma per l'età che hai...»

Juan Fernando si toccò automaticamente la stempiatura della fronte.

L'altro rise. «Ti ricordi?» Fece un gesto ampio indicando il locale. «È uno dei pochi caffè della città rimasti tali e quali. Adesso però la sera ci vengono i turisti, per farli contenti chiamano quattro ballerini da strapazzo e suonano un tango così addomesticato che sembra mazurka. Ai nostri tempi...»

La malinconica decadenza del luogo lo riportò a un periodo lontano. Lo sguardo scivolò sulle pareti rivestite di scuri pannelli di legno piene di vecchie foto incorniciate e di specchi appannati, sui divani di pelle, sulle piastrelle bianche e nere del pavimento. Rivide se stesso giovane, in piedi vicino alla porta, la sigaretta tra le labbra, gli occhi rapaci a caccia di femmine.

«Bei tempi quelli!» continuava Carlos. «Ora, ora i giorni volano, eppure il tempo non sembra passare mai. Da quando sono in pensione non so che fare, mi annoio. Gli unici momenti belli sono quando gioca il Boca. Lo segui ancora?»

«Non più.»

«Hai tradito la causa?»

«Non trasmettevano le partite del Boca dove ero io.»

«Va sempre alla grande, sai?» Poi si fece serio. «Certo, bell'amico sei stato.»

«Perché?»

«Andare via così, senza una parola. Una sera vado da Alfonso e gli chiedo: "Quando lo trovo Fernando?" e lui mi dice: "Non lo trovi, è partito per la Patagonia". Sono cascato dalle nuvole, non volevo credere. Me lo potevi dire, magari sarei venuto con te.»

«Non ti sarebbe piaciuto.»

«E chi lo sa? Ma che ti è preso di andare fin laggiù?»

Si strinse nelle spalle: «Avevo voglia di cambiare aria».

«Avresti dovuto dirmelo» ribadì l'altro.

«Di che ti lamenti? Hai lavorato, hai messo su famiglia.»

«Credi sia stato facile?» ribatté quasi risentito. «Tu te la sei squagliata, tu non hai idea di cosa sia stata la vita qua. Anche dopo, sai? Dopo che i militari hanno lasciato il potere. L'avevano chiamato *Processo di Riorganizzazione Nazionale*, suonava bene, peccato che abbiano lasciato il Paese pieno di debiti con la guerra delle Malvine e tutto il resto; pieno di debiti e pieno di morti. Non ci siamo più ripresi veramente, un anno tiriamo un sospiro di sollievo e l'anno dopo va peggio di prima. I ricchi esportano i capitali all'estero e la povera gente crepa di fame. Li hai visti i *cartoneros*?»

«I *cartoneros*? Chi sono?»

«I raccoglitori di cartone. Già, sei arrivato stamani, loro escono di notte come i ratti. Frugano nella spazzatura, davanti ai supermercati, in cerca di cartone da rivendere agli impianti di riciclaggio. Un modo come un altro per guadagnare due soldi. E non sono solo i senzatetto, sono persone che avevano un lavoro, come te, come me, e l'hanno perso e non sanno più dove sbattere la testa... Ma sì, hai fatto proprio bene ad andare via!» Fece una pausa. «Però ti sei perso i Mondiali. Ah, che momento, che momento!» Assunse un'espressione trasognata. «Il giorno della finale eravamo tutti per strada, operai, professionisti, militari, dissidenti, non importava. Tutti insieme, col fiato sospeso a seguire la partita dagli altoparlanti. Fernando, non sai che ti sei perso, che emozione! Due tempi supplementari, ho pianto sangue, giuro, ma alla fine tre goal gli abbiamo infilato agli olandesi! Tre goal! Almeno alla televisione l'avrai vista.» Juan Fernando scosse la testa.

«Proprio non ti riconosco, perdersi la finale dei Mondiali di calcio! Capita una volta nella vita, una volta sola. Faceva un freddo bestiale, ma nessuno lo sentiva e quando l'arbitro ha fischiato la fine ci siamo abbracciati. Devo anche aver pianto per la contentezza.» Bevve una gran sorsata di birra. «Ma dove cazzo eri per non vedere la finale?»

Alla drogheria di El Calafate, che fungeva anche da ufficio postale, ristorante, spaccio e locanda, gli avevano detto che cercavano personale all'*estancia* Crempog, sulla sponda opposta del Lago Argentino e che una volta alla settimana partiva un battello per quella destinazione. Si era imbarcato senza porsi troppe domande, del tutto ignaro della distanza e della natura del luogo.

Sono arrivato alla fine del mondo, si era detto durante la navigazione, cercando di difendersi dal vento impietoso, mentre osservava i blocchi di ghiaccio, alti come montagne e azzurri come topazi, che galleggiavano sulla superficie dell'acqua. L'avevano depositato su una spiaggetta sassosa e in venti minuti era arrivato a piedi alla fattoria.

I proprietari erano una coppia attempata, discendenti di pionieri gallesi che per primi si erano insediati in quella terra inospitale inseguendo il sogno di una vita migliore. Non era chiaro se, oltre a essere marito e moglie, intercorressero tra loro altri legami di parentela, fatto sta che non avevano avuto figli e che sembravano gemelli. Alti entrambi e ossuti, col viso allungato e le palpebre cadenti sugli occhi che li facevano assomigliare alle pecore che allevavano. Erano ciarlieri come l'obelisco di plaza de Mayo.

Avvicinandosi, aveva visto prima i pioppi piegati dal vento, poi il mulino e il capannone della tosatura, infine la macchia bianca e verde della casa padronale. Erano in due, oltre a lui, a occuparsi del bestiame, due meticci con gli occhi allungati e il viso scolpito nel legno, ancora più taciturni, se possibile, dei padroni di casa. La mattina, quando gli insetti davano l'assalto alle finestre, mangiavano tutti insieme stufato di pecora nella grande cucina del casale, la sera andavano a dormire nelle baracche accanto ai recinti. Disteso sulla branda, guardava il giorno consumarsi lentamente nella monotonia dell'orizzonte, mentre da lontano arrivavano, attutiti, gli schianti dei blocchi che si staccavano dai ghiacciai e l'aria pungente portava l'odore della neve delle Ande.

Aveva resistito tre mesi, poi era fuggito a Rio Gallegos con un gruzzolo sufficiente per imbarcarsi su un cargo diretto a Oslo.

«Non ne potevo più» confessò. «Sentivo puzza di pecora ovunque, nei vestiti, nei capelli. È un tanfo inconfondibile, se ci penso lo sento ancora. Mi lavavo e tornava, me lo sono portato dietro fino in Norvegia.»

L'amico ascoltava con gli occhi sgranati. «Così sei andato in Norvegia.»

«In Norvegia, sì.»

L'altro fece un fischio. «Le donne scandinave, le più belle del mondo. Occhi chiari, due metri di gambe.» Assunse un'espressione maliziosa. «È vero che tra le cosce odorano di merluzzo?»

Juan Fernando non riuscì a trattenere un sorriso.

Le donne norvegesi. Ne aveva conosciute poche, se si fa eccezione per le prostitute che rimorchiava nei vicoli dietro il porto quando lo riportavano a terra e anche quelle erano per la maggior parte straniere. Una contrattazione essenziale in una lingua fatta di consonanti, parole dure e rapide come pallottole di fucile che rimbalzano sul palato. «*Hvor mye vil du ha*?» Quanto vuoi? Volti disfatti, che neanche fingono di gradire e che durano il tempo di un amplesso sbrigativo.

A dire il vero una c'era stata: Bergliot.

Sul cargo che lo portava in Norvegia Juan Fernando aveva conosciuto un italiano, Gravino. Aveva lasciato l'Abruzzo a diciott'anni ed era andato a cercare fortuna in giro per il mondo, era stato per due anni in Colombia, poi in Brasile, poi in Argentina. «Voi argentini siete troppo furbi» gli diceva, «somigliate a noi italiani.» Raccontava di aver vissuto con gli indios nella selva, coi gesuiti nelle missioni, di aver conosciuto narcotrafficanti e guerriglieri e colorava i suoi resoconti con aneddoti al limite della fantasia. Giorno dopo giorno, nella cabina che condividevano al livello più basso della nave o nelle interminabili giornate sul ponte, mentre guardavano il vento schiaffeggiare le onde, avevano fatto amicizia. Gravino stava andando da un cugino che viveva a Grimstad. «La Norvegia sì che è un Paese civile» sentenziava. «Sono ricchi e il lavoro non manca, accolgono tutti a braccia aperte. Mio cugino si è sistemato proprio bene, ha una bella casa, un lavoro di responsabilità. Pensa a tutto lui, in tre, quattro anni mettiamo da parte una fortuna.»

Juan Fernando esitava: «Sei proprio sicuro? Mi sembra troppo bello».

«Senti, ce l'hai voglia di lavorare?»

«Sì che ce l'ho.»

«Allora di che ti preoccupi? Ti dico che non ci vuole nulla a trovare un lavoro. E quanto pagano! Poi quella è una metropoli, piena di opportunità, di divertimenti. Altro che il Sud America!»

Tanto aveva detto che l'aveva seguito a Grimstad.

Le cose non erano andate esattamente come le aveva presentate Gravino. Grimstad era un villaggio affacciato sulla costa meridionale, una via principale fiancheggiata da case di legno pitturate di bianco, un campanile col tetto a punta simile al cappello di un mago, un porticciolo dove galleggiavano le barche dei pescatori.

Arrivarono a fine aprile, la neve si stava sciogliendo e una poltiglia grigiastra imbrattava le strade e a poco a poco scopriva, appena fuori dall'abitato, una vegetazione bassa e spinosa che si spingeva fino al mare. Il cugino di Gravino viveva insieme a due slavi in una baracca ai margini del paese. Non accolsero con gioia l'arrivo di altre due persone, ma si adattarono, collocando altre brande nella stanza comune.

«Siete arrivati al momento giusto, c'è lavoro al porto» gli disse subito, facendo intendere che l'ospitalità non era gratuita.

I pescherecci raggiungevano il molo carichi di aringhe. Nell'alba lattiginosa in cui mare e cielo si confondevano già da lontano si distinguevano i bagliori argentati del pesce stipato nelle cassette a prua. Si trattava di scaricarlo e di portarlo nell'azienda ittica lì vicino, dove ragazze in cuffia e camice bianco lo pulivano e lo mettevano nei barili per la salatura. Cassa dopo cassa, mentre il tanfo di pesce, dentro le narici, sulla pelle, prendeva il posto di quello di pecora, Juan Fernando distoglieva lo sguardo dal carico agonizzante e lo appuntava, con malevolenza, sull'amico italiano.

Però nel laboratorio c'era Bergliot. Era lei, in servizio per la durata delle vacanze scolastiche, ad accoglierlo e a indicargli con un sorriso dove depositare il carico. Sorriso dopo sorriso, gesto dopo gesto, avevano finito per incontrarsi anche al di fuori del lavoro.

A dispetto del nome che evocava androidi spietati o nerboruti calciatori, Bergliot era una creatura dolcissima. Appena diciottenne, aveva la pelle di madreperla, occhi così chiari da sembrare liquidi e, soprattutto, lunghi capelli biondi e sottili. Era timida e inesperta come un'educanda. Nelle sere d'estate, quando il sole si diluiva in una nota opalescente che sarebbe durata tutta la notte, sedevano fianco a fianco su una panchina del giardino municipale, guardando le anatre che sguazzavano nel laghetto e scambiandosi quelle poche parole che l'assenza di un vocabolario comune permetteva. Juan Fernando le prendeva la mano e l'accarezzava, lei lo lasciava fare. In base alla politica dei piccoli passi, dopo un tempo ragionevole che stavano in quella posa, le avvicinava la bocca alla guancia e la baciava. Lei sorrideva imbarazzata, ma non si sottraeva. Ma se provava a girarle il viso verso di sé e a infilarle la lingua tra le labbra o a palparle il seno, che aveva abbondante, sopra la camicetta, si ritraeva di scatto e gli metteva il broncio.

Si sentiva veramente un cretino a perdere tempo con una ragazzina, ma Bergliot era l'essere più candido che avesse incontrato e non si negava mai quando le passava le dita fra i capelli e li stringeva nel pugno.

Certe volte arrivava con dei dolcetti alla cannella avvolti in un tovagliolo. «*Skillingsboller*» ripeteva. La ragazza li mangiava a piccoli morsi in religioso silenzio e ogni tanto ne gettava una briciola alle anatre. «*And*» gli diceva indicandogliele. «*And*» ripeteva lui e intanto si domandava da dove iniziare l'educazione sentimentale di quella adolescente.

Così era passata l'estate ed era arrivato l'autunno. A settembre una prima spolverata di neve aveva imbiancato il molo e i pescherecci fermi nella rada. E la notte diventava sempre più lunga, si mangiava giorno dopo giorno le poche ore di luce, riducendo il sole a una presenza pallida e lontana. Il paesaggio infreddolito si tingeva di malinconia.

Una di quelle sere Juan Fernando e i suoi amici passeggiavano per le strade deserte di Grimstad. La porta della birreria era sbarrata, neanche un gatto randagio a testimoniare una parvenza di vita. Avevano setacciato inutilmente ogni angolo del paese in cerca di un luogo qualsiasi in cui sedersi al caldo e bere qualcosa; alla fine erano approdati ai giardini in fondo al corso. Si erano fermati davanti al laghetto; le anatre dondolavano pacificamente sulla superficie dell'acqua, la testa nascosta tra le piume del petto, le ali raccolte contro il busto.

«Ma che ore sono?» aveva chiesto Gravino. Aveva assunto la postura di chi ha freddo, con la schiena piegata e le mani sotto le ascelle.

«Le otto» aveva risposto il cugino.

«Posto di merda!» aveva commentato uno degli slavi.

Avevano adottato una lingua spuria, una specie di Esperanto in cui confluivano termini norvegesi, croati, italiani e spagnoli che gli permetteva di comunicare tra loro.

«A Buenos Aires è quasi estate, si va a fare il bagno in mare» aveva detto Juan Fernando.

Ognuno aveva iniziato a tessere le lodi del luogo da cui proveniva, che nei ricordi era diventato il più bello del mondo.

«Se hai voglia di divertirti, a Buenos Aires trovi tutto, ristoranti, sale da ballo, aperti tutta la notte.»

«Figurati! Tutta la notte!» aveva dubitato l'altro serbo.

«Tutta la notte, sì, tutta la notte. Buenos Aires è una grande città, grandissima. Tu, che vieni dal buco di culo del mondo, neanche immagini cosa sia una grande città.»

«Ehi, amico, ci sono stato» si era intromesso Gravino. «Per essere grande è grande, anche troppo. Io però tutte quelle belle cose non le ho viste, mi ricordo solo di una gran confusione. No, la qualità della vita la trovi in un piccolo centro, ma non come questo, come quello da cui vengo: Acciano.»

«Acciano? E che è?»

«Acciano, dove siamo nati noi.» Aveva indicato a turno il cugino e se stesso. «Un posto che voi, barbari, non immaginate nemmeno. Quando noi costruivamo i castelli e le chiese la tua Buenos Aires era ancora una palude. E se ti affacci dalle mura, perché ci sono pure le mura medievali ad Acciano, sissignori, se ti affacci vedi boschi e vigneti a perdita d'occhio.»

«A me barbaro non lo dici» aveva replicato il serbo. «Da noi venivano a costruirsi le ville gli imperatori romani.»

Dalle meraviglie storiche e paesaggistiche alla cucina il passo era stato breve.

«I *razmyici*! Si prende la carne, può essere di maiale o anche di agnello, si taglia a piccoli pezzi e s'infila nello spiedo alternandola con fettine di cipolla e peperone e si cuoce alla griglia.» Il croato si era messo una mano sul cuore. «Roba da leccarsi i baffi!»

«Perché, l'*asado*? Noi in Argentina abbiamo la carne più buona del mondo.»

«Hanno tutto il meglio loro in Argentina!»

«Non lo dico io, lo dicono tutti, non a caso la esportiamo in tutti i continenti, anche da voi. Voi italiani senza la nostra carne mangereste solo maccheroni.»

«E dici poco! Vi do un consiglio da amico: se capitate ad Acciano dovete assolutamente assaggiare le sagne. Pasta fresca, tagliata a losanghe e condita con un sugo di olio, aglio e pomodoro e...» aveva mimato l'azione di grattugiare «una bella spolverata di pecorino. Dio, a parlarne mi è venuto un buco nello stomaco.»

«Certo, questi norvegesi mangiano proprio da schifo» aveva commentato il cugino di Gravino e questa constatazione li aveva messi tutti d'accordo.

«Io non ne posso più di mangiare aringhe. Aringhe, sempre aringhe, solo aringhe. Se continuo così mi spuntano le pinne.»

«Con questo freddo ci vorrebbe un po' di carne, una bella bistecca tagliata alta, una fila di salsicce.»

«Dalle mie parti in questa stagione andiamo a caccia, tordi, fagiani...»

«Buoni! E la faraona? Gli storni? La beccaccia?»

«Basta che abbiano le penne.»

A queste parole si era fatto silenzio e tutti si erano voltati automaticamente verso le anatre, poi si erano guardati l'un l'altro senza osare di dar voce al pensiero che gli attraversava la mente.

«L'anatra, quando cucinata a dovere ha una carne squisita» aveva buttato là uno dei serbi.

And, diceva Bergliot mentre gettava le briciole dei biscotti. Juan Fernando aveva scosso la testa: «Non si può, sono le *loro* anatre, gli danno da mangiare tutti i giorni».

«Per questo sono belle grasse.»

«Non ci sto, forza, andiamo via.»

Ma l'altro aveva insistito, lodando la squisitezza di quella carne arrostita sul fuoco e facendo venire a tutti l'acquolina in bocca: «Guardatele, dicono "mangiami, mangiami"».

«E anche volendo, come facciamo a prenderla?»

«Non lo vedi? Sono pacifiche come polli, che ci vuole ad acchiapparne una?»

Gli altri esitavano: «E se ci vedono?».

«Chi volete che ci veda?»

Si erano guardati attorno, in effetti il parco era deserto.

«E se poi si accorgono che ne manca una?»

«Allora siete proprio scemi! Come fanno ad accorgersene, sono decine e decine.»

A poco a poco il croato aveva portato tutti dalla sua parte. «Ci penso io» aveva affermato, «so come si fa.»

Ne aveva adocchiato una bella grassa vicino a riva, si era inginocchiato e, strusciando l'indice contro il pollice, aveva emesso un suono chioccio. Subito quella gli era andata incontro fiduciosa. Quando fu abbastanza vicina, protese le braccia per afferrarla, ma le piume bagnate gli scivolarono fra le mani, la bestiola si ritrasse e lui, sporgendosi in avanti finì con una scarpa nell'acqua. Aveva masticato qualcosa nella sua lingua che somigliava a una bestemmia.

«Te l'avevo detto che così, a mani nude, non è facile.»

Ma lo slavo s'era intestardito. «Non mi faccio fregare da uno stupido pennuto. Mi dovete aiutare, non posso fare tutto da solo.»

«Proviamo con un'altra.»

Aveva lanciato un'occhiata rancorosa alla preda che con un paio di svolazzi si era spostata di qualche passo più in là: «Voglio quella».

L'anatra aveva assunto di nuovo la posizione di riposo, lasciava che la corrente la spingesse verso le canne vicino a riva. Le erano piombati addosso in cinque, chi la tirava per una zampa, chi per un'ala, alla fine erano riusciti a portarla a terra. Lo slavo senza troppi complimenti l'aveva afferrata per le due estremità del collo e aveva cominciato a tirare. La bestiola si dibatteva selvaggiamente ed emetteva grida stridule e più quello tirava, più urlava. Alla fine si era intromesso Juan Fernando. «Meno male che eri pratico!» aveva commentato strappandogli l'anatra dalle mani. Ce l'aveva messa tutta, aveva tirato e tirato, fino a quando le zampette avevano smesso di raspare nell'aria e il corpo si era afflosciato. Il serbo se l'era messa sotto il giaccone e fra le risate e i commenti erano tornati alla baracca. L'avevano fatta in umido, dopo accanito dibattito aveva prevalso il partito dell'umido. Seduti intorno al tavolo, nella baracca, erano rimasti fino a notte fonda a ridere e a parlare, intingendo il pane nel sugo rimasto.

Ma anche in un villaggio del Nord profondo, anche col buio e con la neve, quando ogni abitante sembra rintanato dentro casa, le notizie corrono. Il giorno dopo Juan Fernando e i suoi compari, camminando per la strada principale, avevano notato rapidi sguardi di rimprovero al loro indirizzo; i passanti, in genere ben disposti nei loro confronti, si allontanavano da loro quasi schifati. Fossero stati gli schiamazzi della notte precedente o qualche piuma rimasta sul prato, fatto sta che pareva che in paese tutti sapessero cosa era successo. Neanche Bergliot si era presentata al consueto appuntamento ai giardini, né quel giorno né quello dopo.

Juan Fernando l'aveva aspettata a debita distanza fuori dalla scuola e, quando era uscita, le si era messo di fianco camminando insieme a lei.

«Bergliot, perché non mi vuoi più vedere?»

La ragazza aveva accelerato il passo tenendo la testa bassa.

«Bergliot!»

Si era girata con gli occhi pieni di lacrime: «Io credevo che fossi buono».

«Sono buono. Non sono sempre stato buono con te?»

«No, non sei buono. Se fossi buono non uccideresti le anatre del laghetto.»

«Io?» Si era messo una mano sul petto. «Io non ho ucciso nessuna anatra. Giuro!»

Si era fermata, incerta se credergli o meno, poi aveva ripreso la strada: «La mamma me l'aveva detto di non frequentare gli italiani».

«Non sono italiano, sono argentino.»

«Fa lo stesso, stai con gli italiani. Io non esco con gli assassini di anatre.»

La conversazione in realtà non si era svolta in modo così fluido, ma il senso era quello. Non c'erano stati giuramenti e preghiere in grado di farle cambiare idea.

Poco dopo era giunta notizia che cercavano personale su una piattaforma petrolifera nel Mare del Nord. Trentamila corone norvegesi al mese per operai non specializzati, trenta giorni di lavoro e dieci di riposo sulla terraferma, vitto e alloggio a spese della Compagnia.

«Vado» aveva detto Juan Fernando.

«Sei impazzito?» l'aveva redarguito Gravino. «È una vita di merda.»

«Perché, questa com'è? Per lo meno pagano bene.»

Non aveva sentito ragioni, aveva salutato gli italiani e gli slavi, aveva dato un'ultima occhiata alla panchina su cui sedeva con Bergliot e aveva preso il primo pullman per Oslo.

«Pensavo di restarci un paio d'anni, invece ci ho fatto l'abitudine e ci sono rimasto fino alla pensione.»

Carlos lo scrutò allibito: «Trent'anni su una piattaforma petrolifera? Dicono che è una vita d'inferno.»

«Si fa l'abitudine a tutto.»

«Perbacco, Fernando, valeva la pena di andare così lontano per lavorare su una piattaforma in mezzo al mare?»

Perbacco. Gli venne quasi da ridere: chi parlava in quel modo nella vita reale? Spostò lo sguardo sulla porta a vetri d'ingresso, un rettangolo illuminato dalla luce del giorno dietro al quale i passanti sul marciapiede parevano ombre cinesi.

«Pagavano bene, mi sono fatto ricco.»

La famigliola al tavolo accanto si stava alzando, la mamma riponeva nella borsa gli album e i pennarelli mentre il padre scuoteva per le spalle il figlio minore che s'era addormentato. «Te l'avevo detto che non era il caso di portare i bambini» disse alla moglie con tono seccato. Lasciarono fondi di gelato liquefatto nelle coppette, il piano di marmo rigato di pennarello e una gran quantità di salviette di carta appallottolate per terra.

Juan Fernando le indicò: «Sempre uguali gli argentini».

«Ora non darti tante arie perché hai fatto i quattrini.»

Sessantaquattro anni, una pensione in corone che arrivava puntuale ogni mese, un conto di tutto rispetto in una banca di Oslo. In qualunque parte del mondo si trovasse, bastava recarsi a uno sportello, infilare la tessera nella fessura, digitare un codice e i soldi spuntavano come dal cilindro di un prestigiatore.

Solo, come uno spaventapasseri in mezzo a un campo, diviso

a metà tra la terra d'origine e quella di adozione, né argentino né norvegese, figlio di una piattaforma petrolifera. Aveva pensato di rimanerci un paio d'anni ed era diventata la sua patria.

Quando l'aveva vista la prima volta dal motoscafo era rimasto senza parole. Un paese su palafitte piantato in mezzo al mare, un transatlantico nelle tenebre illuminato a gran pavese. Ma quelle luci non rischiaravano saloni dove camerieri in giacca bianca servivano sofisticate vivande o dove i passeggeri in abito da sera volteggiavano al suono di un'orchestrina. Quelle luci illuminavano un'architettura futurista di tubature metalliche, torri aeree, costruzioni improbabili a cui le gru facevano incessantemente mutare forma. Non c'era spazio sulla piattaforma per lo svago, solo condotti pesanti da spostare e chiazze di petrolio da pulire, mentre il frastuono delle turbine e dei compressori martellava le orecchie e la bocca si riempiva di sapore salmastro.

Ne era valsa la pena? Non lo sapeva.

Dodici ore di lavoro duro e restava il fiato giusto per raggiungere la cuccetta. Trenta anni che si potevano riassumere in un giorno solo: sveglia all'alba, colazione, lavoro, pranzo, lavoro, cena, cuccetta. E l'attesa. Era nell'attesa che si era consumata la sua esistenza. L'attesa che allo scadere del mese arrivasse il motoscafo che lo portava sulla terraferma, scrutando la superficie del mare, ora piatta e metallica, ora agitata in onde inesorabili, mentre il vento gelido si insinuava sotto la cerata e la solitudine rimbalzava come un'eco insistente da una cresta all'altra.

La piattaforma era stata la sua patria. Gli altri arrivavano e se ne andavano, tornavano dalle mogli, dalle fidanzate, appena avevano fatto due soldi cambiavano giostra. Lui invece continuava a girare. Quando scendeva al porto di Oslo spendeva un po' di soldi in puttane, per il resto girava spaesato senza sapere come passare il tempo e aspettando il momento che lo riportassero sulla piattaforma.

Carlos gli pose una mano su un braccio. «Che farai ora? Pensi di restare?»

«Non lo so, non ho fatto progetti.»

«Be', questa è casa tua e in fondo ora non è così male. I problemi non mancano, ma almeno siamo liberi. Se voglio posso dire "questo governo mi fa schifo", posso gridarlo in faccia a tutti e non mi succede niente. Non mi arrestano, non mi ammazzano.» Si passò le mani nella foresta innevata di capelli. «Ci credi se ti dico che mi sembra ancora impossibile? Dopo... anche dopo per anni non ci siamo riusciti. Eravamo... hai presente un pugile sonato?» Annuì. «È stata dura.»

«Capisco.»

«No, non puoi capire. Quando sei partito ancora non sapevamo nulla, sì, immaginavamo qualcosa, ma dopo, dopo che il regime è finito e la verità è venuta a galla... Non puoi credere cosa hanno fatto, torture, stupri, assassinii, roba da vergognarsi di essere argentini. E ti chiedi: come ho fatto a non accorgermi di nulla? Davvero non vedevo oppure non volevo vedere? Era tutto lì, sotto i nostri occhi.» Fissò il piano del tavolo, sovrappensiero, poi lo guardò e abbassò la voce: «Te lo ricordi Aureliano? Sempre pieno di quattrini, bei vestiti, belle scarpe. Diceva di fare l'autista per un pezzo grosso, rammenti?». Fece una pausa ad effetto. «Lavorava per la "macelleria". Capito per chi lavorava? Arrestava la gente e la consegnava agli aguzzini, donne, ragazzi, per lui non faceva differenza. Capito dove li prendeva tutti quei soldi? E noi nemmeno un sospetto, gli stringevamo la mano sporca di sangue. Quando sono iniziati i processi ha avuto paura ed è sparito. In Cile, in Brasile, non so. Era un pesce piccolo, quelli come lui sono scappati tra le maglie della rete. Se fosse rimasto non gli avrebbero fatto nulla, ma si è fatto prendere dal panico.»

Si erano incontrati casualmente da Alfredo non molto tempo prima che partisse per la Patagonia. Era seduto, da solo, al solito tavolino con una lattina di Coca davanti. Veniva come tutti loro dalla vita misera dei *barrios*, ma da quando portava i Rayban e le Lacoste sfoderava una gran spocchia.

Juan Fernando si era avvicinato con un sorriso da orecchio a orecchio: «Sei diventato astemio?» aveva scherzato indicando la bibita.

«Non bevo mai alcolici prima di entrare in servizio» gli aveva risposto. «Prendi qualcosa?»

Quando si era seduto Aureliano aveva spinto verso di lui un pacchetto di Marlboro e aveva tirato fuori di tasca un accendino pesante, placcato in oro, per accendergli la sigaretta. Gliel'aveva tenuto un bel po' sotto il naso perché non passasse inosservato. Lui infatti gli aveva afferrato la mano per guardarlo.

«Bello! È d'oro?»

L'altro aveva sollevato le sopracciglia a indicare che la risposta era scontata. «Ci ho fatto incidere le iniziali.» Aveva girato l'accendino per mostrargli l'arabesco di una A e di una R incrociate.

«Buon per te!»

«Ti piace?»

«Eccome se mi piace!»

Aureliano si era concentrato per qualche secondo sull'insegna dell'osteria, poi si era girato di nuovo verso di lui, si era tolto i Rayban e l'aveva fissato dritto negli occhi. «Potresti comprartelo anche tu.»

«Io? Io non posso permettermi oggetti di quel valore.»

«Dipende. Dipende da quanta voglia hai.»

«Se è per questo di voglia ne ho tanta.»

«Abbiamo bisogno di gente sveglia dove lavoro.»

«Vuoi dire che ci sarebbe un posto anche per me?»

«Potrebbe essere.»

Senza rendersene conto, aveva assunto l'espressione e il tono della voce di chi vuol compiacere a tutti i costi: «Qualsiasi cosa, Aureliano, ho la patente, conosco la città come le mie tasche, un po' me la cavo anche coi motori, non ti faccio sfigurare, te lo giuro, se ci metti una parolina, Dio, fare l'autista! È quello che ho sempre des...».

L'aveva bloccato a mezzo con un cenno della mano. «Non cercano autisti.»

«Meccanici?»

Aureliano si era proteso così in avanti che i loro volti quasi si sfioravano: «Cercano informatori». Poi aveva appoggiato la schiena alla spalliera della sedia, picchiettando l'accendino sul bordo del tavolo e aveva lasciato decantare le sue parole.

«Che genere di informatori?»

«Persone che sappiano osservare e poi riferire a chi di dovere.»

Proprio non riusciva a capire.

«Per esempio, quella ragazza che ti scopi nella stanza di sopra.»

Si era irrigidito. «Che c'entra Martina?»

«Studia all'Università, l'Università è un covo di sovversivi. È semplice, osservi, ascolti e quando trovi il marcio ce lo vieni a dire.»

«A chi dovrei dirlo?»

L'altro aveva sorriso: «Andiamo, non fare l'ingenuo».

Si era sentito avvampare di rabbia: «Martina non ha nulla a che fare con queste cose, ti sei fatto un'idea sbagliata, stalle alla larga».

«I suoi amici, allora.»

«Quali amici? Non li conosco i suoi amici. Che t'importa di loro?»

«Dobbiamo ripulire il Paese da questa feccia. Sono certo che tra loro si nasconde qualche sovversivo. Quello che ti chiedo è di frequentarli per un po', sentire quello che dicono, controllare i loro movimenti. È un lavoro facile facile, ma i miei superiori sanno essere molto riconoscenti. Se sei bravo ti porto con me e a quel punto ti compri tutto quello che vuoi.»

«Allora non è come dicevi. Che fai esattamente?»

«Faccio l'autista, te l'ho detto.» Si fece una risata. «Guido le Falcon, sono belle macchine. Siamo in due o tre, quando c'è una segnalazione andiamo a prendere quelle cimici. Li portiamo al Club Atletico o all'Olimpo, dove ci dicono di portarli. Lì c'è gente che sa come farli parlare.»

Era rimasto paralizzato dalla sorpresa. «Anche tu li *fai parlare*?»

«Non sono così in alto, per quelle cose occorre addestramento. Perché fai quella faccia? Sono traditori, Fernando, nemici della patria.»

Ci aveva pensato qualche secondo. Le spie non gli erano mai piaciute. «Perché lo fai?»

«È la cosa giusta. Poi pagano bene, migliaia di pesos. Pensaci, non ti capiterà più un'occasione come questa.» Si era zittito e quando aveva ripreso a parlare aveva una voce diversa, gutturale: «Molti fanno resistenza, gridano, si divincolano. Allora li scaravento sul pavimento dell'automobile e per farli star fermi gli premo lo stivale sull'osso del collo. Basta una pressione e *crack!* Diventano docili come agnellini, li sento tremare sotto di me. Ogni tanto premo un po' più forte per vedere come reagiscono, poi allento. Sono padrone delle loro vite, è una bella sensazione.»

Aveva scosso la testa: «Ti ringrazio, ma non fa per me. Non è il tipo di lavoro che cercavo».

«Sei proprio un coglione, è giusto che resti un miserabile.»

Si era alzato e aveva fatto due passi, poi era tornato indietro. «Stai alla larga da Martina, lei è roba mia.»

Il bicchiere di birra ancora intatto si andava scaldando tra le sue mani, rivoli di condensa rigavano il vetro. Carlos invece aveva finito da un pezzo la sua birra e alzava una mano per ordinarne un'altra. «Ne è passato di tempo! E quella biondina? Quella con cui uscivi... come si chiamava?»

Fece finta di non capire: «Quale biondina?».

«Dài, non puoi non ricordartene, ti eri preso una scuffia! La portavi nella stanza sopra la trattoria di Alfredo... siamo andati anche alla partita insieme.»

«Ah, Martina!» disse come se gli fosse venuto in mente solo allora.

«Giusto. Martina! Bella figliola, però non faceva al caso tuo.»

Come si permetteva Carlos di intrufolarsi in pieghe della sua vita così intimamente, inconfessabilmente personali?

«Che intendi dire?» replicò seccato.

«Troppo signora, troppo delicata, di quelle che si spezzano con un abbraccio. All'inizio uno ci fa attenzione, ma alla lunga... No, credimi, non era pane per i tuoi denti.»

Padre avvocato, un'antica dimora in pieno centro, non c'era mai stato ma non era difficile immaginarla: grandi stanze, alte persiane accostate, dalie nei vasi da fiori. Tre persone dove avrebbero vissuto comodamente in quindici. *«Perché non mi presenti ai tuoi amici?», «Ti annoieresti con loro.», «Ti vergogni di me, non è così?»*

Carlos si avvicinò per guardarlo meglio: «Che c'è, te la sei presa? Dicevo così per dire». Scrollò le spalle: «Se te ne sei andato in Patagonia l'avevi capito anche tu che non faceva al caso tuo».

Rimase in attesa di una conferma che non arrivò. «Ti sei pentito?»

«Di che?»

«Di averla lasciata, di essere partito e aver mollato tutto.»

«No, non mi sono pentito di nulla.»

Si concentrarono entrambi sulla bevanda spumeggiante dentro

i bicchieri. Alla fine Carlos ruppe il silenzio: «Lo sai che è morta? No, non puoi saperlo, quando hanno trovato il cadavere eri partito da un pezzo».

Juan Fernando sussultò.

«Poveraccia!» continuò l'altro. «Sarà stato… forse l'Ottanta. L'ha trovata un cane, te l'immagini? L'avevano seppellita ai piedi di un albero, l'avevano torturata, anche. La stampa voleva farlo passare per un omicidio a sfondo sessuale, ma non ci ha creduto nessuno.» Scosse la testa. «A quei tempi la gente spariva… ma che hai? Sei impallidito.»

«Nulla, sono solo un po' stanco.»

«Perdonami, sono un idiota, non c'era bisogno di darti una notizia così brutta.»

Aveva trovato una camera fetida, giù alla Boca, muri scrostati, fermento di *empanadas* dalla rosticceria di sotto. Ha paura che lei se ne vada schifata la prima volta che ce la porta, la chiama "duchessa" per prevenire con l'ironia l'umiliazione. Invece lo segue senza fare storie. Gli si concede, Martina, si abbandona ai suoi abbracci con una fiducia che quasi lo commuove. Allora si fa coraggio: «Vieni con me in Patagonia?». Lei lo guarda con quella leggera ma inconfondibile condiscendenza che marca le distanze.

Ha un orologio, troppo grande per il suo polso minuto. Non se ne separa mai, si libera in fretta dei vestiti, della biancheria intima ma l'orologio non se lo toglie. Ticchetta, mentre lui ce la mette tutta per dimostrarle che è un vero maschio, misura implacabile il tempo della sua resistenza.

Dopo l'amore lui le afferra il polso, gira l'orologio da tutte le parti. «Perché non lo togli?»

«È un pezzo del mio braccio» risponde «si può togliere un pezzo di braccio?»

«Te lo tolgo io.»

«Avanti, provaci» e gli offre il polso.

Osserva il meccanismo, preme la leva dell'apertura, cerca di sollevarla, la tira, armeggia. Il cinturino resta sigillato.

«Visto?» gli dice trionfante. «Solo io so come aprirlo, me l'ha insegnato il nonno, la persona al mondo a cui ho voluto più bene.»

«Più che a me?»

Lei non risponde.

Improvvisamente sente di volere quell'orologio più di qualsiasi altra cosa.

«Dallo a me per un po'.»

Lo guarda stupita: «Sei matto? Ti ho spiegato quanto conti per me».

«È per questo che lo voglio. Se mi ami davvero devi darmelo.»

Martina sottrae la mano, si alza di scatto.

«Che fai?»

«Me ne vado.»

«Perché?»

«Ho da fare.» Ha già infilato le mutandine, si abbottona la camicetta.

«È per via dell'orologio che te ne vuoi andare?»

Non risponde.

«Martina, che c'è di male? Volevo solo un pegno d'amore.»

Torna verso di lui, la camicetta abbottonata a metà, gli occhi ridotti a due fessure: «Non pensi ad altro? Non c'è niente altro che ti interessi? Tu lo sai cosa succede là fuori» indica la finestra «mentre mi chiedi il *pegno d'amore*?».

Resta di sasso. È ancora disteso, nudo e lucido di sudore. Fa spallucce, si ritrae in un sorriso beffardo per non sprofondare nella vergogna.

D'improvviso ebbe un rigurgito di insofferenza, tutto intorno gli risultò insopportabile: i camerieri che si aggiravano per la sala silenziosa, le vecchie foto, gli specchi, tutta quell'atmosfera posticcia da dagherrotipo, la birra nel bicchiere svaporata e calda come piscio, lo stesso Carlos, che con la sua invadenza aveva fatto saltare il tappo della bottiglia.

Si alzò di scatto, prese una banconota da cento pesos e la posò sul tavolo. «Ora devo andare.»

L'altro cercò di trattenerlo: «Ma come, così all'improvviso? Dài, aspetta, parliamo un altro poco. Che hai da fare?».

«Devo andare, ti ho detto. Addio Carlos.»

Non gli lasciò nemmeno il tempo di ricambiare il saluto, lo mollò al tavolo a bocca aperta e uscì per strada.

È davanti ai Grandi Magazzini Pacifico, attende, gongolante di soddisfazione. Ecco, la vede venirgli incontro, il volto soffuso del biondo dei capelli contro la luce del sole. Le si avvicina, cerca di abbracciarla, ma lei si ritrae. Un'espressione strana sul volto.

«Martina, che hai?»

«Non dobbiamo vederci mai più.»

All'inizio non la prende sul serio, capricci di bambina, avrà le sue cose: «È uno scherzo?».

«No, non è uno scherzo.»

Ora capisce: vuole metterlo alla prova. È gelosa.

«Sei arrabbiata perché sono andato alla milonga? Non ci vado più.»

«Non è questo, ho deciso così.»

Ma che razza di discorsi. Ha deciso di farlo impazzire? Prima gli dice che vuole lasciare tutto, scappare con lui in Patagonia, gli si getta fra le braccia e fa l'amore come non l'aveva mai fatto e adesso lo tratta in quel modo. Si spreme le meningi nel tentativo di trovare una logica nel pensiero aggrovigliato della ragazza. Forse è proprio per quello, per la Patagonia. Ha preso una decisione d'impulso e ora ha cambiato idea e non sa come dirglielo. Lei ha una famiglia, non è un gatto randagio come lui. Si sente investire da un'ondata di tenerezza.

«Non importa se non te la senti più di partire. Restiamo qui.»

«Non hai capito: non voglio più stare con te» ribadisce perentoria.

Martina non sa mentire, c'è qualcosa che la turba. Sfugge il suo sguardo, come se non volesse metterlo a parte di un segreto. La afferra per un braccio: «Guardami, voglio sapere che succede».

Lei si divincola. «Lasciami, non ti amo più.»

Il giorno prima si rotolava nel letto insieme a lui, gli occhi lucidi traboccanti d'amore e ora non l'ama più.

«Perché? Spiegami perché.»

«Non ti amo più e basta.»

Non sta scherzando. È come se un masso gli sia caduto sul petto. Qualsiasi capriccio, qualsiasi idea bizzarra la induca a parlare in quel modo, fa sul serio. Vorrebbe aprirle la testa per capire che ci passa dentro.

«Sei solo una ragazzina viziata, stupido io a perdere il mio tempo con te. Vattene, che è meglio.»

E a quel punto lo dice, gli sbatte in faccia la ragione vera, quella che chiarisce definitivamente ogni cosa e getta una pietra tombale sul loro amore.

«Pensavi davvero che sarei rimasta tutta la vita con uno come te?»

Uno come lui: si prende, ci si diverte e poi si liquida come un giocattolo venuto a noia. Non si era mai sentito così umiliato. Cerca le parole per ribattere, gliene viene in mente una sola: «Troia!».

Martina ha il volto di cera. Si gira e va via. Un calcio nel culo come a un cane rognoso. La segue con lo sguardo, la mascella contratta, il sangue che gli pulsa nelle tempie.

Ti sei pentito? Gli aveva chiesto Carlos. No, nessun pentimento. Si era preso la sua parte, quella che gli spettava. La brezza calda di gennaio che scompiglia i capelli di Martina, il profumo di un corpo sul quale, come un conquistatore, credeva di aver piantato la sua bandiera e lei che lo deride e tutto d'un tratto gli volta le spalle.

Le regole non possono essere violate perché, anche se in quel loro lungo tango non era stata pronunciata una parola, il *bandoneón* aveva parlato per loro, *tuya es su vida, tuyo es su querer*, sigillando un patto di sangue. *Y aunque no quise el regreso, siempre se vuelve al primer amor*, gridavano le parole della canzone, mentre Juan Fernando si faceva largo senza troppi complimenti tra la folla assiepata sui marciapiedi. Ora sapeva cosa fare: partire, prendere le distanze una volta per tutte da quella città, salire sul primo treno verso l'Ovest, varcare il confine, attraversare le Ande, imbarcarsi per altri oceani. Non si accorgeva della vita che brulicava intorno a lui, delle ragazze col sedere strizzato nei jeans, dei garzoni che gettavano secchi di acqua insaponata davanti ai ristoranti, di tutto un popolo martoriato, ferito, che aveva deciso di riprovarci. Non se ne accorgeva, sigillato com'era nella sua ossessione.

L'aveva guardata prendere la strada di casa, intontito come se fosse appena uscito dal coma, aveva visto la coda bionda ondeggiare mentre camminava. Era stato allora che aveva compreso che non poteva finire in quel modo, che aveva diritto a una rivincita.

L'aveva seguita, accelerando il passo per colmare la distanza e quando l'aveva raggiunta l'aveva afferrata per un braccio. Si aspettava una reazione rabbiosa, invece lei si era girata, gli occhi colmi di lacrime, e gli aveva sorriso. Tutto il risentimento di un attimo prima si era sciolto come neve al sole. Si erano abbracciati.

«Non possiamo lasciarci così» le aveva detto.

Lei aveva annuito.

«Andiamo al parco, parliamo con calma.»

Il sole era già scomparso, una striscia rosso scura vergava l'orizzonte. Martina aveva guardato l'orologio del nonno: «È tardi, devo tornare a casa».

«Ti prego, solo mezz'ora.»

L'aveva seguito nel luogo dei loro primi incontri, fino al punto più remoto, vicino al capanno dei giardinieri. E lì, al buio, l'aveva stretta, baciata, nell'illusione di tornare indietro nel tempo. All'inizio lei aveva ricambiato, ma quando le aveva infilato la mano sotto la maglietta aveva cercato di sottrarsi: «Adesso basta».

«Perché, non ti piace più?»

«Dovevamo parlare.»

«Parliamo dopo» e aveva continuato, a occhi chiusi, a toccarla.

«Basta, ti ho detto!»

Non l'aveva ascoltata.

Ora la ragazza si divincolava, gli toglieva la mano.

Eh no! Un uomo è un uomo, ha le sue esigenze, il suo orgoglio. Prima no, poi sì, ora di nuovo no. Martina non poteva pretendere di manovrarlo come un burattino. Doveva comprendere qual era il suo posto, il suo posto di femmina. L'aveva spinta contro l'albero, tenendola schiacciata al tronco con la mano mentre con l'altra le abbassava la cerniera dei jeans. «Non voglio!» continuava a ripetere lei, ma non la sentiva, con la lingua le tappava la bocca e già stava penetrando dentro di lei. «Ti piace? Eh, ti piace?» le ripeteva indifferente ai suoi singhiozzi.

«Non mi piace, sei un essere orribile, mi fai schifo!» aveva gridato lei cercando con tutte le sue forze di allontanarlo.

Era stato come svegliarsi da una trance. Si era fermato di colpo, l'aveva afferrata per le spalle e fissata negli occhi: «Ripetilo!».

«Mi fai schifo! Mi fai schifo!»

Le faceva schifo, come un verme, come una piattola, come un essere inferiore che si schiaccia col tacco della scarpa.

«E ora lasciami!» aveva aggiunto con aria nauseata.

Ancora oggi non sapeva quale molla fosse scattata nel suo cervello. Aveva sentito il sangue ribollire fino a salirgli alla testa, le mani come ganasce.

Era così sottile il collo di Martina, così delicata la sua pelle. *Tuya es su vida, tuyo es su querer*. E mentre stringeva, sempre più forte, pensava che Aureliano aveva ragione, c'è un piacere indicibile nel disporre della vita di un altro.

Nel suo sguardo aveva letto prima stupore, poi terrore. Strabuzzava gli occhi, gonfiava le guance, si dibatteva, sforbiciando le gambe in un balletto grottesco e cercando convulsamente di allontanargli le mani, e più si agitava più lui stringeva e più stringeva più cresceva la sua eccitazione.

Quanto era durato? Non ne aveva idea. A poco a poco la resistenza si era affievolita, le braccia della ragazza erano ricadute lungo il busto, le ginocchia si erano piegate e alla fine si era accasciata tra le sue mani come una marionetta.

L'aveva gettata nel capanno dei giardinieri. A notte fonda era tornato e nel buio nero come inchiostro aveva preso gli attrezzi e scavato una buca profonda.

La sera seguente era partito per El Calafate.

Col fiato grosso e il sudore che gli imperlava la fronte, divorava la strada, ansioso di tornare al punto di partenza. Sotto il cielo che s'ispessiva per l'afa, Buenos Aires si adagiava, sempre la stessa:

frenetica e sonnolenta, squallida e maestosa, dolente e smemorata, indifferente a chi va e a chi resta.

Juan Fernando Insolito raggiunse il terminal delle navette aeree, entrò nel deposito bagagli. Cassetta 1432. Girò la chiave, estrasse il borsone, l'aprì. Dalla tasca interna afferrò un piccolo oggetto, un orologio d'oro col cinturino chiuso.

L'Universal Geneve gli restituì l'ora esatta: le diciassette e trentacinque.

Ringraziamenti

Sembra incredibile, ma il momento dei ringraziamenti è sempre quello più complicato; ogni volta mi chiedo chi dovrei ringraziare davvero. Se dovessi esprimere la mia gratitudine a tutti coloro che hanno lasciato un'impronta nella mia vita, contribuendo a farmi diventare quello che sono e che, direttamente o indirettamente, mi hanno aiutato a raggiungere questo traguardo, riempirei dieci pagine di nomi e anche così avrei dimenticato qualcuno. Mi limito perciò alle persone che hanno avuto una parte attiva nella realizzazione di questo mio terzo romanzo e mi scuso se sono sempre le stesse.

Grazie ad Antonio Franchini per la fiducia che continua ad accordarmi, ad Annalisa Lottini, Elisabetta Boni, Giovanni Bartoli, Federico Gerace, Rocío Isabel González, per la disponibilità e i preziosi consigli. E grazie, come sempre, a Giampiero e a David: c'è bisogno di dire perché?

Un ringraziamento particolare va a Enrico Calamai per avermi ispirato il personaggio del console e ancor più per l'esempio di integrità morale che ancora oggi offre a tutti noi. Il suo libro, *Niente asilo politico*, è stato per me una preziosa fonte di informazioni.

Un grazie ideale a Estela Barnes de Carlotto e a tutte le Madri e le Nonne di *plaza de Mayo* per il coraggio e la tenacia dimostrate e per la loro opera instancabile di trasmissione dei fatti qui narrati.

Ogni volta che vedo pubblicato un mio romanzo il sentimento dominante è lo stupore. Ogni volta mi chiedo: è proprio vero? E allora per sincerarmene passo in rassegna i personaggi nati dalla mia immaginazione, li vedo tutti in fila a reclamare una briciola di credibilità. Sono entrata nelle loro case e nelle loro teste, ci ho trascorso così tanto tempo che ormai mi sembrano creature in carne ed ossa. Forse è arrivato il momento di ringraziare anche loro, queste figure di carta che mi hanno tenuto compagnia negli ultimi anni e che, senza pormi troppi scrupoli, ho abbandonato al giudizio dei lettori.

Indice

MISTO
Carta da fonti gestite
in maniera responsabile
FSC® C005461
www.fsc.org

Stampato presso Rotolito S.p.A.
Seggiano di Pioltello (MI)